Kader Abdolah

Mohammad, der Prophet

Kader Abdolah

Mohammad, der Prophet

Roman

Aus dem Niederländischen
von Christiane Kuby

claassen

Die Originalausgabe erschien 2008
unter dem Titel *De boodschapper*
bei Uitgeverij De Geus, Breda.

Der Verlag dankt dem Nederlands Literair Productie- en Vertalingenfonds für die Förderung der vorliegenden Übersetzung.

claassen ist ein Verlag
der Ullstein Buchverlage GmbH

ISBN 978-3-546-00451-0

Gesetzt aus der Granjon bei LVD GmbH, Berlin
Druck und Bindearbeiten: CPI – Clausen & Bosse, Leck
Printed in Germany

Dieses Buch ist Zayd ibn Harith und
Zayd ibn Thabit gewidmet

Obwohl die Geschichten und Ereignisse in
Mohammad, der Prophet auf historischen Tatsachen
beruhen, dürfen sie alle nach den Gesetzen der
Literatur gelesen werden.

Kader Abdolah

I

Zayd, der Chronist

Zayd ibn Salith ist mein Name.

Ich bin der Chronist des Gesandten Mohammad.

Der Gesandte hatte keinen Sohn. Er adoptierte mich, als ich etwa sieben Jahre alt war.

Alle nannten mich Zayd ibn Mohammad: Zayd, Sohn Mohammads.

Ich muss fünf Jahre alt gewesen sein, als meine Mutter mich zu einem Besuch bei Verwandten in die Stadt Taif mitnahm.

An diese Reise habe ich keine Erinnerung, erst viele Jahre später erzählte mir meine Mutter Folgendes: »Wir reisten mit einer Karawane von zwölf Kamelen durch die Wüste. Ich hatte dich die ganze Zeit auf dem Schoß. Solange wir im Sattel saßen, hieltest du still und schautest um dich, doch sobald die Karawane eine Rast einlegte, hatte ich Mühe, dich bei mir zu behalten. Du ranntest in alle Richtungen und gingst mit jedem mit. Auf dem Markt von Taif hast du dich losgerissen und bist hinter einem Stand verschwunden. Ich rannte dir nach, aber du warst nirgends zu sehen. Ich rannte zu den anderen Ständen: kein Zayd. Ich weinte, ich schrie, ich lief hin und her, doch von dir nirgends eine Spur. Als der Tag zu Ende ging und alle fortgezogen waren, stand ich mit leeren Händen da. Ich traute mich nicht zu deinem Vater zurück. Du warst sein Lieblingssohn, und ich hatte dich verloren.«

Jemand hatte mich, Zayd, geraubt, doch wie es sich zugetragen hatte, weiß ich nicht mehr. Ich habe auch keinerlei Erinnerung mehr an meine Mutter oder den Markt. Aber ganz deutlich sehe ich mich noch mit ein paar anderen Jungen nackt und verdreckt wie kleine Äffchen in einem Käfig sitzen.

Hinterher habe ich begriffen, dass ich zwei Jahre lang von Hand zu Hand ging.

Als ich sieben war, kaufte mich ein kleiner Sklavenhalter aus Mekka auf dem Bazar von Dschandal und nahm mich mit in seine Heimatstadt.

Dieser Händler hieß Hakim bin Haram; er war sehr dick.

Von diesem Zeitpunkt an habe ich fast alles im Gedächtnis behalten, denn mein Leben nahm eine bedeutsame Wende.

Ich wusste, dass ich auch aus Mekka stammte, und hoffte, meinen Eltern auf der Straße oder auf dem Sklavenmarkt zu begegnen. Den ganzen Tag über summte ich ihre Namen vor mich hin, um sie nur nicht zu vergessen.

Mein Vater hieß Thabit ben Scharasil.

Der Name meiner Mutter lautete Sadi bint Salab.

Ich träumte von dem Augenblick, da ich meine Mutter auf dem Markt entdecken und ihr zurufen würde: »Sadi bint Salab, ich bin Zayd, dein Sohn!«

Doch Mutter und Vater sollten in Wirklichkeit ganz anders sein, als ich sie mir vorstellte. Und auch mich sollten sie nicht mehr wiedererkennen, denn ich hatte mich sehr verändert; die Sonne hatte meine Haut dunkel gefärbt.

Nichts aber ist launischer als das Schicksal.

Als der Sklavenhalter Hakim bin Haram bei seinem Haus ankam, ließ er mich wie eine Ziege im Innenhof frei. Dann durfte ich das Haus betreten.

Noch am selben Tag klopfte es an der Tür, und der Sklavenhalter rief: »Zayd, mach auf!«

Ich tat, wie mir geheißen. Eine ältere Frau trat ein. Ich hielt sie für die Frau meines Herrn.

»Wer bist du?«, fragte sie freundlich.

Ich schwieg.

»Wie heißt du?«, fragte sie.

»Er heißt Zayd«, rief mein Herr aus dem Zimmer, »ich habe ihn auf dem Markt von Dschandal gekauft.«

Die Frau war eine Kusine meines Herrn. Sie redete eine Weile mit ihm, und als sie aus seinem Zimmer trat, sagte sie zu mir: »Komm, ich nehme dich mit.«

Ich sah meinen Herrn fragend an. Er sagte: »Zayd, das Glück ist dir hold. Meine Kusine hat keinen Sohn und hat dich gerade gekauft. Jetzt ist sie deine Herrin. Sie heißt Chadidscha. Benimm dich.«

Chadidscha fasste mich an der Hand und führte mich hinaus.

Obwohl ich noch ein Kind war, merkte ich gleich, dass mein neues Zuhause etwas Besonderes war. Denn im Vergleich zu anderen bewohnte Chadidscha einen wahren Palast.

Chadidscha ließ mich waschen und neu einkleiden. Ich wurde wieder ein Mensch, ein ganz gewöhnlicher kleiner Junge.

Gegen Abend kam ihr Mann nach Hause.

»Schau!«, sagte sie und zeigte auf mich. »Ich habe dir etwas Schönes mitgebracht!«

Ihr Mann hieß Mohammad ibn Abdallah. Der zukünftige Gesandte Allahs.

Am nächsten Morgen rief mich Mohammad zu sich: »Folge mir, Zayd!«

Er war mein neuer Herr. Ich brauchte nicht zu wissen, wohin er ging, ich lief einfach hinter ihm her.

Ich konnte nicht ahnen, dass er sich auf die Suche nach meinen Eltern machte.

Und er fand sie, ob ihr es glaubt oder nicht. Sie trauten ihren Augen nicht, so groß, reinlich und anständig gekleidet wie ich war. Meine Mutter lehnte steif wie ein Stock an der Wand, vor Schreck konnte sie sich nicht bewegen. Mein Vater sank Mohammad zu Füßen, doch dieser reichte ihm die Hand und half ihm auf.

Eine Woche lang blieb ich bei meinen Eltern in ihrem kleinen, ärmlichen Haus. Am Freitag darauf brachte mein Vater mich aber zu Mohammad zurück und sagte: »Sein Glück liegt bei Euch, und wenn er glücklich ist, sind wir es auch.«

So wurde ich Mohammads Sohn.

Chadidscha war Mohammads erste Frau.

Sie brachte mir Lesen und Schreiben bei, aber Mohammad war mein Herr. Bis an sein Grab folgte ich ihm wie sein Schatten.

Damals wusste ich nicht, warum ich es tat.

Heute verstehe ich es. Ich erlag dem Zauber der Dichtung und verlor mich in Mohammads Erzählungen.

Von dem Moment an, da sein Leben im Zeichen seiner Berufung stand, änderte sich auch mein Leben völlig. Ich ließ ihn keinen Moment mehr allein, außer wenn er mich wegschickte.

Wenn ihm ein Text offenbart wurde, wurde Mohammad von einem Schauder ergriffen. Er taumelte, sank auf die Knie, drückte den Kopf auf den Boden und murmelte unverständliche Worte vor sich hin.

In solchen Augenblicken war ich oft allein mit ihm. Die ersten Male fürchtete ich mich sehr, ich wusste nicht, wie ich mich verhalten sollte. Ich lief dann hilfesuchend zu Chadidscha.

Später tat ich das nicht mehr. Ich erkannte, dass es meine Aufgabe war, bei Mohammad auszuharren, und dass ich lernen musste, damit zurechtzukommen.

Wenn er seine Botschaft empfing, wartete ich ruhig ab, bis er erschöpft zu Boden sank. Dann legte ich eine Decke über ihn und ließ ihn ruhen.

Als Mohammad starb, war ich ein erwachsener Mann. Mein Haar war noch schwarz, doch meinen Schnurrbart durchzogen schon silberne Fäden.

Ich trauerte noch um Mohammad, als ein Reiter auf einem braunen Vollbluthengst vor meinem Tor hielt.

»Zayd!«, rief der Mann. Es war ein Bote von Umar.

Ich zögerte keinen Augenblick. Ich wusste, warum ich gerufen wurde, bestieg mein Pferd und folgte dem Boten.

Nach Mohammad war Umar der bedeutendste Führer des Islam. Er war der Mann, der nach Mohammads Tod die Zügel in die Hand nahm. Er war ein kluger Befehlshaber und ein erbarmungsloser Kriegsherr.

Nass von Schweiß kniete ich vor ihm.

»Zayd ibn Salith!«, rief Umar. »Mohammad ist von uns gegangen, und wir besitzen seine Offenbarungen nicht. Sammle seine Verse. Mache dich unverzüglich an die Arbeit. Die Zeit drängt!«

Ich kannte Umar, er kannte mich, jedes weitere Wort erübrigte sich.

Zum Abschied küsste ich ihm die Hand, sprang auf mein Pferd und galoppierte aus der Stadt hinaus auf die Felder. Ich war so erfüllt von Glück, dass ich fast den Heimweg nicht gefunden hätte.

In der Nacht konnte ich nicht schlafen. Oh, welch herrliche Nacht, welch ruhmreicher Auftrag. Wie sollte ich vorgehen? Bei manchen Verkündigungen war ich zugegen gewesen. Aber den größten Teil würde ich nur sammeln können, indem ich Mohammads Gefährten befragte.

Ich stellte mich ans Fenster und sah in die Wüste und die sternhelle Nacht hinaus.

Ich, Zayd ibn Salith, durfte den Koran aufzeichnen.

Wem diese Ehre zuteil wurde, der musste seine Tränen unterdrücken, um nicht vor Glück zu sterben.

Sobald das erste Morgenlicht mein Fenster berührte, packte ich meine Tasche und sattelte mein Pferd.

Die Reise hatte begonnen!

2

Auf der Suche nach dem Koran

Als Erstes besuchte ich Mohammads Frauen. Sie schenkten mir Zitate, die sie bewahrt hatten, auf Papier geschrieben, auf Nachthemden gestickt oder in Goldmünzen geschnitten.

»Ist das alles?«, fragte ich.

Aischa, Mohammads hübsche, rothaarige junge Witwe, löste ihren goldenen Anhänger und überreichte ihn mir. Ich studierte den kurzen Text, der mit zierlichen Lettern in das Schmuckstück eingeritzt war.

»Und Er hält den Himmel,
dass er nicht auf die Erde fällt.«

Ich durchreiste das Land unermüdlich bis in die entlegensten Winkel.

Ich hörte zu und schrieb auf.

Nach sieben Monaten kehrte ich mit drei schwer beladenen Kamelen heim. Ihre Fracht bestand aus Pergamentblättern, aus Kamelknochen, aus Stoffen und Holzstücken mit den Worten des Propheten.

Zu Hause angelangt, schloss ich mich in mein Zimmer ein. Ich verließ es erst ein Jahr später, als ich den Koran vollendet hatte.

Als ich mit der Arbeit fertig war, wollte mir das Herz vor Freude schier zerspringen. Ich zog frische Kleider an und schlüpfte in meine neuen Lederschuhe, klemmte mir das Buch aller Bücher unter den Arm und ritt wie ein Prinz zu Umars Haus.

Ich kniete mich vor ihm hin und sagte: »Der Koran!«

Mein Auftrag war vollbracht.

3

Mohammads Nachfolger

Aber so einfach war es nicht.

Schon bald meldeten sich die Gegner meines Korans zu Wort. Sie gehörten sechs mächtigen Strömungen an, die jeweils eine eigene Fassung vertraten und behaupteten, ich hätte einen Koran geschrieben, der mit Mohammads ursprünglichen Offenbarungen nichts zu tun hätte.

Meine Meinung spielte keine Rolle. Umar musste entscheiden.

Zu der damaligen Zeit war Einheit oberstes Gebot.

Umars Entschluss lautete, meine Sammlung solle nicht an die Öffentlichkeit gelangen, aber im Kreis der Mächtigen als Quelle und Grundlage dienen.

Später, nach Umars gewaltsamem Tod, als Uthman sein Nachfolger geworden war, entbrannte der Streit um den Koran aufs Neue.

Eines Morgens fanden die Vertreter der sechs mächtigen Strömungen sich in aller Frühe vor Uthmans Haus ein. Ihre Kamele waren mit Schriften beladen.

Uthman ließ sie in den Innenhof eintreten. Dann wurde das Tor von innen verriegelt.

Die Kamele wurden abgeladen. »Zayd, sieh dir alles genau an, füge hinzu, was nötig ist und streiche das Überflüssige. Lass dir Zeit!«, sagte Uthman und verabschiedete sich.

Die Arbeit dauerte sehr lange. Mehrere Male holte ich mir Rat bei Fachleuten. Aber dann kam endlich der Tag, an dem ich Uthman mitteilen konnte, die Arbeit sei beendet. Und Uthman kehrte zurück. Auf dem Innenhof wurde ein Teppich entrollt und eine Öllampe wurde herbeigebracht.

Uthman befahl allen, das Haus zu verlassen.

Ich setzte mich an einen schmalen Tisch, öffnete meinen Koran und überreichte Uthman eine Liste mit Bemerkungen zu all den Stellen, die mir noch zweifelhaft erschienen.

Er ging die Liste aufmerksam durch. Dann setzte er sich neben mich, diktierte mir hin und wieder einen Satz und zeigte mit dem Finger auf die Stelle im Buch, wo ich ihn einfügen sollte. Und ich tat es.

Eine ganze Nacht hindurch mühten wir uns im Schweiße unseres Angesichts.

Plötzlich hatte ich eine Eingebung. Bisher hatte ich die Offenbarungen alle untereinander geschrieben, ohne eine Einteilung vorzunehmen, aber nun dachte ich daran, das Ganze übersichtlicher zu gestalten. Der Koran ließe sich leicht in hundertvierzehn Suren oder Kapitel unterteilen. Und noch hilfreicher wäre es, wenn ich jedem Kapitel eine Überschrift geben würde: »Der Tisch«, »Die Bienen«, »Die Nachtreise«, »Die Frauen«, »Maria« und so weiter.

Trotzdem fehlte noch etwas, aber was? Da kam mir wieder eine Erleuchtung, es war wie Magie. Ich fand ein Schriftzeichen, das es gar nicht gab, ein Schriftzeichen, das nichts bedeutete. Ein Zeichen, einen Punkt, ein Sternchen.

Diesen Punkt, dieses Sternchen malte ich hinter jeden Satz. Und obwohl diese Zeichen keine Bedeutung hatten, drückten sie sehr viel aus. Sie sorgten für Klarheit, verschafften Einsicht und schenkten Glück. Und so fügte ich hundertvierzehn Titel und tausende Sternchen in den Text ein.

Der Koran stammt von Allah.

Die Reihenfolge der Texte, die Titel und die Punkte stammen von mir, Zayd, dem Chronisten.

Den neuen Koran in der Hand, benommen vor Glück, löschte Uthman die Öllampe und sagte: »Zayd! Wir haben unsere Arbeit getan! Vernichte den Rest.«

»Vernichten?«, fragte ich.

»Verbrenne alles!«, sagte er.

Als der Tag anbrach, trat Uthman auf den Hof hinaus. Er warf einen Blick auf die Asche, die übrig geblieben war.

Sieben Reiter brachten den mit einem durchsichtigen grünen Schleier verhüllten Koran in die Moschee. Und sie legten das Buch behutsam auf ein Podest.

Uthman zog sein Schwert und legte es darauf: »Dies ist der Koran!«

Niemand wagte etwas zu sagen.

Alle durften das Heilige Buch bewundern.

4

Mohammads Leben

Als ich mit dem Sammeln der Schriften begann, erkannte ich: Man kann den Koran nicht begreifen, wenn man Mohammad nicht begreift.

Ich entdeckte selber während meiner Arbeit an dem Heiligen Buch einen neuen Mohammad.

Zunächst hatte ich in ihm nur den Träumer gesehen, den Genießer, den Frauenliebhaber und den tollkühnen Anführer, der keine Gefahren scheute.

Erst als ich seine Erzählungen zu Papier brachte, lernte ich ihn als Menschen, als wissbegierigen Menschen kennen. Davor war er in meinen Augen immer ein Vater gewesen, ein Herr, ein Kriegsherr, ein Prophet. Der Mensch Mohammad war meine Entdeckung, und das wollte ich zeigen.

Ich wusste, dass andere später vieles zu Mohammads Lebensgeschichte hinzuerfinden, vielleicht auch manches daraus streichen würden. Darum sagte ich mir: »Zayd! Schreibe Mohammads Leben auf!«

Zu Umars Zeit, als die von mir angefertigte Koransammlung nicht an die Öffentlichkeit gelangen durfte, schnürte ich mein Bündel, schwang mich auf mein Pferd und machte mich auf den Weg, diesmal, um Episoden aus Mohammads Leben zu sammeln. Eine Aufgabe, die mich wahrscheinlich bis an mein Lebensende beschäftigen würde.

Um etwas über seine jungen Jahre zu erfahren, musste ich nach Mekka zurückkehren, dem Mekka der Vergangenheit, dem Ort, an dem er geboren wurde.

Ich werde die Sitten und Gebräuche beschreiben, die das Mekka seiner Jugend prägten. Insbesondere werde ich über die Kaaba sprechen, in der die Götzenbilder aufgestellt waren.

Eigentlich zeichnete Mohammads Leben sich durch einen einzigen Traum aus: Er wollte die Götzen zerschlagen, die Kaaba säubern und sie zum Haus Allahs machen.

Deshalb muss ich, wenn ich über Mohammad sprechen will, mit der Kaaba und den Götzen anfangen. Oder besser gesagt: mit der Stadt Mekka.

5

Mekka

Mekka war ein Handelszentrum. In der Kaaba standen dreihundertfünfundsechzig Statuen von Gottheiten, mit Stoffen, Gold und Farben verzierte Figuren aus Stein und Holz.

Auch auf dem Platz vor der Kaaba standen einige große Götzenbilder.

Das Persische Reich war unser östlicher Nachbar. Die Perser waren schon seit Jahrtausenden Monotheisten: Sie hatten einen einzigen Gott, Ahura Mazda. Zoroaster war ihr Prophet, und sie hatten ein heiliges Buch, das den Namen Avesta trug.

Das Byzantinische Reich war unser westlicher Nachbar. Auch die Byzantiner waren Monotheisten: Sie glaubten an einen einzigen Gott und einen einzigen Propheten, der Isa oder Jesus hieß. Auch sie hatten ein heiliges Buch, Indschil oder Bibel genannt.

Die Bevölkerung von Mekka bestand aus vielen Stämmen, und jeder von ihnen hatte einen eigenen Abgott. Diese Abgötter hatten alle einen Platz in jenem würfelförmigen Gebäude, der Kaaba.

Niemand weiß genau, wer die Kaaba erbaut hat. Jedenfalls ist sie uralt und diente schon immer als Gebetshaus.

Wir wissen, dass der Prophet Ibrahim vor langer Zeit einen großen, geheimnisvollen schwarzen Stein in eine der Mauern der Kaaba einfügte. Wir glauben, dass dieser Stein vom Himmel fiel und dass Ibrahims Sohn Ismael ihn gefunden hat.

Ibrahim hat diesen göttlichen Stein als Eckstein für die Kaaba benutzt. Wir nennen ihn Hadschar-ul-Aswad, den Schwarzen Stein.

Weiteres ist uns nicht bekannt über die Geschichte der Kaaba.

Manche meinen jedoch, Ibrahim sei auch der Erbauer der Kaaba.

Wir, die wir in den Wüsten lebten, waren hinter den Völkern zurückgeblieben, die einen einzigen Gott und ein heiliges Buch besaßen. Deshalb wollte Mohammad die Abgötter beseitigen und die Kaaba einem einzigen Gott weihen. Einem Gott, dessen Wohnsitz im siebten Himmel ist. Dem Gott Mohammads, der Allah heißt, was so viel bedeutet wie: Er ist der Einzige.

Jeden Freitag gab es ein großes Gedränge auf dem Platz vor der Kaaba, weil die Leute ihren Abgöttern Opfer darbringen wollten.

Mohammad ließ sich dort nie sehen, ich aber ging eines Nachts heimlich zur Kaaba und spähte durch den dichten schwarzen Vorhang hinein. Drinnen war es dämmrig, schwüle, duftgetränkte Luft schlug mir entgegen. In den Leuchtern brannten Kerzen, und ihre Flammen spiegelten sich im Gold und im Silber. Licht und Schatten ließen die Götzen riesig erscheinen, furchterregend. Die Leute verbeugten sich tief und legten den Statuen ihre Opfergaben zu Füßen. Uns Kindern war der Zugang strengstens verboten, aber ich schob den Vorhang beiseite und schlich hinein. Im Dunkeln ging ich an den Götzenbildern entlang und fasste ihre silberne Kleidung und ihre goldenen Schwerter an. Doch dann ertappte mich ein alter Mann. Er packte mich am Ohr und warf mich hinaus.

6

Die Machtverteilung in Mekka

Damals herrschte in Mekka folgende Hierarchie:

- Götzen
- Sklavenhalter
- die großen Kaufleute
- Juden
- Kamele
- Männer
- Sklaven
- Sklavinnen
- Ziegen
- Frauen

Die Sklavenhalter setzten die Sklaven auf den Feldern und in der Wüste zur Arbeit ein. Und die Kinder ihrer Sklaven verkauften sie wieder den Händlern.

Kamele waren Symbole der Macht. Je mehr Kamele einer besitzt, umso größer sein Ansehen. Die reichen Kaufleute besaßen Hunderte. Und unzählige Menschen arbeiteten für sie. Ihre Karawanen holten Waren aus dem Byzantinischen Reich, brachten sie an die östlichen Grenzen und tauschten sie gegen Waren der persischen Händler ein.

Die Juden handelten mit Stoffen und mit Gold. Daneben verdienten sie viel verwerfliches Geld mit verzinsten Darlehen. Und weil sie ein heiliges Buch besaßen, führten sie sich überdies hochmütig auf. Sie hielten sich für besser als andere und sahen auf sie herab.

Frauen wurden wie Tiere behandelt. Jeder wohlhabende Mann hatte zwanzig, ja dreißig Frauen im Haus. Dazu kamen unzählige Sklavinnen und außer Haus der Kontakt mit käuflichen Frauen.

Die Sklavinnen hatten mehr Macht als gewöhnliche Frauen, weil sie hart arbeiteten und auf den Feldern unentbehrlich waren.

Die Männer schämten sich, wenn ihre Frauen eine Tochter zur Welt brachten. Die, die schon viele Töchter hatten, opferten die neugeborenen den Götzen.

In dieser Tradition kam Mohammad zur Welt. Sein Vater hieß Abdallah. Er starb kurz vor Mohammads Geburt.

Seine Mutter hieß Amina. Da sie keine Milch hatte, wurde er von einer anderen Frau gestillt. Mohammad war fünf, als er auch seine Mutter verlor.

Sein Großvater wurde sein Vormund. Als auch er starb, war Mohammad neun Jahre alt, und sein ältester Onkel übernahm die Vormundschaft. Mohammad nannte ihn Onkel Talib.

Dieser Onkel schickte Mohammad mit einer Ziegenherde ins Gebirge, damit er sich sein Brot selbst verdiente. So wurde Mohammad Ziegenhirte.

7

Jahiz, der älteste Markthändler von Mekka

Talib, Onkel und Vormund von Mohammad, war ein Händler, der einen kleinen Stand auf dem Freitagsmarkt in Mekka hatte. Als Mohammad älter wurde, brauchte er keine Ziegen mehr zu hüten. Onkel Talib beschäftigte ihn als Laufburschen.

Um mehr über diesen Abschnitt im Leben Mohammads zu erfahren, suchte ich Jahiz bin Ismail auf, den ältesten Markthändler von Mekka. Er war im Alter blind geworden. Ich stellte ihm die folgende Frage: »Jahiz, du hast dein ganzes Leben auf dem Bazar verbracht und hast Mohammad dort oft gesehen, als er noch ein Junge war. Kannst du mir sagen, worin seine Arbeit bestand und was er so alles verkaufte?«

»Was soll ich dir über ihn sagen? Es ist schon so lange her«, antwortete Jahiz. »Mohammad war ein stiller Junge mit langem schwarzem Haar und tiefbraunen Augen. Den ganzen Tag hütete er umsichtig das Geschäft. Wenn ich mich recht entsinne, verkaufte er alles Mögliche: Ziegenkäse, Kamelfett, kleine Schalen mit Honig, Büschel reifer Datteln, Olivenöl in Flaschen, getrocknete Feigen, breite Kamelknochen und Eisenstifte, mit denen man auf die Knochen schreiben konnte, getrocknete Minzzweige, Rosenwasserfläschchen. Und kleine Götzenbilder aus Stein.

Der junge Mohammad war ein aufmerksamer Beobachter.

Ich erinnere mich an einen Vorfall mit einem alten jüdischen Händler neben meinem Laden. Er hatte keinen Stand, sondern saß auf dem Boden. Er verkaufte Gold- und Silberringe, und seine Kunden waren ausschließlich Frauen. Eigentlich handelte er mit Geld. Er lieh den Frauen Geld, und sie gaben ihm als Pfand ihre Ringe und Armbänder und Halsketten.

›Jahiz!‹, hörte ich Mohammad eines Tages rufen.

Es war ziemlich voll und laut auf dem Markt, ich konnte ihn nicht gut verstehen.

›Jahiz!‹, rief er wieder.

›Was hast du gesagt, Mohammad?‹, rief ich über die Köpfe der Leute hinweg.

›Die Frau da‹, rief er und zeigte auf den jüdischen Händler.

Ich schaute hin, konnte aber nichts Auffälliges entdecken.

›Onkel Talib‹, rief Mohammad. Sein Onkel unterhielt sich gerade ein paar Stände weiter mit einigen Kaufleuten.

›Was gibt's?‹, rief Talib.

Mohammad zeigte wieder auf den jüdischen Händler. Doch auch seinem Onkel fiel nichts Besonderes auf.

›Kasem!‹, rief Mohammad jetzt einem anderen Händler zu.

Inzwischen war ich denn doch hinter meinem Stand hervorgekommen, um zu schauen, was los war. Eine Frau hielt die Hand des jüdischen Händlers fest und flehte ihn an: ›Bei deinem Propheten Moses. Gib mir meinen Ring zurück.‹

Doch der Mann ließ sich nicht erweichen: Die Frau hatte nämlich die Zinsen ihres Darlehens nicht rechtzeitig bezahlt.

Auf einmal waren auch Talib und Kasem zur Stelle. Zu dritt standen wir bei dem jüdischen Händler, und ihm blieb nichts anderes übrig, als der Frau den Goldring zurückzugeben. Das war Mohammads Wachsamkeit zu verdanken.«

»Gibt es noch etwas, Jahiz, woran du dich erinnerst?«, fragte ich.

»Des Öfteren kamen Dichter zum Markt, stellten sich auf einen Schemel«, sagte Jahiz, »und trugen ihre Gedichte vor. Die Leute bildeten einen Kreis um sie, und wenn ihnen ein Gedicht ganz besonders gefiel, warfen sie Münzen hin. Die Wüstendichter waren am beliebtesten, denn in ihren Gedichten kamen Sand, Pferde, der Mond, das Schwert, Schlangen, Feuer, Wein und wilde Wüstenfrauen von blendender Schönheit vor. Einmal im Jahr wurde das schönste Gedicht auf Pergament geschrieben und an der linken Mauer der Kaaba aufgehängt.

Mohammad war hingerissen von diesen Dichtern. Poesie hatte es ihm angetan.«

Was Jahiz erzählte, stimmte mit der Geschichte überein, die ich als junger Mann von Ibrahim ibn Zahari gehört hatte, dem Häute- und Fellhändler. Dieser Ibrahim wiederum hatte es von seinem Vater erzählt bekommen: »Der Wüstendichter Abu Rahman trug sein neues Gedicht vor. Oh, was für ein Gedicht! Alle waren entzückt, alle warfen Münzen. Mohammad zog vor lauter Begeisterung seinen neuen Kamelhaarmantel aus und warf ihn dem Dichter als Belohnung zu.«

8

Saber, der Eisenwarenhändler

Ich hatte überall nach Leuten gesucht, die mir mehr über den jungen Mohammad erzählen konnten, aber ich hatte niemanden gefunden.

Als Jahiz den Händler Kasem erwähnte, fragte ich: »Jahiz, wer war Kasem, was verkaufte er, wo wohnt er? Lebt er noch?«

»Kasem ist schon lange tot, er handelte mit Eisenwaren. Er hatte sieben Söhne und keine einzige Tochter. Deshalb stolzierte er eingebildet wie ein Kamel mit langem Hals über den Bazar. Rede mit seinem ältesten Sohn, der war damals genauso alt wie Mohammad.«

»Wo finde ich Kasems Sohn? Weißt du, wie er heißt?«

»Namen habe ich mir noch nie merken können. Manchmal vergesse ich sogar meinen eigenen«, sagte Jahiz. »Aber ich glaube, seine sieben Söhne sind alle immer noch im Eisenwarenhandel tätig. Geh zum Bazar von Mekka oder zu dem von Taif. Wenn du Kasems Namen fallenlässt und die Zahl Sieben, wirst du bestimmt einen seiner Söhne finden.«

Ich befolgte seinen Rat, und ich hatte Glück.

Kasems ältester Sohn hieß Saber. Er besaß ein großes Geschäft auf dem Bazar von Taif und handelte tatsächlich mit Eisenwaren. Er war völlig ergraut, hielt sich aber immer noch kerzengerade.

Saber empfing mich im Innenhof seines Geschäfts auf einer Ruhebank im Schatten eines alten Ölbaums und ließ mir Zuckerwasser mit Rosenblättern bringen.

Er war wohl auf alles gefasst, nur nicht darauf, dass ich ihn nach Mohammad fragen würde, nach der fernen Vergangenheit, als er als Junge auf dem Markt arbeitete.

»Ach«, sagte er schmunzelnd und zog seine Pfeife hervor. »Das ist sehr lange her. Was genau möchtest du wissen?«

»Wie hast du Mohammad in Erinnerung behalten?«

»Er war anders als wir«, sagte Saber und zündete seine Pfeife an. »Wir waren alle Straßenkinder, doch er war von einem angesehenen Stamm. Sein Großvater war der Schlüsselverwahrer der Kaaba. Niemand auf dem Bazar kannte mich, doch alle Kaufleute kannten Mohammad. Was kann ich dir von ihm erzählen, was du nicht schon weißt? Ich erinnere mich gut, dass Mohammad immer viele Gedichte auswendig konnte.

Wenn es auf dem Bazar ruhig war und die Kaufleute sich trafen, um eine Pfeife zu rauchen, forderten sie ihn auf: ›Mohammad, sag ein Gedicht auf!‹ Und er, der sonst kaum etwas sagte, trug sofort ein Gedicht vor.«

»Erinnerst du dich an eins der Gedichte?«, fragte ich.

Er lachte: »Was für eine Frage. Ich? Ein Gedicht? Nein. Aber ich glaube, Mohammad behielt alle Verse, die die Dichter auf dem Bazar rezitierten.«

»Welche Dichter waren das?«

»Ich weiß es nicht. Ich verstehe nichts von Gedichten und Dichtern.«

Da Saber sich an keinen Namen erinnern konnte, machte ich mich selbst auf die Suche nach Versen des Wüstendichters Abu Rahman. Ich stieß auf ein schönes Liebesgedicht.

»*Dschamila!*
Die goldbraunen Wüstenschlangen verkriechen sich
Die schwarzen Skorpione verlieren ihre Kraft

Und die Ölbäume lassen ihre schwarzen Früchte fallen
Wenn du auf nackten Füßen in deinem granatapfelroten
Kleid auf dem heißen Sand an meinem Haus vorüber-
gehst.«

9

Bahira, der heilige Mönch

Wenn ich meine Gewährsleute nach Mohammads Kindheit fragte, kamen sie oft auf eine Begegnung zwischen dem jungen Mohammad und dem alten Mönch Bahira zu sprechen.

Eigentlich handelt es sich um eine Geschichte, die irgendwann einmal von Mohammads Anhängern erzählt und später hier und da aufgebauscht wurde.

Mohammads Feinde und vor allem die Juden bezeichnen sie als Lüge, als Märchen, das den Zweck habe, Mohammad und die alten Propheten Jesus, Moses und Ibrahim auf die gleiche Stufe zu stellen.

Die Juden mögen recht haben, die Geschichte mag erfunden sein, aber den Mönch Bahira und sein Kloster hat es tatsächlich gegeben.

Eines frühen Morgens verließ ich Mekka und ritt bis zum Einbruch der Dunkelheit in Richtung des Roten Meeres.

Unterwegs kam ich zu einer alten Karawanserei an einer großen Kreuzung, wo sich Händler aus verschiedenen Städten mit ihren Kamelen einfanden, um ihre Waren zu verkaufen.

Dort übernachtete ich.

Unweit von dort, am Fuß der Berge, lag das Kloster, in dem einst Bahira gelebt hatte.

Damals pilgerten die christlichen Kaufleute, die die Nacht

in der Karawanserei verbracht hatten, am nächsten Morgen in aller Frühe gemeinsam zu dem Kloster, um Bahira zu bestaunen. Sie drängten sich vor dem Eingang und warteten, bis der Mönch, meist nur ganz kurz, heraustrat.

In der Karawanserei erzählten mir die Händler, Bahira habe fast sein ganzes Leben in jenem Kloster verbracht und es bis zu seinem Tod nicht verlassen. In ihren Augen war er ein Heiliger, der die Urschriften der alten Propheten Ibrahim, Moses und Jesus auf Pergament in einem Schrank seiner Bibliothek aufbewahrte. Sie glaubten, er sei im Besitz uralter Geheimnisse.

Bahira war schon lange tot, und jetzt war ich in dieser Karawanserei. Als ich in der Nacht kurz hinausging, sah ich in der Ferne die Lichter des Klosters brennen.

Am nächsten Tag ritt ich bei Sonnenaufgang los. Seit Bahiras Tod besuchte fast niemand mehr das Kloster. Aus der Ferne sah es öde und verlassen aus.

Nachdem ich mein Pferd untergestellt hatte, betrat ich das Gebäude.

»Ist jemand da?«, rief ich einige Male, ohne Antwort zu erhalten.

Ich ging weiter.

Eine Nonne erschien. Wie sich herausstellte, lebten hier nur Nonnen, und die Nonne, die vor mir stand, war die Vorsteherin. Sie hieß Hadschar und war schon recht betagt.

Sie hielt mich für einen christlichen Kaufmann, der dem Kloster eine Schenkung machen wollte. Daher führte sie mich ehrerbietig in ihr Arbeitszimmer. Ich legte ein Säckchen Silbermünzen auf den Tisch, setzte mich auf eine Bank und sagte: »Schwester Hadschar, ich komme eigentlich aus einem anderen Grund. Ich sammle Zeugnisse über das Leben Mohammads. Man erzählt sich, er sei hier als etwa zehnjähriger Junge dem Mönch Bahira begegnet. Manche halten dies für wahr. Andere meinen, es sei eine Erfindung, um

Mohammad zu verklären. Wisst Ihr vielleicht etwas über diese Begegnung?«

Die Nonne Hadschar legte das Säckchen mit den Silbermünzen in die Tischschublade und sagte gelassen: »Ach, Mohammad. Wir reden hier ja kaum noch von jemand anderem. Und oft wissen wir nicht, was wir von ihm halten sollen. Glücklicherweise kehren wir hier am Fuß der Berge Mekka den Rücken zu, daher bleiben wir von der ganzen Aufregung dort überwiegend verschont. Falls der junge Mohammad unser Kloster tatsächlich einmal besucht hat, habe ich das natürlich nicht selbst erlebt. Damals war ich noch ein Kind. Aber es steht für mich fest, dass er Bahira begegnet ist. Niemand weiß, wie der Junge unter die christlichen Kaufleute geraten war.

Wenn Bahira aus dem Kloster trat, drängten sich die Leute nach vorne, um seinen goldenen Stab zu berühren. An dem fraglichen Tag sah Bahira zwischen den Händlern einen Jungen mit schwarzen Locken, der offensichtlich kein Christ war.

›Wie heißt du, Junge?‹, fragte Bahira.

›Mohammad.‹

›Zu welchem Stamm gehörst du?‹

›Quraisch.‹

›Wie heißt dein Vater?‹

›Abdallah.‹

›Mit wem bist du hier?‹

›Mit meinem Onkel.‹

›Wie heißt dein Onkel?‹

›Talib.‹

Der Mönch beugte sich zu Mohammad hinunter und flüsterte ihm etwas ins Ohr.«

»Was mag das gewesen sein?«, fragte ich.

»Wir haben es nie erfahren«, sagte sie, »aber hier im Kloster erzählt man sich, Bahira habe später gesagt: ›Dieser Junge ist einzigartig!‹«

Der Rest der Geschichte findet sich in einer arabischen Überlieferung:

Bahira führte Mohammad ins Kloster und ließ auch den Onkel zu sich rufen. Er sprach unter vier Augen mit Talib und blätterte in den alten geheimen Schriften.

Nein, er irrte sich nicht. Mohammad war der verheißene Prophet. Stand nicht geschrieben, dass der Erkorene das Zeichen eines Halbmonds zwischen den Schultern trage?

Mit zitternden Händen zogen der Mönch und der Onkel Mohammads Hemd hoch und staunend betrachteten sie den Halbmond zwischen seinen Schulterblättern.

Bahira segnete Mohammad mit seinem goldenen Kreuz und flüsterte ihm ins Ohr: »Gib gut auf dich acht!«

Dies war für die Araber der Beweis, dass Mohammad der Nachfolger Jesu war und dass er in die Reihe der Propheten gehörte wie Sulaiman, Dawud, Moses und Ibrahim.

10

Der Kaufmann Waraqa entdeckt Mohammad

Mohammad arbeitete bis zu seinem fünfzehnten Lebensjahr bei seinem Onkel Talib, der ihm den Stand auf dem Markt von Mekka anvertraute, während er selbst jeden Tag Waren auf sein Kamel lud und sie zu den Märkten der umliegenden Dörfer brachte.

Als das Geschäft seines Onkels für Mohammad zu klein wurde, begann er, für andere große Händler zu arbeiten. Er war siebzehn, als der Kaufmann Waraqa ihn entdeckte.

Waraqa besaß ein stattliches Lagerhaus und verkaufte den Händlern Material für den Ackerbau: Eisenpflüge, Schaufeln, Hacken, Nägel, Seile und Bausteine. Es waren auch immer die neuesten Geräte ausgestellt.

Waraqa war auf der Suche nach einem geschickten Gehilfen. Sein Schwager, der auf dem Markt arbeitete, machte ihn auf Mohammad aufmerksam: »Er ist fleißig und zuverlässig.«

Mohammad trat bei Waraqa in Dienst, doch der Kaufmann merkte schon bald, dass Mohammad nicht zum Geschäftsmann geboren, dass er ein ungewöhnlicher Junge war.

Ich, Zayd, kannte Waraqa seit meiner frühesten Jugend. Ich werde später noch darüber berichten.

11

Auf der Suche nach Waraqa

Ich traf Waraqa im Innenhof seines großen Hauses im Zentrum von Mekka. Er saß im Schatten einer alten Dattelpalme beim Springbrunnen auf dem Boden und spielte mit seinen Urenkeln. Ich hatte seinen Sohn vorher benachrichtigt, Waraqa erwartete mich also. Er war alt, gebrechlich und taub geworden. Ich musste ihm laut ins Ohr schreien.

»Salam Waraqa ibn Naufal«, schrie ich.

Er erhob sich mühsam, musterte mich und sagte: »Zayd?! Wie hast du dich verändert. Ich hätte dich auf der Straße nicht wiedererkannt.«

Ich umarmte ihn, drückte einen Kuss auf seine Hand und seine linke Schulter und reichte ihm einen Korb frischer Feigen unter grünen Blättern.

»Vielen Dank, Zayd! Wie lange habe ich dich nicht gesehen? Ein Jahrhundert! Dein Schnurrbart ist fast weiß, aber du siehst gut aus. Du gehst aufrecht wie der Chronist eines persischen Königs. Was führt dich zu mir?«

»Ich komme natürlich, um dich zu sehen, aber auch deshalb, weil ich das Leben Mohammads aufzeichne. Und du bist ja Teil dieses Lebens.«

Waraqa überließ den Kindern den Korb mit Feigen, nahm seinen Spazierstock, und wir schlenderten durch seinen großen Garten, im Schatten der Bäume an den Gemüsebeeten entlang.

Nachdem wir uns über die letzten Entwicklungen in

Mekka unterhalten hatten, sagte ich: »Waraqa, magst du mir erzählen, wo du Mohammad zum ersten Mal begegnet bist?«

»Lass mich mal nachdenken, wo war es doch gleich … Ja! Ich sah ihn regelmäßig auf dem Bazar. Man erkannte ihn sofort, denn er verhielt sich anders als die anderen Jungen. Wenn man mit ihm sprach, fiel einem seine bedächtige Redeweise auf. Ich suchte damals für mein Geschäft einen Gehilfen, und mein Schwager schlug Mohammad vor. Ich sprach ihn an, und am nächsten Tag trat er bei mir in Dienst.«

Hier hielt Waraqa kurz inne, um dann fortzufahren:

»Ich hatte mir Eisen gewünscht und bekam Gold. Ich brauchte einen Laufburschen und bekam einen zukünftigen Propheten. Je besser ich ihn kennenlernte, desto klarer wurde mir, dass ich für ihn als Vertrauter oder älterer Bruder wichtig war. Drei Jahre arbeitete er für mich, ich merkte aber, dass ihn die Arbeit nicht ausfüllte. Er musste reisen, um zu sich selbst zu finden. Und ich sah es als meine Pflicht an, ihm dies zu ermöglichen.

Ich riet einem meiner Freunde, einem angesehenen Kaufmann, mit dem ich ihn bekannt gemacht hatte, den Jungen auf eine Geschäftsreise zu schicken. Mohammad übernahm die Verantwortung für sieben mit Waren beladene Kamele. Er war noch keine zwanzig, als er sich auf die Reise seines Lebens machte.

Vier Jahre arbeitete er auf diese Weise für verschiedene Händler, man nannte ihn bald Mohammad, den Aufrichtigen.«

»Warum den Aufrichtigen?«

»Mohammad war unbestechlich und hat sich nie etwas zuschulden kommen lassen. Er führte selbständig seine Karawane, arbeitete hart und besaß Durchsetzungsvermögen. Jeder Händler war gerne bereit, ihn in Dienst zu nehmen.

Zayd, lass mich dir eine hübsche Geschichte erzählen:

Einmal hatte Mohammad eine Verabredung mit einem mächtigen Kaufmann. Doch dieser hatte die Verabredung vergessen und war nicht erschienen. Als er am nächsten Tag in sein Geschäft kam, wartete Mohammad dort immer noch auf ihn. Der Kaufmann bot ihm daraufhin eine bedeutende Position in seinem Geschäft an.«

»Was für eine Position?«

»Die des Karwan-Baschi, des Karawanenführers. Später durfte Mohammad hundert reich beladene Kamele mit vielen Treibern zu fernen Städten begleiten. Eine neue Welt eröffnete sich ihm. Die Reisen dauerten lange. Er übernachtete in Karawansereien und traf Kaufleute aus dem Reich der Perser, aus Ägypten, Äthiopien und dem Byzantinischen Reich.

So kam er in Berührung mit der Welt des persischen Zoroaster, des christlichen Jesus, des jüdischen Moses und der ägyptischen Pharaonen.

Die Begegnung mit dem großen, mächtigen Perserreich rüttelte Mohammad wach. Wenn wir Mekkaner an die Perser dachten, dachten wir an Gold, schöne Frauen, Früchte, Teppiche, Könige und Königinnen. Und an ihren Propheten Zoroaster.

Im Vergleich zu Persien war unser Land ein rückständiger Flecken, ein Haufen Sand.

Jedes Land hatte einmal eine hohe Kultur entwickelt. Wir nicht, wir bisher noch nie.

Wir beteten immer noch Götter aus Stein an.

Mekka war eine todgeweihte Stadt. Dort wurden Sklaven wie Vieh behandelt, Frauen wurden als Besitz der Männer in Häusern eingesperrt.

Mohammad reiste, er übernachtete in den persischen Karawansereien und diskutierte nächtelang mit den Händlern.

Er sah die Unterschiede.

Er dachte nach.«

12

Ibrahim, Mohammads Vorbild

Waraqa war kein gewöhnlicher Kaufmann. Er war ein weltoffener Mann, der sich des verdorbenen Treibens in Mekka bewusst war.

Er war ein Christ oder besser gesagt: ein Hanif.

Die Hanife gehörten zu einer Gruppe Christen, die einen eigenen Weg gingen. Sie waren der Auffassung, dass die offizielle Kirche den Inhalt der Bibel und die Lebensgeschichte Jesu für ihre Zwecke abgewandelt habe.

Genau zu der Zeit, da Mohammad für Waraqa arbeitete, war in Mekka eine geheime Bewegung entstanden. Eine Gruppe junger Männer traf sich im Verborgenen, sie wussten, die Zeit der Abgötterei neigte sich dem Ende zu. Sie nahmen Anstoß an den Sklavenhaltern und den korrupten Händlern. Sie wollten die Lebensumstände der Frauen und Sklaven verbessern. Und sie suchten nach einem Weg, Mekka vor dem Untergang zu retten.

Waraqa nahm an dieser Bewegung teil.

Später, als Mohammad nicht mehr für ihn arbeitete, nahm ihn Waraqa einmal mit zu einer dieser Versammlungen. Mohammad wurde von allen herzlich aufgenommen.

»Er war ein Gewinn für uns«, sagte Waraqa. »In den Debatten stand er seinen Mann, von ihm ging eine starke Ausstrahlung aus. Nach und nach schien er sich aber zu langweilen. Vielleicht fand er uns zu schwach. Wir spielten mit dem Gedanken einer Reform, er fasste einen Umsturz ins Auge. Wir müssten, sagte er, uns in aller Öffentlichkeit gegen den Götzendienst auflehnen. Geheime Zusammenkünfte hielt er für nutzlos. Wir sollten auf die Straße gehen und mit den Leuten reden. Daran hatten wir überhaupt nicht gedacht, wir wollten das auch nicht. Wir suchten nach einer einfachen Lösung für die Stadt Mekka, doch Mohammad war weitblickender als wir.

Damals fiel mir das nicht auf, Mohammad war noch sehr jung, aber er suchte, wie ich glaube, bereits die Lösung im Göttlichen. Er redete allerdings nicht darüber. Vielleicht war er noch nicht so weit. Im Nachhinein sehe ich es sehr deutlich. Mohammad wollte Mekka mit einem heiligen Buch in der Hand retten. Der Prophet Ibrahim war sein Vorbild. Im Unterschied zu Moses und Jesus gehörte Ibrahim nämlich zu uns Arabern, und in seiner Kindheit hatte Mohammad mit seinem Großvater täglich viele Stunden in der Kaaba verbracht, wo Ibrahims Gegenwart noch stark spürbar war.

Auch Ibrahims Stamm hatte einst seine Götzen in dem Gebäude aufgestellt.

Ibrahim selbst wandte sich gegen die Götzen seines Volkes und wollte sie abschaffen. Einmal hatte er sogar die Bildwerke mit einer Axt zertrümmert. Daraufhin wurde er gefangen genommen und zum Tod auf dem Scheiterhaufen verurteilt.

Mohammad dachte an Ibrahim, und je älter er wurde, desto stärker wurde sein Verlangen, dessen Auftrag zu vollenden. Er kam immer seltener zu unseren Versammlungen und zog sich schließlich ganz zurück. Doch in unserer Gruppe lernte er drei weise Männer kennen, die ihn bis zu seinem Tod begleiteten. Es waren Abu Bakr, Umar und Uthman.«

Abu Bakr sollte Mohammads erster Nachfolger werden, der erste Kalif des Islam.

Ihm folgte Umar, und Uthman wurde der dritte Kalif.

Waraqa war alt, und es war schwül auf dem Innenhof. Es wurde Zeit für ein Mittagsschläfchen. »Darf ich heute Abend wiederkommen, wenn es etwas kühler ist?«, schrie ich ihm in sein taubes Ohr.

»Es ist gut. Komm nur«, sagte er und nickte.

13

Chadidscha, Mohammads erste Frau

Waraqa tat noch etwas, was großen Einfluss auf Mohammads Leben haben sollte. Er stellte ihn seiner reichen Kusine Chadidscha vor. Auf diese Weise warf er Mohammad aus einem Teich in einen Fluss.

Ich war sehr neugierig auf die Geschichte ihrer ersten Begegnung.

Chadidscha veränderte auch mein Leben. Ich war ein Niemand, erst durch sie wurde ich ein Jemand.

Ich, Zayd, werde meinen Stift mit Umsicht handhaben, wenn ich über sie schreibe. Sie war meine Herrin, ihr gebührt Respekt.

Sie war wie eine Mutter für mich.

Ich werde jedes Wort über sie auf die Goldwaage legen.

Die charmante Chadidscha war die einzige Geschäftsfrau in Mekka, die Ansehen und Einfluss besaß.

Sie hat mich erschaffen, sie, die mich einst als Sklave gekauft und in ihr Haus aufgenommen hatte. Sie hat mich zu dem gemacht, der ich heute bin.

Um mehr über sie zu erfahren, suchte ich am Abend wieder Waraqa auf.

Sein Sohn empfing mich herzlich. Er hatte im Hof eine Liege für uns an die Wand gestellt. Ich setzte mich neben den Hausherrn.

»Waraqa, erzähl mir von Chadidscha.«

»Ach ja, meine liebe Kusine Chadidscha. Weißt du, es gibt Dinge, die vergisst man nie, aber ich bin alt geworden und man muss meinem Gedächtnis manchmal etwas auf die Sprünge helfen.«

»Was hat dich dazu gebracht, Mohammad Chadidscha vorzustellen?«

»Mein Onkel, Chadidschas Vater, war ein einflussreicher Kaufmann in Mekka«, sagte Waraqa. »Er starb überraschend, ohne einen Sohn zu hinterlassen, darum übernahm seine älteste Tochter Chadidscha das Familiengeschäft. Das war zu der Zeit, als Mohammad als Karawanenführer für die großen Kaufleute auf Reisen war.

Ich dachte mir, Chadidscha könnte einen so zuverlässigen Mann wie Mohammad als rechte Hand gut gebrauchen. Deshalb sprach ich damals erst mit ihr und dann mit ihm.

Es gab damals nur wenige Häuser in Mekka, die so prachtvoll waren wie das von Chadidscha, ein regelrechter Palast. Ich ging also eines Tages mit Mohammad zu ihr und stellte ihn ihr vor.«

»Hattest du erwartet, dass die beiden heiraten würden?«

»Nein, Chadidscha war Anfang vierzig, sie war schon zwei Mal verheiratet gewesen und hatte vier Kinder. Mohammad war mindestens fünfzehn Jahre jünger als sie und hatte meiner Meinung nach noch nie eine Frau angefasst. Außerdem war Chadidscha wie ich eine Hanif.

Nein, ich hatte nicht im Geringsten erwartet, dass sie heiraten würden und war zunächst nicht sonderlich begeistert. Ich fühlte mich fast ein wenig hintergangen. Im Übrigen war ich nicht der Einzige, den es überraschte. Die Kaufleute lästerten darüber. Keiner verstand es, und auch ich brauchte eine gewisse Zeit.

Ich dachte: Dieser Mohammad erreicht, was er will. Er wird das Land noch auf den Kopf stellen. Er war als Waise aufgewachsen, besaß nichts und wollte im Alleingang die

Götzen der Kaaba beseitigen. Ein Mann mit so großem Ehrgeiz brauchte Macht und Vermögen. Chadidscha schenkte ihm beides. Er brauchte ein repräsentatives Haus, Chadidscha hatte ein solches Haus. Er brauchte ein heiliges Buch, auf das er sich berufen konnte. Chadidscha gab ihm ihre Bibel. Er brauchte Kamele. Sie schenkte ihm dreitausend und stellte Hunderte Arbeiter für ihn an. Mohammad war Analphabet, Chadidscha brachte ihm das Lesen bei.«

»Waraqa, du legst nahe, Mohammad habe Chadidscha geheiratet, um seinen Traum verwirklichen zu können.«

»Ach ja? Nun, ehrlich gesagt, glaube ich das manchmal, manchmal auch nicht. Ein fünfundzwanzigjähriger Mann kann doch noch nicht wissen, dass er einmal Prophet werden wird. Andererseits hätte Mohammad jedes Mädchen haben können, das er sich wünschte. Warum entschied er sich dann für Chadidscha? Ging es ihm doch um die Macht? Wie siehst du das, Zayd?«

Statt ihm zu antworten, stellte ich ihm eine Gegenfrage: »Waraqa, wenn ich mich nicht irre, hast du sie anfangs öfter besucht, später immer seltener. Warum hast du Mohammad nicht unterstützt, als seine Sendung begann?«

»Schau, Zayd, Chadidscha schenkte ihm alles, ihren Körper, ihren Geist, ihr Gold, ihr Haus, ihre Kamele und ihren Glauben. Ich war ein Hanif, ich blieb ein Hanif und ich werde auch als Hanif sterben.«

»Ich höre Bitterkeit aus deinen Worten, Waraqa. Hat Mohammad dich gekränkt?«

»Nein, das nicht, das niemals. Aber wer ihm folgen wollte, musste sich ihm mit Haut und Haar verschreiben. Man musste ganz in ihm aufgehen. Das tat ich nicht, und das wollte ich auch nicht.«

Wir schwiegen lange, denn alles war gesagt. Ich küsste Waraqas Hand und verabschiedete mich.

14

Samiha, Chadidschas Tochter

Mohammad wurde der Herr des Hauses. Er übernahm die Leitung der Handelsgeschäfte, stellte einige fähige junge Händler an, die er von früher her kannte, und übertrug ihnen verantwortungsvolle Aufgaben. Das Geschäft erhielt neuen Schwung und florierte mehr denn je.

Wer hätte mir über diese Zeit Genaueres erzählen können als Chadidschas Tochter aus erster Ehe, die alles aus nächster Nähe miterlebt hatte?

Samiha war zwölf Jahre alt gewesen, als ihre Mutter Mohammad heiratete, sie erinnerte sich noch an den Augenblick, als der junge Mann zum ersten Mal ins Haus kam.

»Ich hatte Mohammad nie zuvor gesehen, ich stellte mich hinter den Vorhang, um ihn ausgiebig betrachten zu können. Er war weder besonders groß noch besonders klein. Sein milchweißes, langes Hemd war funkelnagelneu, und er trug geschlossene Schuhe aus Leder. Mir fiel auf, dass er sich sehr gerade hielt. Er hatte sich etwas Öl ins schwarze Haar getan, es glänzte im Licht der Fackel, als der Diener ihm zum Zimmer meiner Mutter leuchtete. Chadidscha war sehr verlegen und wusste nicht, wie sie sich verhalten sollte, weil er so jung war.

Es war immer still bei uns gewesen, Mohammad brachte Leben ins Haus. Meine Mutter lachte wieder, und es war immer etwas los.

Mehrmals in der Woche kamen Männer zum Abendessen

zu uns und diskutierten mit Mohammad. Sie aßen, tranken und redeten nach Herzenslust.

Meine Mutter wurde schon bald schwanger und gebar einen Sohn, Qasim. Mohammad war außer sich vor Freude. Er war so stolz auf seinen Sohn, dass er an manchen Tagen drei Mal nach Hause kam, um nach ihm zu schauen. Zu aller Verwunderung wurde meine Mutter noch zwei Mal schwanger und gebar zwei Töchter. Sie, die nach zwei Ehen die Hoffnung auf ein Familienleben aufgegeben hatte, war stolz wie ein Pfau, und die Diener hatten alle Hände voll zu tun.

Mohammad, der seinen eigenen Vater nicht gekannt hatte, er, der sich an seine Mutter nicht mehr erinnern konnte, war das Oberhaupt einer großen Familie geworden.

Außer Hauses widmete er sich dem Geschäft, doch in seinen eigenen vier Wänden schenkte er seine ganze Aufmerksamkeit uns sieben Kindern, meiner Mutter und den Dienern. Mohammad war zwar jung, aber er war geschickt und vernünftig, und in seiner Gegenwart fühlte man sich geborgen.

Doch dann traf uns ein schwerer Schicksalsschlag. Qasim wurde sehr krank. Mohammad ließ alle Ärzte von Mekka kommen, doch keiner konnte helfen, sein einziger Sohn starb in seinen Armen.

Mit ihm verließ auch das Glück unser Haus, es war, als wäre alles Licht für immer erloschen.

Mohammad befiel eine tiefe Trauer. Während er davor drei Mal am Tag die Arbeit unterbrochen hatte, um mit seinem Sohn zu spielen, beschäftigte er sich fortan nur noch mit den Geschäften und kam nicht einmal mehr abends zum Essen nach Hause.

Eines Tages ging meine Mutter allein aus. Das tat sie sonst nie, immer wurde sie von Dienern begleitet. Ich erinnere mich, dass ich rief: ›Mutter, wohin gehst du?‹

›Ich bin gleich wieder da‹, sagte sie.

Sie ging zum Haus ihres Vetters, des Sklavenhändlers Hakim bin Haram. Und als sie wiederkam, hatte sie ein Kind bei sich. Einen barfüßigen Jungen von etwa sieben Jahren mit langen dreckigen Nägeln und verfilztem Haar.

›Wer ist das, Mutter?‹, fragte ich erstaunt.

Sie antwortete nicht, rief nur ihren Diener herbei und befahl: ›Nimm ihn mit, schneide ihm das Haar, wasche ihn, schneide ihm die Nägel, zieh ihm frische Kleider an und behalte ihn in deinem Zimmer, bis ich dich rufe.‹

Am späten Abend, als Mohammad nach Hause kam, trat ihm Chadidscha auf dem Innenhof entgegen und sagte: ›Bleib stehen und schließ die Augen!‹

Ich sehe es vor mir, als sei es gestern gewesen.

Mohammad schloss die Augen. Meine Mutter winkte dem Diener und nahm eine Fackel in die Hand.

›Jetzt darfst du die Augen wieder aufmachen‹, sagte sie und hielt die Fackel hoch. Da stand der Junge mit kurzgeschnittenem Haar in seinen sauberen Kleidern und starrte Mohammad verlegen an.

›Wer ist das?‹, fragte Mohammad erstaunt.

›Er heißt Zayd. Ich habe ihn für dich gekauft‹, sagte meine Mutter lachend.

Ein Freudenstrahl erhellte Mohammads Gesicht. Das Glück kehrte wieder in unser Haus ein. Meine Mutter wurde noch zwei Mal kurz nacheinander schwanger, und jedes Mal hoffte sie auf einen Jungen, doch sie gebar zwei Töchter. So blieb Zayd Mohammads einziger Sohn.«

Ich, Zayd, weinte vor Glück, als Samiha mir diese Geschichte erzählte.

15

Chadidscha liest aus der Bibel vor

Samihas Worte versetzten mich in meine erste Nacht in Mohammads und Chadidschas Haus zurück.

So manches Detail fiel mir wieder ein. Zwei Jahre hatte ich wie ein Hund in den Käfigen und Schuppen der Sklavenhändler verbracht, nachdem mich jemand auf dem Bazar von Taif geraubt hatte. Doch als Chadidscha mich ihrem Vetter abgekauft hatte, bekam ich ein eigenes Bett im Zimmer der Diener.

In jener ersten Nacht fand ich keinen Schlaf, so weich war das Lager und so reinlich. Alles war anders, als ich es gewohnt war.

Ich hatte noch nie gesehen, dass eine Frau in einem Buch liest oder dass ein Mann den Kopf in den Schoß einer Frau legt. Deshalb hat sich folgende Szene meinem Gedächtnis für immer eingeprägt.

Es war warm, der Himmel tiefblau und unermesslich hoch und weit. Die vielen Sterne zogen ihn zur Erde hinab. Es war, als hingen die Sterne am Dach des Hauses oder als stünde das Haus zwischen den Sternen. Mohammad lag mit dem Rücken auf einem Teppich, den Kopf in Chadidschas Schoß gebettet, und Chadidscha las ihm beim Licht einer Öllampe, die neben ihr auf einem kleinen Tisch stand, aus der Bibel vor. Ruhig hörte er ihr zu; auf seiner Brust lag das jüngste Töchterchen und schlief. Ich konnte nicht wissen, dass sie gerade ihren Sohn verloren hatten und darum so traurig waren. Ebenso wenig konnte ich wissen, dass Chadidscha eine bestimmte Stelle ausgesucht hatte, um Mohammad zu trösten und ihm wieder Mut zu machen.

Die Worte, die sie an jenem Abend vorlas, haben sich mir unauslöschlich eingeprägt, obwohl ich ihren Sinn gar nicht verstand. Erst viel später fand ich die Stelle in der Bibel. Als ich sie las, kamen mir wieder die Tränen:

> »Da gebot Pharao allem seinem Volk und sprach: Alle Söhne, die geboren werden, werft ins Wasser, und alle Töchter lasst leben.
> Und es ging ein Mann vom Hause Levi und nahm eine Tochter Levi.
> Und das Weib ward schwanger und gebar einen Sohn. Und da sie sah, dass es ein feines Kind war, verbarg sie ihn drei Monate.
> Und da sie ihn nicht länger verbergen konnte, machte sie ein Kästlein von Rohr und verklebte es mit Erdharz und Pech und legte das Kind darein und legte ihn in das Schilf am Ufer des Wassers.«

Das Vorlesen aus der Bibel wurde zur Tradition im Haus. Jeden Abend nach dem Essen rollte der Diener einen Teppich auf der Galerie aus, stellte einen kleinen Tisch hin, zündete die Öllampe an und legte die Bibel daneben.

Chadidscha las vor, und Mohammad hörte, auf ein großes Kissen gelehnt, mit geschlossenen Augen zu. Die Diener standen still am Fenster und lauschten ebenfalls. Ich blieb auf der Türschwelle sitzen.

Im Koran brüstet sich Mohammad geradezu damit, dass er weder lesen noch schreiben könne. Das stimmt jedoch nur zum Teil.

Wahr ist, dass er weder lesen noch schreiben konnte, als er

Chadidscha kennenlernte. Doch dann versuchte er, das Lesen zu beherrschen, und gab sich auch beim Schreiben alle erdenkliche Mühe.

Er schrieb mit der rechten Hand, aber wie sehr er sich auch anstrengte, seine Handschrift blieb immer die eines Kindes.

An den Unterricht, den Chadidscha uns gab, erinnere ich mich noch sehr genau. Ihrem Mann gegenüber war sie natürlich nachsichtiger als mir. Ich übte so eifrig, dass ich Schwielen an den Händen bekam.

Nach einer Weile konnte ich genauso gut lesen wie Chadidscha, Mohammad hingegen war ein hoffnungsloser Fall. Er las schrecklich langsam, blieb bei jedem Wort hängen. Er las keine Sätze oder Wörter, sondern Buchstaben. Und das ist sehr anstrengend! Es überforderte sogar seine Geduld. Mohammad war ein Redner, kein Leser.

16

Mohammads Aufenthalt in den Karawansereien

Die Kinder waren groß geworden, und Chadidscha konnte den Haushalt allein führen.

Mohammad unternahm in dieser Zeit lange Reisen. Er hatte einige erfahrene Händler angestellt, die die Geschäfte in seiner Abwesenheit leiteten. Manchmal blieb er zwei Monate fort. Er schickte die Karawane mit den Waren nach Hause zurück und blieb in einer bekannten Karawanserei an der Seidenstraße im Grenzgebiet des Persischen Reichs.

Er hielt sich dort gern auf. Später, als ich älter geworden war und ihn begleiten durfte, verbrachten wir einmal drei Wochen dort.

Es war ein unvergessliches Erlebnis. Kaufleute aus allen Himmelsrichtungen, die reichsten, mächtigsten und bedeutendsten ihrer Zeit, trafen dort mit ihren Karawanen ein; alte, weitgereiste Händler aus Yazd, der Geburtsstadt des persischen Propheten Zoroaster, indische und griechische Händler, die weite Strecken auf ihren Kamelen zurückgelegt hatten.

Diese Kaufleute kamen nicht ausschließlich der Geschäfte wegen, sie wollten auch auf ihren Reisen die Welt entdecken. Sie begegneten Menschen aus aller Herren Länder und tauschten Erfahrungen aus. Sie lernten fremde Kulturen kennen und erfuhren von Entwicklungen auf den verschiedensten Gebieten.

Denn auch viele Wissenschaftler, Dichter und Abenteurer gaben sich hier ein Stelldichein. Es herrschte zwar ein buntes Sprachengewirr, aber es fand sich doch immer jemand, der einem bei der Verständigung helfen konnte.

Tagsüber widmeten sich die Kaufleute ihren Geschäften und breiteten ihre Waren auf dem Boden aus. Es war ein wunderliches Schauspiel! Viele der Dinge hatte ich nie zuvor gesehen. Die Griechen hatten eigenartige Statuen aus Messing mitgebracht, die Inder in China erworbenes Schreibpapier, die Byzantiner neuartige Spaten und Hacken aus Eisen. Es gab Perlenschnüre, goldene Armreifen, persische Teppiche und vielerlei Gewürze, getrocknete Früchte und Tierhäute.

Gegen Abend, nachdem alle in ihren Zelten gegessen hatten, bot sich uns ein ganz anderer, ebenso faszinierender Anblick. Die Männer bildeten Dutzende Kreise auf dem Boden. Fackeln brannten, duftender Tee wurde gereicht. Händler ließen frisches Naschwerk herumgehen, die Pfeifen wurden angezündet. Da wurde musiziert, dort tanzten schöne Sklavinnen, in einem anderen Kreis wiederum wurden Schlangen und Affen vorgeführt. Etwas abseits, in einer stilleren Ecke der Karawanserei, tauschten sich Philosophen über die Welt aus und diskutierten Stellen aus der Bibel, der Thora und der Avesta des Zoroaster. Dichter trugen ihre Verse vor, und Astronomen zeichneten ihre Beobachtungen des Himmelsgewölbes in den Sand.

Wenn es nach Mohammad gegangen wäre, wäre er nie mehr nach Hause zurückgekehrt.

Wissensdurstig lauschte er den Gelehrten und Astronomen; er beteiligte sich an den Diskussionen über die Schriften der alten Propheten und erfreute sich an den Vorträgen der Dichter.

Nach seiner Rückkehr hing der Haussegen immer eine Weile schief. »Wo bist du gewesen, Mohammad?«, rief Chadidscha. »Brauchst du uns nicht mehr? Hast du vergessen, dass du Frau und Kinder hast? Oder denkst du, was gehen mich die Geschäfte an, soll sich doch die Familie meiner Frau darum kümmern?«

Doch schon bald kehrte wieder Friede ein. Mohammad ging wieder zur Arbeit und kam abends rechtzeitig nach Hause, aber ich merkte, dass sich etwas geändert hatte. Er war schweigsamer geworden, seine Augen hatten mehr Tiefe bekommen. Er war abgemagert, und sein Gesicht war von Furchen durchzogen.

»Mohammad, was quält dich?«, hörte ich Chadidscha fragen.

Er schwieg. Es war, als hätte man einen Stein in einen stillen See geworfen.

17

Alle fünf Jahre

Chadidschas Tochter Samiha, die inzwischen geheiratet hatte, besuchte uns regelmäßig, denn sie verstand sich gut mit ihrer Mutter.

»Manchmal glaubte ich, meine Mutter habe wieder den falschen Mann geheiratet«, sagte Samiha. »Die Geschäfte gingen gerade so gut, unser Leben war wieder fröhlich geworden, und da fingen auf einmal diese langen Reisen an. Meine Mutter war wieder unglücklich, sie glaubte, Mohammad wolle sie nicht mehr. Sie hat immer Angst gehabt, ihn zu verlieren, Angst, er werde sie wegen einer jüngeren Frau verlassen. Sie klagte mir ihr Leid und sagte, sie sei sich ganz sicher, dass Mohammad bei anderen Frauen schlafe.

Ich glaubte ihr – schließlich war sie inzwischen fünfzig Jahre alt, und Mohammad stand in der Blüte seines Lebens. Sie sprach ihn darauf an, fragte ihn nach anderen Frauen, doch er bestritt das energisch.

Meine arme Mutter hat mit Männern nie Glück gehabt. Mohammad war ein guter Mensch, aber sie fand bei ihm keine Ruhe.

Mohammad war einfach nicht zum Ehemann geboren, und er passte nicht zu meiner Mutter.

Meine Mutter hat später einmal gesagt, im Leben Mohammads habe alle fünf Jahre ein neuer Abschnitt begonnen.

Der Mohammad, der weite Reisen unternahm, lange fortblieb und meine Mutter zur Verzweiflung brachte, stellte das Reisen nach fünf Jahren wieder ein. Er wurde sesshaft, ging regelmäßig zur Arbeit und kam zeitig nach Hause. Er war schweigsam geworden. Ungewöhnlich schweigsam. Oft saß er in Gedanken versunken da. In seinem Bart zeigten sich erste graue Haare.

Er suchte seine alten Freunde Abu Bakr, Umar und Uthman wieder öfter auf und unterhielt sich bis tief in die Nacht mit ihnen.

Und es kamen Bücher ins Haus. Eines Tages brachte Mohammad ein dickes Buch mit, und fortan las Chadidscha ihm jeden Abend daraus vor. Die Bücher brachten ihn zu ihr zurück, und ich merkte, dass sie wieder glücklich war. So hatte sie Mohammad manchmal die ganze Nacht an ihrer Seite.

Nach weiteren fünf Jahren begann er, sich immer öfter ins Gebirge zurückzuziehen. Und manchmal blieb er mehrere Tage fort.

»Mutter«, sagte ich, »lass ihn, er wird dir nie ganz gehören.«

18

Mohammad und die Höhle Hira

Nördlich von Mekka erstreckt sich eine Gebirgskette, deren Hänge im Sommer goldbraun glänzen und im Winter von schwarzer Farbe sind.

Kein Grashalm wächst auf den kahlen, schroffen Felsen, und keine Pfade führen hinauf. Es ist das Reich der Schlangen, der Salamander und der großen, erdfarbenen Heuschrecken.

Doch auf der anderen Seite des Gebirges, dort, wo mittags der Schatten ruht, wachsen viele dornenreiche Pflanzen. Dorthin bringen die Hirten im Frühling ihre Herden, damit sie von den jungen Trieben fressen.

An den Bergen ist nichts Besonderes, außer dass unter einem ihrer Gipfel eine Höhle liegt, die den Namen Hira trägt.

Diese Höhle ist unlöslich mit Mohammads Leben verbunden und nimmt einen wichtigen Platz im Koran ein. Es ist der Ort, an dem Mohammad dem Boten Allahs, dem Engel Gabriel, erstmals begegnete.

Fünf Jahre lang, von seinem fünfunddreißigsten bis zu seinem vierzigsten Lebensjahr, bestieg Mohammad immer wieder den Berg Hira.

Er verbrachte damals zwar mehr Zeit zu Hause als sonst, war aber innerlich ganz abwesend.

Er ging auch zur Arbeit, doch war von seiner Anwesenheit wenig zu merken. Er ging in sein Büro und schloss die Tür hinter sich.

Chadidscha machte sich Sorgen um Mohammad und um die Geschäfte. Deshalb versuchte sie, mich mehr einzubeziehen. Sie ließ mich Verabredungen mit den Kaufleuten treffen, und wenn Mohammad nicht ins Geschäft ging, nahm sie seinen Platz ein, und ich begleitete sie.

»Auf Mohammad können wir nicht mehr zählen«, sagte sie zu mir. Ähnliche Beschwerden kamen von den Kaufleuten. Immer öfter hielt Mohammad seine Verabredungen nicht ein, er lieferte nicht rechtzeitig, und Waren, die er bestellt hatte, holte er nicht ab.

Mohammad suchte sein Glück in einer Höhle auf dem Berg Hira.

Weder verabschiedete er sich von uns, wenn er fortging, noch teilte er uns mit, wann er wiederkommen würde. Es fing damit an, dass er nachmittags aufbrach und erst mitten in der Nacht nach Hause kam. Später blieb er dann manchmal zwei, drei Nächte fort.

Einmal sagte Chadidscha zu mir: »Zayd, wir verlieren Mohammad, jetzt bist du der Herr des Hauses. Präge dir alles gut ein, halte Augen und Ohren offen. Später, wenn du erwachsen bist, musst du die Geschäfte übernehmen.«

Doch so weit sollte es nicht kommen. Außerdem lag meine Sympathie eher bei Mohammad als bei ihr. Für ihn wäre ich durchs Feuer gegangen, ich war sein Sohn, sein Schatten, ich war sein verlängerter Arm geworden.

Als Junge war ich mir dessen nicht bewusst, erst später, als Erwachsener, erkannte ich, dass es einzig an Mohammads Persönlichkeit lag.

»Darf ich zu ihm ins Gebirge gehen?«, fragte ich eines Abends, »vielleicht braucht er unsere Hilfe.« Mohammad war schon ein paar Nächte nicht nach Hause gekommen, und Chadidscha machte sich Sorgen.

»Ja, Zayd, tu das. Jetzt ist es aber zu dunkel, geh morgen.«

»Der Mond scheint doch, und die Nacht ist hell.«

Ich steckte Brot, Obst, Datteln und Wasser in die Satteltaschen eines Maultiers und machte mich auf den Weg.

Das Maultier konnte schon bald nicht mehr weiter, ich band es an einen Strauch und stieg allein den Berg hinauf, dem Gipfel entgegen.

Die Höhle befand sich an einer unzugänglichen Stelle, wie eine Gämse musste ich an der Bergwand hochklettern und aufpassen, wohin ich meine Füße setzte. Der Mond stand direkt über mir, der Himmel reichte tief herab mit seinen unzähligen Sternen, und die Stille war so groß, dass ich mich kaum zu bewegen wagte, aus Angst, ein Stein könnte ins Rollen kommen. Endlich erreichte ich die Höhle. Ich sah ihre Öffnung in einem riesigen dunklen Felsen.

Leise rief ich: »Mohammad?«

Es kam keine Antwort.

»Mohammad?«, rief ich nochmals.

Wieder kam keine Antwort.

Behutsam schlich ich mich in die Höhle hinein. Eine kleine Öllampe brannte, doch einen Menschen konnte ich nicht entdecken. Die Höhle war sehr klein und so niedrig, dass man den Kopf ein wenig einziehen musste. Auf dem Boden war Platz für zwei nebeneinandersitzende Männer. Ein kleiner Teppich lag da, ein paar Bücher, ein Schreibrohr und mehrere beschriebene Pergamente.

Ich kniete mich hin, um sie zu lesen, aber sie waren nicht zu entziffern, als wären sie in Geheimschrift geschrieben. Ich blätterte in den Büchern. Die Bibel, die Thora, die Geschichten der alten Völker, die Lehre eines persischen Propheten und ein paar Schriften über das Himmelsgewölbe. Gehörten diese Bücher Mohammad?

Ich legte den Sack, den ich noch auf dem Rücken trug, auf den Boden und ging hinaus.

»Mohammad? Wo bist du, Mohammad?«

Ich kletterte höher hinauf.

Auf dem Gipfel zeichnete sich die Silhouette eines Mannes ab, der still zum Himmel aufschaute.

»Mohammad, bist du es?«

19

Saad, Mohammads Sachwalter

Der einzige Mensch, der auf diese Zeit mehr Licht werfen konnte, war Saad, ein alter Geschäftsfreund von Mohammad. Die beiden hatten als Karawanenführer für den selben Kaufmann gearbeitet.

Als Mohammad Chadidscha heiratete und ihr Geschäft übernahm, überredete er Saad, in seine Dienste zu treten.

Saad entwickelte sich zu Mohammads Sachwalter, er erledigte alles Nötige, wenn Mohammad weite Reisen unternahm und längere Zeit abwesend war. Und als Mohammad sich immer öfter ins Gebirge zurückzog, betraute Chadidscha Saad mit der Leitung der Geschäfte.

Ich hatte Saad seit meiner Kindheit nicht mehr gesehen, ich wusste nicht einmal, ob er noch lebte, doch das herauszufinden durfte eigentlich nicht schwer sein; ich brauchte nur zum Bazar von Mekka zu gehen und dort die alten Händler zu fragen.

Von den Kaufleuten, die ich damals kannte, war aber keiner mehr da. Und dort, wo einst Mohammads Geschäft war, standen jetzt junge Leute, die von der damaligen Zeit nichts wussten.

Plötzlich kam mir das Schicksal zur Hilfe. Ich sah den Mann, der früher mit einer Kanne, die er auf dem Rücken trug, auf dem Bazar Tee ausgeschenkt hatte. Seine Gesichtszüge waren noch die gleichen, doch er war alt und krumm geworden.

»*Salam alaikum*. Kennst du mich noch?«

Nein, er erkannte mich nicht.

»Ich bin Zayd, der Sohn von Mohammad, der hier früher ein Geschäft hatte.«

Der Mann lächelte, aber es war offensichtlich, dass er in meinem Gesicht den fünfzehnjährigen Zayd nicht wiedererkannte.

Ich drückte ihm eine Silbermünze in die Hand und sagte: »Ich suche Saad, der hier für Mohammad gearbeitet hat. Ich möchte wissen, ob er noch lebt. Ich warte dort in der Gaststätte auf dich. Wenn du ihn findest, gebe ich dir zwei Silbermünzen mehr.«

Ich musste lange warten. Ich aß, trank ein paar Gläser Tee und ließ mir eine Wasserpfeife bringen. Gerade als ich fast einnickte, tauchte der Mann auf.

»Und?«

»Er lebt. Er arbeitet im Süßwarenladen seines Enkels.«

»Wo?«

»Am anderen Ende des Bazars, direkt am Tor, an der Ecke.«

Ich folgte dem ehemaligen Teeverkäufer über den belebten Markt. In dem bewussten Geschäft drängten sich die Kunden. Der Duft der Süßwaren schlug einem schon von weitem entgegen: Gebäck und Naschereien, getrocknete Feigen, Datteln und Rosinen.

»Wo ist er?«

»Er arbeitet ganz hinten«, sagte der Teeverkäufer. Ich gab ihm die versprochenen zwei Silbermünzen.

Und tatsächlich, im hinteren Teil des Ladens saß Saad und knetete Teig. Er war alt geworden, doch er sah gesund aus und war noch flink mit den Händen. Ich legte ihm die Hand auf die Schulter, beugte mich vor und sagte leise: »*Salam alaikum*. Ich bin Zayd, Mohammads Sohn.«

Saad hielt inne. Er sah mich mit seinen trüb gewordenen Augen an: »Zayd? Zayd ibn Mohammad?«

Er erhob sich langsam und umarmte mich, an seinen fettigen Händen klebte noch Teig.

»Es ist hier sehr voll, lass uns hinausgehen«, sagte er, und wir begaben uns in den Garten des Teehauses.

»Zayd! Wie hast du mich bloß gefunden?«

»Mit Silbermünzen«, erwiderte ich lachend.

»Warum bist du zu mir gekommen?«

Ich berichtete ihm von meinem Vorhaben, die Erinnerungen der Menschen aufzuzeichnen, die Mohammad gekannt hatten. »Saad, erzähle mir von den Jahren, in denen Mohammad öfter ins Gebirge ging und dir das Geschäft überließ.«

»Deine Frage versetzt mich auf einmal wieder in die Vergangenheit. Trink deinen Tee, Zayd. Gib mir Zeit nachzudenken. Ich bin etwas enttäuscht von Mohammad.«

»Wieso denn das?«

»Er wurde der Führer des Landes«, sagte Saad. »Er wurde beinahe König. Nie hat er jemanden geschickt, um sich nach mir zu erkundigen. Obwohl wir doch Freunde waren und ich jahrelang für ihn gearbeitet habe.«

»Saad, versetz dich doch einmal in seine Lage. Er hatte alle Hände voll zu tun, alles ging so schnell, dass er kaum Zeit für seine eigenen Kinder hatte.«

»Ich verstehe es ja. Mohammad und ich waren Kollegen, aber auch Freunde«, sagte Saad, »er war ein anständiger Mann. Mehr Anführer als Kaufmann. Er konnte organisieren, die Dinge vorantreiben und in die Tat umsetzen. Als Mohammad Chadidschas Geschäft übernahm und Neuerungen einführte, war er in seinem Element. Er stellte die richtigen Leute an, schickte große Karawanen in alle Himmelsrichtungen, kurz, er ordnete alles. Aber er war nicht der

Mann, der Gewürze verkaufte oder Kamelhäute gegen Silber tauschte. Er war wissbegierig, er wollte die Welt erkunden. Ihn trieb die Sorge um Mekkas Zukunft um. Durch die Begegnung mit anderen Kulturen begriff er, dass Mekka am Rand des Abgrunds stand.

Nach einer seiner weiten Reisen sagte er zu mir: ›Die Welt ist in Bewegung, wir aber stehen still. In den Nachbarländern achten die Männer ihre Frauen, während wir uns ihrer schämen und unsere neugeborenen Töchter töten. In diesen Ländern werden Kinder mit Liebe behandelt, wir aber stecken sie wie Hunde in Käfige und verkaufen sie auf dem Markt. Alle anderen haben einen Propheten gehabt und ein heiliges Buch, nur wir haben keins von beiden.‹«

»Saad, kannst du mir sagen, warum er sich auf einmal aus dem täglichen Leben zurückzog und in diese Höhle ging?«

»Also, eine Weile im Gebirge zu verbringen, um in aller Ruhe nachzudenken, war damals nichts Ungewöhnliches. Die Gelehrten, die Sternkundigen und die Philosophen taten es auch.«

»Ja, eine Zeitlang«, sagte ich. »Aber bei Mohammad dauerte es fünf Jahre. Manchmal blieb er wochenlang in dieser Höhle. Ich brachte ihm Wasser und Essen, wenn er länger fortblieb.«

»Ich weiß. Chadidscha kam einmal ganz besorgt zu mir, sie meinte, Mohammad sei verrückt geworden. Ehrlich gesagt, dachte ich das auch. Die Arbeit machte ihm keine Freude mehr. Wenn er ins Geschäft kam, widmete er sich hauptsächlich den Büchern, die er von seinen Reisen mitgebracht hatte.«

»Die Bücher habe ich in der Höhle gesehen. Aber Lesen fiel ihm eigentlich schwer. Was machte er dann mit all den Büchern?«

Saad lächelte. »Er konnte schon lesen, es ging nur sehr langsam. Im Gebirge nahm er sich Zeit dafür. Meiner Meinung nach las er die Bücher Wort für Wort. Weißt du, wann ich anfing, mir wirklich Sorgen zu machen? Manchmal sagte er mir, er höre Stimmen. Jemand, den er nicht sehe, sage zu ihm: ›Mohammad!‹ Und wenn er in der Höhle sei, spreche die Stimme wieder zu ihm: ›Mohammad! *Qum faanthir*! Mohammad, erhebe dich!‹

Er sei hinausgegangen, doch er habe niemanden gesehen.

Er sagte zu mir: ›Alle unsere Nachbarländer glauben an einen einzigen Gott. Auch ich glaube, dass es nur einen Schöpfer gibt. Betrachte ich das Meer, sehe ich Ihn. Betrachte ich die Berge, sehe ich Ihn. Betrachte ich die Felder, sehe ich Ihn. Wohin ich auch blicke, sehe ich Ihn, den Einen. Aber ich begreife nicht, warum andere Ihn nicht sehen. Warum denken die Menschen nicht nach? Warum fragen sie sich nicht, wer die Himmel, die Meere, die Berge, die Bienen und die Frauen erschaffen hat? Wer lässt das Wasser vom Himmel fallen? Es muss doch jemand sein. Ein Gott, der Gott, der Moses gesandt hat, der Gott, der Jesus gesandt hat, der Gott, der Ibrahim gesandt hat. Es gibt nur einen Schöpfer. Er ist Einer und es gibt nichts außer Ihm: *La ilaha illa Allah*.‹«

»Saad, du hast gesagt, Mohammad habe über diese Stimmen geklagt.«

»Nein, das habe ich nicht gesagt. Er klagte nicht über sie. Er hörte sie nur. Er glaubte, jemand aus dem Himmel wolle mit ihm in Verbindung treten. Auf diese Begegnung wartete er, deshalb setzte er sich auf den Gipfel des Berges. Er wartete!«

20

Abu Naim

Nach dem Besuch bei Saad packte ich etwas Brot, Datteln und Wasser ein und ging zu Fuß zum Berg Hira. Ich wollte wie Mohammad eine Nacht in der Höhle verbringen.

Je weiter ich mich von Mekka entfernte, desto besser konnte ich die Stadt überblicken. Erst drangen ihre Geräusche noch zu mir herauf, dann verstummten sie. Jetzt war ich der Einzige, der außerhalb der Stadttore unterwegs war.

Es ging auf den Abend zu, als ich die Berge erreichte und mit dem Aufstieg begann.

Den Berg Hira umgibt nachts eine wundersame Atmosphäre. Während ich stieg, hüllte mich ein unendliches, tiefdunkles Blau ein, in dem unzählige Sterne funkelten und der Mond hell leuchtete.

Der Weg hinauf ist nicht allzu beschwerlich, nur kurz vor dem Gipfel stellen drei große Felsen ein schwer zu überwindendes Hindernis dar, wenn man nicht genau weiß, wo man hindurchschlüpfen kann.

In der Höhle zündete ich eine Kerze an. Spinnen hatten große Netze gesponnen, und der Boden war mit Vogelfedern übersät. Ich säuberte eine Stelle und setzte mich hin.

Dann versuchte ich, in dem Buch zu lesen, das ich mitgenommen hatte, doch die Buchstaben verschwammen mir vor den Augen. Der Berg und die Nacht hatten mich in ihrer Gewalt.

Hier hatte Mohammad fünf Jahre lang viele Nächte verbracht, und hier hatte er Stimmen gehört.

Es war auch gar nicht anders möglich. In dieser Höhle würde jeder Stimmen hören.

Nach einer Weile löschte ich die Kerze und legte mich auf die Seite, die Hände als Kissen unter dem Kopf.

Mir kamen Erinnerungen an meine Kindheit, dann wurde ich allmählich eins mit der Nacht, und es schien mir, als bewegte ich mich mit den Sternen am Himmel.

»Zayd!«, sprach eine Stimme. »Wir haben dich gesehen.«

Tränen sprangen mir in die Augen, als ich an Mohammads Einsamkeit in jenen Jahren dachte. Er wollte sein Volk ganz allein vor dem Untergang retten und suchte Hilfe im Himmel.

Ich atmete tief durch die Nase ein, als könnte ich seinen Geruch wahrnehmen, doch der Geruch war verflogen, nur die vom Ruß der Öllampe geschwärzten Steine über meinem Kopf zeugten noch von Mohammad.

Ich hielt es in der Höhle nicht länger aus. Ich trat ins Freie und kletterte weiter nach oben. Als ich den Gipfel erreichte, sah ich auf der anderen Seite etwas Unerwartetes, etwas Tröstliches. Dutzende Herdentiere lagerten verstreut auf den Hängen und ruhten, die Hirten wärmten sich an kleinen Holzfeuern.

Es war still, nichts rührte sich, es war, als wären die Tiere, die Hirten und die Feuer Teil des Universums.

Dies hatte Mohammad jede Nacht erlebt.

In seiner Jugend hatte er einige Jahre als Schäfer in den Bergen verbracht.

Er muss die Hirten gekannt haben. Er wird sich bei ihnen Milch geholt haben. Er wird mit ihnen gegessen haben.

Ich ging von Herde zu Herde und redete mit den Hirten. Sie waren alle jung und wussten nichts von der Zeit, als Mohammad sich in der Höhle aufgehalten hatte. Sie nannten mir die Namen älterer Hirten. Als der Morgen anbrach, kehrte ich nach Mekka zurück.

Am nächsten Abend machte ich mich auf die Suche nach Hirten, die Mohammad vielleicht noch gekannt hatten, doch entweder waren sie schon tot oder sie waren kindisch geworden und redeten wirres Zeug. Zu viele Jahre waren sie der brennenden Sonne ausgesetzt gewesen, ihre Erinnerungen waren wie verdorrte Dattelbüschel. Nach langer Suche fand ich aber einen Hirten, der noch bei klarem Verstand war. Er hieß Abu Naim und lag auf dem Sterbebett.

Ich kniete mich neben sein Lager, umfasste seine Hand und legte mein Ohr an seinen Mund.

»Nachts begegnete ich ihm oft dort oben. Er schlief in der kleinen Höhle. Wenn ich vorbeikam, wechselte ich manchmal ein paar Worte mit ihm, fragte ihn, ob er etwas brauche. Alle Hirten kannten ihn.«

»Konntest du sehen, was er in der Höhle machte?«

Der Hirte schloss die Augen und dachte nach.

»Eines Abends sah ich ihn dort liegen. Die Höhle war ja klein. Er lag auf dem Rücken, die Füße gegen die Wand, die Hände unter dem Kopf gefaltet.«

Abu Naim war sehr schwach, er konnte nicht lange sprechen. Ich tat ein Stück Kandiszucker in ein Glas Tee und half ihm, einen kleinen Schluck zu trinken.

»Was kannst du mir sonst noch über Mohammad erzählen?«

»Tief in der Nacht machte er oft einen kleinen Rundgang, dann setzte er sich zu uns Hirten und unterhielt sich mit uns. Manchmal saß er wie ein Wolf auf dem Gipfel des Berges. Wir sahen seine Gestalt aus der Ferne. Der Anblick war uns vertraut. Wir verstanden nicht, was er dort oben suchte, doch früher hatten wir öfter Menschen gesehen, die es ihm gleichtaten. Es waren Gelehrte.«

»War er immer allein oder bekam er auch manchmal Besuch?«

»Ich habe nie jemanden bei ihm gesehen. Nur bei uns, den Hirten, hielt er sich manchmal auf. Wir blieben ein paar Monate im Jahr oben, er brachte uns hin und wieder frisches Obst, wenn er gerade aus der Stadt kam. Und wir gaben ihm Milch, Joghurt oder Käse, den wir selbst herstellten.«

Ich durfte Abu Naim nicht länger lästig fallen. Ich drückte ihm zwei Goldmünzen in die Hand. Darüber würde er sich freuen, wie ich wusste, denn nun hatte er etwas zu vererben.

21

Der Schöpfer der Oliven

Nach anderen Hirten suchte ich nun nicht mehr. Ich wusste, was Mohammad beschäftigt hatte.

Die Verantwortung lag jetzt bei mir, dem Chronisten, und meinem Stift.

Niemand konnte mir besser helfen als Mohammad selbst, und die beste Quelle war sein Koran.

Der Koran besteht aus hundertvierzehn Suren, und jede Sure ist nach dem Gegenstand benannt, dem Mohammad sich zuwandte.

Deswegen notierte ich mir alles, worüber er in der Öffentlichkeit gesprochen hatte: Die Kuh. Völker, die vor uns lebten, wie die Ad und Thamud. Die alten Propheten Moses, Noach und Ibrahim. Die Frauen. Der Tisch. Das Vieh. Der Donner. Die Bienen. Maria. Das Licht. Die Ameisen. Die Spinne. Die Byzantiner. Der Prunk. Das Paradies. Die Hölle. Der Stern. Das Gebirge. Der Mond. Allah. Das Eisen. Das Schreibrohr. Der Mensch. Die Engel. Der Nachtstern. Die Sonne. Der Honig. Die Feigen. Der Samen. Das Erdbeben. Die Schiffe. Die Oliven. Das Frühlicht.

Es musste doch jemanden geben, der all diese wunderbaren Dinge erschaffen hatte.

Jemand, der den Menschen aus einem Tropfen erschaffen hat.

Der die Sonne und den Mond dienstbar gemacht hat.

Der dem Meer Fische und Schmuck vergönnte.

Der dafür sorgte, dass die beladenen Schiffe nicht sinken, sondern das Meer durchspalten.

Der die Berge wie riesige Pflöcke in die Erde gerammt hat, damit sie nicht ins Schwanken geraten.

Er schrieb:

»Bei den trabenden, schnaubenden Pferden,
und bei den Funken, die ihre Hufe schlagen,
und bei den Kämpfern am frühen Morgen,
die den Staub aufwirbeln lassen
und sich einen Weg bahnen ins Schlachtgewühl:
Wahrlich, etwas Großes, Geheimnisvolles wird geschehen!«

Er betrachtete verzückt sein Schreibrohr und summte:

»*Wal-qalami wa-ma yasturuna*:
Beim Schreibrohr und bei dem, was man damit niederschreibt.
Es muss doch einen Schöpfer solcher Wunder geben.«

Mohammad sah überall die Spuren des Schöpfers, doch warum sah der Schöpfer Mohammad nicht?

In seiner Höhle wartete er auf ein Zeichen von Ihm. Er glaubte, ein Auserwählter zu sein. Anders als alle anderen. Er spürte, er würde von oben einen Auftrag erhalten. Er wurde beinahe gewahr, wer vom Himmel aus die Welt lenkte.

Doch niemand von oben sah Mohammad und niemand offenbarte sich ihm.

Sein Zweifel wuchs. Immer öfter dachte Mohammad, dass er sich geirrt hatte.

22

Gabriel, der Bote Allahs

Wenn Allah, der Schöpfer des Menschen, der Esel, der Bienen, der Ameisen, der Äpfel und Datteln, Mohammad auserwählen wollte, dann musste Er sich beeilen. Denn Mohammad hatte sein vierzigstes Lebensjahr erreicht und war im besten Mannesalter.

Der Zweifel hatte sein Werk getan; er hatte Mohammad zermürbt und ihm den Appetit geraubt, er sah bleich und abgezehrt aus. Er war kein Prophet, kein Auserwählter, sonst hätten ihn die Mächtigen schon längst bemerkt. Er hatte doch die besten Absichten, Mekka zu läutern, aber es war alles umsonst. Die Kraft, die er besaß, den Menschen den rechten Weg zu weisen, verließ ihn.

Der Schöpfer wollte mit Mohammad nichts zu tun haben. Er hielt ihn wohl für ungeeignet, einen solchen Auftrag auszuführen. Mohammad fehlten die nötigen Eigenschaften, wie sie die alten Propheten Ibrahim, Dawud, Moses und Jesus besessen hatten.

Wer war Mohammad schon? Ein Waisenknabe, den niemand hatte aufnehmen wollen. Ein des Lesens und Schreibens Unkundiger, der im Haus seiner Frau lebte.

Mohammad war ein Niemand, ein Verlorener, der das Geschäft seiner Frau an den Rand des Abgrunds gebracht hatte.

Ich erinnere mich noch an den letzten Streit zwischen Mohammad und Chadidscha, der ihrer beider Leben für immer veränderte.

»Mohammad, das ist doch kein Leben, weder für dich noch für mich. Wie lange willst du dich noch in diese Höhle verkriechen? Bis dein Bart grau geworden ist und dir bis zu den Knien reicht?«

Er antwortete nicht, sah zu Boden.

»Warten? Wie lange willst du noch warten? Du hast vier Töchter. Wenn du so weitermachst, wird niemand um ihre Hand anhalten. Wer ist ihr Vater? Ein Narr, der in den Bergen haust?«

Er sagte nichts, nahm seinen Mantel, lief hinaus und suchte Zuflucht in den Bergen.

Ich, Zayd, konnte niemanden finden, der weiß, was in jener Nacht auf dem Berg Hira geschah.

Ich bin ein Chronist, ich darf mich nicht in meiner Phantasie verlieren, sondern muss mich an die Tatsachen halten.

Der große Dichter Zainul'abedin Rahnama hat diese Nacht in einem langen meisterlichen Gedicht beschrieben. Ich übernehme seine Worte:

»Es war an einem Montag im Monat Ahud, in der siebzehnten Nacht. Der Mond schien hell und sanft, und alles lag ruhig da. Es wehte ein leichter Wind. Manche Berge waren dunkel wie Schatten, andere hatten die goldbraune Farbe eines Kamels. Der Berg Hira wirkte gewaltiger und höher als sonst. Es war, als stünde er zwischen den Sternen und als spitzten alle Sterne die Ohren, um das kleinste Geräusch aufzufangen. Hoch oben auf dem Berg bewegte sich eine Gestalt; es war Mohammad, der im Mondlicht zum Gipfel stieg. Und je höher er kam, desto überwältigender wurde die Stille. Auf der Bergspitze sah er sich nach Mekka um, das als schwarzes Loch in der Ferne lag. Mekka, wo Verbrechen gang und gäbe waren, wo man die Schreie der neugeborenen Mädchen hörte, die getötet wurden, und das Stöhnen der

Sklaven, die sich in der Finsternis abmühten. Jetzt erkannte er die großen Fackeln, die vor der Kaaba brannten. Oh, warum war es ihm nicht vergönnt, diese Stadt von Grund auf zu verändern?

Er sah zur anderen Seite, zu den ruhenden Herden, den schlafenden Hirten, den glimmenden Feuern. Nichts regte sich. Auch er stand reglos da. Das Herz klopfte ihm bis zum Hals, sein Atem ging schnell. Plötzlich flammte ein Licht auf, erst war es wie ein ferner Stern, dann wurde es immer heller, bis es den ganzen Himmel bedeckte. Es sank herab und umhüllte die Berge und mit ihnen auch Mohammad. Er erschrak wie eine furchtsame Taube. Er zitterte vor Erregung. Kalter Schweiß brach ihm aus, und das Licht ergriff Besitz von ihm. Er wähnte sich dem Tode nah, in seinem Kopf drehte sich alles, und in den Ohren wisperte es. Eine Stimme sagte: ›Mohammad! Mohammad! Mohammad! Mohammad!‹

›Wer spricht da?‹, flüsterte Mohammad.

›Der Engel Gabriel‹, sagte die Stimme.

›Gabriel?‹, fragte Mohammad verwirrt.

›Der Engel Gabriel‹, wiederholte die Stimme.

Eine Hand ragte mitten aus dem Licht und hielt Mohammad ein beschriebenes Tuch hin. ›*Iqra* Mohammad! Lies, Mohammad!‹

›Ich kann es nicht‹, sagte Mohammad zögernd.

›*Iqra* Mohammad! *Iqra*!‹, drängte die Stimme.

›Ich kann es nicht‹, wiederholte Mohammad.

Der Engel packte ihn an der Schulter, schüttelte ihn und sagte: ›*Iqra* Mohammad!‹

Mit unsicherer Stimme begann Mohammad zu lesen:

›*Iqra bismi rabbika allathi* …
Trage vor im Namen deines Herrn, der erschaffen hat,
den Menschen erschaffen hat aus einem Blutklumpen.
Trage vor! Dein Herr ist der Allgütige,

der den Menschen durch das Schreibrohr gelehrt hat,
ihn gelehrt hat, was er nicht wusste.‹

Kaum hatte Mohammad das letzte Wort ausgesprochen, verschwand der Engel, als wäre er nie da gewesen. Hilflos starrte Mohammad zum Himmel hinauf.

Dann stieg er stolpernd den Berg hinab.«

23

Der Engel im Zimmer

Es war tief in der Nacht, fast schon Morgen. Im Schlaf hörte ich die Tür knarren. Ich, der immer auf Mohammad wartete, ich, der immer der Erste war, der seine Schritte hörte, ich, der ihn jede Nacht, wenn er nach Hause kam, in sein Zimmer begleitete, ich wusste sofort, dass dieses Mal etwas anders war als sonst. Die Kette an der Tür klirrte nicht so, wie ich es gewohnt war, auch Mohammads Schritte klangen anders.

Es war etwas geschehen, und ich durfte es als Erster spüren, als Erster wissen. Rasch griff ich nach einer Decke und rannte zur Tür.

Im dunklen Gang sah ich ihn, er bewegte sich taumelnd. Ich legte ihm die Decke um die Schultern.

Chadidscha trat barfuß in den Gang.

»Was ist passiert, Mohammad?«, rief sie und führte ihn zu seinem Zimmer.

Ich nahm eine Fackel und leuchtete ihm ins Gesicht. Jetzt war ich mir sicher.

»Was ist mit dir geschehen, Mohammad?«, fragte Chadidscha besorgt.

»Ich … ich … sie … sie … sie haben mich gesucht.«

Bestürzt ließ Chadidscha den Arm ihres Mannes los. »Was sagst du?«

»Sie … er … er hatte ein beschriebenes Tuch bei sich.«

»Wer?«

»Ich musste es vorlesen. Ich las es vor … ›*Iqra bismi rabbika allathi khalaq*.‹«

Weinend zog Chadidscha ihren Mann ins Zimmer. »Komm, mein Liebster. Alles wird wieder gut«, sagte sie.

Auch ich konnte die Tränen nicht zurückhalten.

Chadidscha weinte um den Zustand ihres Mannes, aber ich weinte vor Freude.

Und mit der Fackel in der Hand blieb ich im Hof stehen.

»Komm, leg dich hin, mein armer Mann. Leg den Kopf in meinen Schoß«, hörte ich Chadidscha sagen.

Ich wartete, bis es still wurde. Zum Schlafen war es jetzt zu spät. Es würde schon bald hell werden.

Ich ging zum Brunnen und ließ den Eimer hinab. Ich brauchte jetzt frisches Wasser.

Niemand kann mir sagen, was in jener Nacht geschah.

Glücklicherweise braucht es keinen Zeugen, denn Mohammad hat es selbst im Koran berichtet, in der Sure »Der Verhüllte«.

Mohammad lag noch immer mit dem Kopf in Chadidschas Schoß, unter seinen Mantel verkrochen. Chadidscha glaubte, er sei eingeschlafen. Doch Mohammad war wach und dachte an seine Begegnung mit dem Engel Gabriel zurück.

Auf einmal hörte er wieder dessen Stimme: »*Ya ayyuha al-Muddaththiru! Qum faanthir* … Der du dich zugedeckt hast, steh auf und warne die anderen und preise die Größe deines Herrn!«

Erschrocken zog sich Mohammad den Mantel vom Kopf.

»Was ist, Mohammad?«, fragte Chadidscha.

»Der Engel ist hier im Zimmer«, sagte er zitternd.

»Hier ist niemand, bleib liegen, mein Liebster.«

»Ich habe doch nicht den Verstand verloren, ich höre wirklich Stimmen, ich höre ihn.«

»Du brauchst Ruhe, Mohammad.«

Beim ersten Morgenlicht zog Mohammad seinen Mantel an und verließ das Haus. Und ich, Zayd, der gerade am Brunnen stand, folgte ihm aus der Ferne. Auf dem Platz bei der Kaaba traf er seine Freunde Abu Bakr, Umar und Uthman.

»Was gibt's, Mohammad? Hast du schlecht geschlafen?«, fragte Abu Bakr.

»*La ilaha illa Allah*«, sagte Mohammad, »man hat zu mir gesprochen. Sehe ich aus wie ein Verrückter? Denkt ihr, ich sehe Geister?«

Abu Bakr fasste ihn am Arm: »Du kommst mit uns mit!«

Ich ging zurück, um Chadidscha zu beruhigen. »Abu Bakr, Umar und Uthman kümmern sich um ihn.«

24

Abu Bakr, Umar und Uthman

Abu Bakr war fast im gleichen Alter wie Mohammad, sie kannten einander vom Bazar. Abu Bakr war ein reicher Kaufmann, der über tausend Kamele besaß. Er sollte Mohammads Nachfolger werden und der erste Kalif.

Umar war jünger als Mohammad. Er handelte mit Edelsteinen und Juwelen, vor allem mit Diamanten und Perlen. Er sollte Abu Bakr als Kalif nachfolgen und das Byzantinische und das Persische Reich erobern.

Uthman war ebenfalls jünger als Mohammad. Er stammte aus einer reichen Familie, die aktiv am politischen Leben teilnahm. Uthman besaß ein Geschäft in Mekka und verkaufte Seide aus fernen Ländern, Atlas aus Byzanz und farbenprächtige persische Vorhänge, in die Darstellungen von Löwen und Sonnen hineingewebt waren. Uthman sollte Umars Nachfolge als Kalif antreten.

Mochten sonst alle glauben, Mohammad sei verrückt geworden oder auf dem besten Weg dahin, seine drei Freunde waren vom Gegenteil überzeugt.

Sie trafen sich oft und diskutierten über den Glauben, über Mekka und den Götzendienst. Doch im Lauf der Zeit löste sich Mohammad wieder von ihnen. Nach jeder Reise in ferne Länder sprach er mit größerer Überzeugung von der Richtigkeit seines Weges.

Abu Bakr, Umar und Uthman hatten gewisse Zweifel, ob er mit seinem Allah in Mekka etwas ausrichten könnte. Mohammad war schließlich nicht der Erste, der es versuchte.

Die Mekkaner waren daran gewöhnt, dass hin und wieder ein Narr, ein Dichter, ein umnachteter Philosoph auf der Straße verkündete: »Ich bin ein Prophet. Ich zeige euch den rechten Weg.« Doch sie erkannten bald, dass Mohammad unaufhaltsam wie ein großer Stein vom Berg herabrollen würde; er würde entweder sich selbst zerstören oder die Götzenbilder.

Ich hätte gern gewusst, was Abu Bakr, Umar und Uthman an jenem Morgen zu Mohammad gesagt hatten.

Doch sie würden meine Frage niemals beantworten. Sie hatten Mohammad zu einer unantastbaren Legende gemacht. Sie hatten ihm Eigenschaften angedichtet, die er nicht besaß.

Daher würde ich über diesen Teil von Mohammads Leben, den nur Abu Bakr, Umar und Uthman kennen, leider nie etwas erfahren.

25

Ali, Mohammads Vetter

Ali war der jüngste Sohn von Onkel Talib, Mohammads Vormund. Er war für Mohammad wie ein jüngerer Bruder.

Später sollte er als Nachfolger Mohammads der vierte Kalif werden.

Ich war mit ihm befreundet und konnte gut mit ihm reden.

Eines Tages nahm ich in der Moschee, in der Ali das Gebet leitete, hinter ihm Platz. Nach dem Gebet küsste ich ihn auf die Schulter.

»Was bringt Zayd zu uns?«, fragte er lächelnd.

Er wusste, dass ich Mohammads Leben aufzeichnete und hatte mir schon öfter seine Unterstützung angeboten. Darum sagte ich: »Ich habe eine Frage, die nur du mir beantworten kannst.«

»Frag nur, Zayd!«

»Ali, du kennst Abu Bakr, Umar und Uthman wie deine eigenen Hände. Was haben sie wohl zu Mohammad gesagt, als sie ihm in seinem verwirrten Zustand auf der Straße begegneten?«

Die Gläubigen hatten die Moschee verlassen, und wir waren allein. Der Verwalter brachte uns Datteln und Tee.

»Ich habe ihn oft von diesem Vormittag erzählen hören«, sagte Ali, »es war offenbar eine liebgewonnene Erinnerung. Folgendes hatte sich zugetragen: Die Getreuen glaubten erst, er habe sich mit Chadidscha überworfen und ihr Haus verlassen. Doch Mohammad überraschte sie mit den Worten:

›*Iqra bismi rabbika allathi* …

… im Namen Allahs,

Der den Menschen aus einem Blutklumpen erschaffen hat.‹

Kaum hatten sie das gehört, ergriffen sie ihn am Arm und führten ihn zu Abu Bakrs Haus. Dort bereiteten sie ihm zunächst ein kräftiges Frühstück aus Milch, Eiern, Käse und Honig. Erst, als er sich etwas erholt hatte, forderte Abu Bakr ihn auf:

›Erzähle, Mohammad.‹

›Sie haben sich mir offenbart‹, antwortete Mohammad und verstummte. Doch Abu Bakr ließ nicht locker, bis Mohammad den Rest der Geschichte erzählte.

Sie schwiegen lange, nachdem Mohammad geendet hatte. ›Du stehst am Anfang deines Auftrags, Mohammad‹, sagte Umar schließlich.

Und Abu Bakr fügte hinzu: ›Du bist nicht verrückt, Mohammad, aber wenn du jetzt aufgibst, wirst du es. Du musst deinen Weg bis zum bitteren Ende gehen. Ich stehe zu dir.‹

›Ich ebenfalls‹, pflichtete ihm Umar bei. ›Es gibt jedoch eine Schwierigkeit. Du bist ein Prophet, wir sind niemand. Im Grunde hast du uns ins Abseits gedrängt, deshalb können wir jetzt nichts für dich tun.‹

›Jedenfalls vorläufig nicht‹, fügte Uthman hinzu, ›wir halten uns im Hintergrund, und du kannst immer auf uns zählen, Mohammad.‹

›Gesegnet sei dein Weg‹, sagte Abu Bakr zum Schluss, ›wir stehen zu dir. In Leid und Freude!‹

Umar küsste Mohammad auf die rechte Schulter.

Uthman küsste ihn auf die linke.

Abu Bakr küsste ihn auf die Stirn.

Und sie erhoben sich.«

26

Mohammad, der Gesandte

Ein Jahr lang bot Mohammad all seine Kräfte auf, um die Einwohner Mekkas davon zu überzeugen, dass er Allahs Gesandter sei.

Und ich folgte ihm überallhin.

Zuerst suchte er die Leute auf, die er kannte.

Ich hielt mich stets in einiger Entfernung. Daher konnte ich nicht hören, was er zu ihnen sagte, ich sah nur, dass er mit der Hand abwechselnd zum Himmel zeigte und zur Kaaba.

So wusste ich auch, wann er über die alten Propheten sprach und wann über die Nachbarländer, die keine Götzen anbeteten.

Und an seinen Gesten sah ich, dass er vom Berg Hira sprach und vom Engel, dem er dort begegnet war.

Die Leute behandelten Mohammad mit Respekt. Sie kannten ihn ja, aber keiner hörte auf ihn.

Ein Jahr lang suchte er jeden einzelnen Kaufmann auf, mit dem er früher zusammengearbeitet hatte, doch schließlich musste er einsehen, dass all sein Bemühen vergeblich war.

»Allah? Welcher Allah? Wovon redest du bloß, Mohammad?« Sie lachten ihn aus. So oft hatten sie schon selbsternannte Propheten erlebt.

»Mohammad«, sagten sie, »jedem anderen hätten wir das zugetraut, nur dir nicht! Du bist rechtschaffen, du bist Chadidschas Mann. Du leitest ein großes Geschäft. Wie kommt es nur, dass du auf einmal wie ein Verrückter von einem zum anderen rennst, um ihn zu bekehren? Du, ein Gesandter? Was fällt dir ein?«

Namim bin Nasir, der mit Salz, Pfeffer und Gewürzen handelte, erzählte mir Folgendes:

»Wenn Mohammad auf dem Bazar erschien, versteckten sich die Kaufleute im hintersten Winkel ihres Ladens, denn kaum hatte er einen von ihnen erblickt, fing er gleich wieder von Allah an, vom Regen, den Äpfeln, den Datteln und dem Samen und konnte kein Ende finden.«

Derselbe Namim erinnerte sich noch, wie Abu Dschahl, der oberste Wächter von Mekka, einmal zu ihm in den Laden kam: »Gerade habe ich Mohammad auf der Straße getroffen. Oder besser gesagt, er hat sich mir in den Weg gestellt und mir den Kopf gewaschen. ›Abu Dschahl‹, sagte er, ›wenn du mir folgst, wirst du der Anführer von Allahs Heer.‹

Ich witzelte: ›Und was ist, wenn ich in der Schlacht falle?‹

Mohammad antwortete: ›Wenn du bei einem der Kämpfe stirbst, kommst du ins Paradies, wo Jungfrauen in grünen Gewändern, mit goldenen Armreifen und einem Becher Wein in der Hand auf Ruhebänken im Schatten der Bäume auf dich warten.‹

Abu Dschahl lachte laut und fuhr fort: ›Mohammads Bart ist grau geworden und sein Geschäft macht Bankrott. Jetzt versucht er, Jungfrauen zu verkaufen!‹«

27

Das zweite Jahr von Mohammads Sendung

Immer öfter stand Mohammad an einer Ecke des Platzes vor der Kaaba und wartete. Sobald jemand vorbeikam, den er kannte oder von dem er hoffte, er könne mit ihm ins Gespräch kommen, ging er ein Stück neben ihm her. Ich folgte in angemessenem Abstand.

Ich war schon froh, wenn die Unterhaltung eine Weile vorhielt, denn in den meisten Fällen stieß Mohammad auf taube Ohren.

Wenn er merkte, dass der andere ungerührt blieb, reichte er ihm die Hand, dankte ihm für seine Geduld und ließ ihn gehen.

»Aus Stein«, sagte er dann zu mir, »sie sind aus Stein, genau wie ihre Götzen. Sie hören nichts. Augen, Ohren, Mund, alles versteinert. Sie stellen sich taub, wenn ich mit ihnen rede.«

Manche verlangten Beweise von ihm.

»Mohammad, wir kennen dich als aufrichtigen Menschen, aber beweise uns, dass du ein echter Prophet bist. Zeige uns die Beglaubigung deines Allahs, und sei es nur ein versiegeltes Pergament. Das muss für den Schöpfer des Weltalls doch ein Kinderspiel sein!

Die alten Propheten haben alle Wunder vollbracht. Aaron warf seinen Wanderstab zu Boden, worauf er sich in eine Schlange verwandelte. Jesus erweckte Tote zum Leben. Und du, Mohammad? Wo ist dein Wunder?«

Mohammad hatte kein Wunder zu bieten, und solange sich das nicht änderte, konnte er den Kaufleuten seinen Allah nicht vermitteln.

An dem, was sie sagten, war aber auch ein Quäntchen Wahrheit. Denn Mohammad tat alles für Allah, doch Allah tat nichts für ihn.

Abends kam Mohammad todmüde nach Hause.

Außer mir merkte es wahrscheinlich niemand, aber sein Haar wurde täglich grauer und die Furchen in seinem Gesicht immer tiefer.

Mit Chadidscha redete er nicht länger über seine Sendung. Mehr als den Satz »Heute wollte mir wieder niemand folgen« brachte er nicht über die Lippen.

Insgeheim bewunderte ich Chadidschas Geduld. Sie stritt sich zwar mit ihm, aber ihr Unmut dauerte nie lange. Sie beharrte nicht auf ihren Vorwürfen, sondern sorgte gut für ihn und nahm sich jeden Abend Zeit, seine wunden Füße zu pflegen.

»Du solltest dir Schuhe aus Eisen zulegen, Mohammad«, bemerkte sie.

Im Hintergrund setzten Abu Bakr, Umar und Uthman alles daran, Anhänger für Mohammad zu finden.

Erst richteten sie es so ein, dass Mohammad ihre engsten Freunde kennenlernte. Doch auch dies führte zu nichts.

Später organisierten sie Zusammenkünfte in Abu Bakrs Haus.

Sie richteten Feste aus mit köstlichen Speisen, Weinen, Obst und Süßigkeiten. Dann drängten sie Mohammad, eine Rede zu halten. Die Gäste konnten ihm Fragen stellen, bald erhitzten sich die Gemüter, und es wurde heftig diskutiert, wie man es in solchen warmen Wüstennächten zu tun pflegt. Zu später Nachtstunde gingen alle betrunken nach

Hause, und schon am Tag danach wollten sie nichts mehr von Mohammads Botschaft wissen.

Und doch gelang es Abu Bakr und Umar, zwei Männer für Mohammad zu gewinnen. Der eine war Abu Bakrs Metzger und hieß Zoubir. Der andere, ein kleiner Perlenhändler, hieß Saad und war ein Geschäftsfreund von Umar.

Nach zwei Jahren waren bloß ein Metzger und ein Perlenhändler als Anhänger gewonnen. So konnte es nicht weitergehen.

28

Am Ende seiner Kräfte

Allah hatte sich Mohammad bisher nur ein einziges Mal offenbart.

Er hatte ihn beauftragt, Ihm die Menschen zuzuführen, aber Er selbst rührte keinen Finger.

Sah Er denn nicht, wie die Verantwortung auf Mohammad lastete?

Merkte Er nicht, wie sehr die Leute Mohammad verhöhnten und verspotteten? Und wie er alles für Ihn aufs Spiel setzte?

Sah Allah nicht, wie Mohammad seine Kinder, seine Frau, seine Freunde, seine Familie und seinen ganzen Stamm Seinetwegen in Schwierigkeiten brachte, wenn er wie ein Narr überall herumposaunte, Allah sei der Schöpfer des Lichts und der kleinsten Fliege?

War Mohammad eigentlich auf dem richtigen Weg?

Mohammad begann zu zweifeln.

Hatte Allah ihm überhaupt ein Zeichen gesandt?

Hatte ihm der Engel Gabriel das beschriebene Tuch wirklich zu lesen gegeben?

War alles nur ein Traum gewesen? Ein Hirngespinst?

Oder schlimmer noch: Wenn er es sich nicht eingebildet hatte, warum hatte ihm Allah dann keinen Beweis dagelassen, und warum durfte er keine Wunder vollbringen?

Wie konnte man jemanden zum Gesandten erwählen, ohne ihm einen einzigen Beweis zu hinterlassen?

Tage, Wochen und Monate vergingen, und immer noch blieb ein Zeichen von oben aus.

Mohammad brach unter der Last seiner Zweifel zusammen.

Er verließ die Stadt und suchte wieder die Einsamkeit im Gebirge. Vor der Höhle wartete er auf ein neues Zeichen. Doch nichts geschah.

Also war es wahr, er hatte sich geirrt, er hatte sich alles nur eingebildet. Der Schöpfer hatte ihn nicht auserwählt. Allah brauchte Mohammad nicht.

Niedergeschlagen suchte er in der Nacht Schutz in der Höhle. Er bettete den Kopf auf einen Stein, rollte sich zusammen und weinte.

Plötzlich erklangen Schritte, und eine Stimme rief: »Mohammad!«

Es war der Engel Gabriel:

»Im Namen Allahs.
Beim Tag, wenn er leuchtet,
und bei der Nacht, wenn alles still ist!
Dein Schöpfer hat dich nicht verlassen
und nicht verstoßen.
Wahrlich, Er wird dir geben, und du wirst zufrieden sein.
Hat Er dich nicht als Waise gefunden
und aufgenommen?
Hat Er dich nicht auf dem Irrweg gefunden und richtig geführt,
und bedürftig gefunden und reich gemacht?
Auf, Mohammad. Erhebe dich.«

Jetzt konnte niemand Mohammad noch etwas anhaben. Er verließ die Höhle und stieg den Berg hinab und schwor sich, nie mehr zu verzagen.

»Ich brauche keinen Beweis«, rief er laut in die Nacht hinaus.

»Ich selbst bin der Beweis.«

29

Mohammad findet seine Kraft wieder

Mohammad strotzte vor Kraft, als er nach Hause kam.

Ich leuchtete ihm mit der Fackel ins Gesicht. Es war offensichtlich, dass er wieder mit dem Himmel gesprochen hatte.

»Bereite das Bad für Mohammad«, rief ich dem Diener zu.

Mohammad ging in das Zimmer seiner Frau, doch so ungestüm, dass Chadidscha erschrak.

»Was ist geschehen, Mohammad?«, rief sie.

»Er ... dort oben ... der Engel ... ich ... mir wurde wieder etwas offenbart«, sagte er. Seine Hände zitterten.

»Was denn?«

»Beim Tag, wenn er leuchtet,
und bei der Nacht, wenn alles still ist.
Dein Schöpfer hat dich nicht verlassen.«

Chadidscha richtete sich auf und hielt ihn am Arm fest: »Beruhige dich, Mohammad. Erzähle mir genau, was du erlebt hast.«

Am nächsten Tag begann Mohammads endlos lange Reise. Und er nahm uns alle auf diese Reise mit, seine Töchter, seine Frau, unser Haus, mich, seinen Onkel, seinen Stamm, alle Frauen, alle Juden, alle Sklaven und alle Kamele und alle Götzen.

Auf die sanfte Art hatte er keinen Erfolg gehabt. Er beschloss, einen Schemel auf die Straße zu stellen und den Menschen mahnend und warnend den Weg in die Zukunft zu weisen. Er hatte keine andere Wahl.

Ibrahim ibn Sochde Zahari berichtete mir von einem der ersten öffentlichen Auftritte Mohammads.

»Ich habe es nicht selbst erlebt«, sagte er, »aber ich habe es mit eigenen Ohren von Yahya abi Aschat gehört, und Yahya hat es mit eigenen Ohren von Ismail ibn Eyyas gehört und Ismail ibn Eyyas hat es mit eigenen Ohren von seinem Vater Eyyas ibn Kasim gehört, der zugegen war. Also gebe ich wieder, was Eyyas ibn Kasim gesagt hat:

›Ich war damals Gewürzhändler und zog mit meinem Kamel von Dorf zu Dorf. Auf dem Weg nach Mekka besuchte ich Talib, der wie ich ein Händler war, aber drei Kamele besaß. Er war Mohammads Onkel.

Bei Allah, ich unterhielt mich gerade mit Talib, als ein etwa vierzigjähriger Mann aus einem Zelt trat. Er schaute zur Sonne, die über der Wüste unterging. Mit dem Wasser aus einem Eimer wusch er sich das Gesicht, dann die Hände bis zu den Ellbogen und dann die Füße bis zu den Knöcheln. Er wandte sich zur Sonne und legte die Hände auf den Bauch. Der Mann murmelte etwas, beugte sich vor, kniete sich dann hin und berührte mit dem Kopf den Boden, während er vor sich hin summte.

Erstaunt sah ich Talib an und fragte: ›Wer ist das?‹

›Mein Neffe, Mohammad.‹

›Was macht er da?‹

›Er hält sich für einen Gesandten. Er will das Perserreich erobern und das Gold der Könige hierher bringen.‹«

Die Geschichte von Ibrahim ibn Sochde Zahari handelte von einem der ersten Gebete Mohammads. Es war noch kein vollständiges Gebet. Mohammad wusste damals nicht, wie er es abschließen sollte.

Manchmal traf ich ihn in einer merkwürdigen Haltung in seinem Zimmer an. Er stützte sich auf Hände und Knie, den Kopf auf dem Boden, und summte vor sich hin.

Später machte er das Gleiche auf der Galerie.

Chadidscha sah mich an.

»Er betet«, sagte ich.

Zu der Zeit wurden ihm nacheinander mehrere Offenbarungen zuteil. Sie waren von kraftvoller Unmittelbarkeit, nicht unähnlich einem Gedicht. Das eine Mal schmeckten sie nach jungen Datteln und das andere Mal nach Weizen:

»Bei den Feigen und den Oliven,
und dem Berg Sinai,
und bei Mekka, der Stadt des Friedens.
Wir haben den Menschen in schönstem Ebenmaß erschaffen.«

Eines Abends, als wir bei Abu Bakr waren, in Gesellschaft von Umar und Uthman, sagte Mohammad:

»Mir wurde eine neue Sure offenbart.«

Jedes Mal, wenn er ihnen dies mitteilte, richteten sie sich neugierig auf.

»Rezitiere sie«, sagte Abu Bakr.

Mohammad rezitierte:

»Im Namen Allahs.
Alles Lob gebührt Ihm, dem Herrn der Welten,
dem König des Lebens nach dem Tod,
Zu Dir beten wir, Dich allein flehen wir um Hilfe an.
Führe uns auf den rechten Weg,
den Weg derer, denen Du Gnade erwiesen hast, nicht den Weg
derer, die Deinen Zorn erregen oder irregehen.«

Als er geendet hatte, reagierte keiner. Mit gesenktem Kopf dachten sie nach.

»Dies ist keine gewöhnliche Sure«, sagte Mohammad, »sondern ein Gebet. Ich habe den Auftrag erhalten, dieses Gebet in aller Öffentlichkeit zu verrichten.«

»Was meinst du damit?«, fragte Abu Bakr.

»Die Menschen beten zu den Götzen in der Kaaba. Ich bete zu Allah. Morgen ist Freitag. Gegen Abend strömen alle zur Kaaba. Dort auf dem Platz werde ich beten.«

»Wo auf dem Platz?«, fragte Abu Bakr.

»Einfach auf dem Boden.«

»Wie denn?«, fragte Umar.

»Alle wenden sich zur Kaaba. Das werde ich nicht tun. Ich werde mich zur Sonne wenden«, sagte Mohammad.

Am folgenden Tag fühlte ich ein gewisses Unbehagen.

Mohammad sagte nichts. Er hatte Abu Bakr, Umar und Uthman vor eine schwere Entscheidung gestellt.

Würden sie zum Gebet kommen?

Wenn sie es taten, setzten sie ihr Leben aufs Spiel, dann mussten sie bis zum Ende zu Mohammad halten. Doch wenn sie nicht kamen, würden alle ihre Treue zu Mohammad in Frage stellen.

Bei Sonnenuntergang standen wir, Mohammad und ich, auf dem Platz vor der Kaaba. Das Herz schlug mir bis zum Hals. Würden sie kommen?

Es herrschte großer Betrieb, alles drängte in die Kaaba zum Gebet. Ich ließ den Blick unruhig umherschweifen. Wenn sie nur Mohammad in dieser Stunde nicht im Stich ließen!

Die Wächter zündeten die großen Fackeln auf dem Platz an. In ihrem Schein sah ich Abu Bakr plötzlich auf uns zukommen. Ich zitterte vor Freude. Oh, großer Gott des Mohammad. Und dann erschienen auch Umar, Uthman, der Schlächter Zoubir und der Perlenhändler Saad.

»Mohammad, sie sind gekommen. Sie sind zu fünft«, flüsterte ich.

Einer nach dem anderen umarmte Mohammad. Und ich spürte, dass etwas Großes geschehen würde, das niemand mehr aufhalten konnte.

»Wir fangen an«, sagte Mohammad.

Er kehrte der Kaaba den Rücken zu und wandte das Gesicht der untergehenden Sonne zu.

Abu Bakr stellte sich hinter ihn.

Umar stellte sich an Abu Bakrs rechte Seite.

Uthman stellte sich an Abu Bakrs linke Seite.

Und Zoubir und Saad reihten sich hinter ihnen ein.

»Im Namen Allahs«, begann Mohammad und rezitierte die Sure.

Wir wiederholten sehr langsam seine Worte. Alle sahen zu uns hin.

»Was machen die da?«

»Das ist Mohammad, da, der da ganz vorne«, sagte jemand.

»Ich sehe Abu Bakr«, sagte ein anderer.

»Und den Metzger.«

»Den Perlenhändler.«

»Warum beugen sie sich vor?«

»Warum drücken sie die Stirn auf den Boden?«

»Was summen sie?«

Bis tief in die Nacht redeten alle über Mohammad.

Mekka fand für eine Weile keinen Schlaf.

30

Die Leute verspotten Mohammad

Jeden Tag nahm ich den Schemel und begleitete Mohammad auf die Straße.

Mitten auf dem Platz vor der Kaaba stellte ich mich auf den Schemel und rief, wenn die Leute zum Gebet gingen: »Leute! Mohammad, der Gesandte Allahs, spricht.«

Mohammad nahm meinen Platz ein und rief: »Einwohner von Mekka! Fleht nicht die Götzen um Beistand an. Sie hören euch nicht. Es sind Statuen aus Holz und Stein.«

Die Leute wurden zornig. »Du, Mohammad. Dein eigener Großvater und der Vater deines Großvaters und der Vater des Vaters deines Großvaters waren die Schlüsselverwahrer der Kaaba. Du darfst unsere Götter nicht beleidigen. Du beleidigst deine Vorfahren.«

»Die Götzen können sich nicht beleidigt fühlen. Sie sind taub. Sie sind blind und stumm«, erwiderte Mohammad.

Wir gingen zu dem belebten Platz auf dem Markt, und ich stellte mich wieder auf den Schemel und rief: »Leute, der Gesandte Allahs warnt euch.«

Doch noch bevor Mohammad etwas sagen konnte, griffen ihn einige mit harten Worten an: »Mohammad, mit deinem Allah stiftest du nur Unruhe in der Stadt. Gib uns ein Zeichen deines Allahs, damit wir uns davon überzeugen können, dass du die Wahrheit sprichst.«

»Nehmt zum Beispiel die Olive«, sagte Mohammad, »man

kann sie essen, man kann sie aber auch pressen und mit dem Öl eine Lampe brennen lassen. Das leuchtende Öl der Olive ist ein Zeichen.

Oder nehmt das Kamel, auf dem ihr reitet. Auch das Kamel ist ein Zeichen Gottes.«

Die Menschen riefen durcheinander: »Was redet er da? Oliven und Kamele? Das ist doch bloß Wortzauber. Unfug. Wenn er die Wahrheit spricht, warum schickt Allah dann nicht einen Engel vom Himmel, der ihm zur Seite steht? Er ist kein Gesandter, er ist ein Mensch wie wir, er isst, er schläft und er wäscht sich im Fluss wie jeder andere.«

Ich stellte den Schemel auf den Platz, auf dem Kamele verkauft wurden, und rief: »Leute, dem Gesandten wurde eine neue Sure offenbart.«

Und Mohammad rezitierte:

»Haben Wir nicht die Erde zu einem Lager gemacht
und die Berge zu Pflöcken?
Wir haben euch in Paaren erschaffen.
Wir haben euch den Schlaf zur Ruhe bestimmt.
Wir haben die Nacht zu einem Kleid gemacht.
Wir haben den Tag gemacht, damit ihr euch ernähren
könnt.«

»Was sollen wir mit dem Lager und den Pflöcken anfangen?«, sagte einer der Kamelhändler.

»Es wurde ihm offenbart«, sagte ein anderer.

»Dummes Geschwätz. Der reinste Schwindel.«

Jeden Freitagmorgen stellte ich den Schemel an den Rand des Weges, auf dem die Männer ihre Opfergaben zur großen Göttin al-Uzza brachten.

Mohammad rief: »Männer. Ihr dürft euch nicht eurer Töchter schämen.

Ihr dürft eure neugeborenen Töchter nicht der al-Uzza opfern.

Allah hat es verboten.«

Nachdem die Männer ihre Opfergaben dargebracht hatten, stritten sie sich mit Mohammad: »Mohammad, du gehst zu weit. Am besten lässt du dich hier nicht mehr blicken.«

Ich stellte den Schemel auf den Pferdemarkt und rief: »Der Gesandte Allahs ist hier.«

Die Leute umringten Mohammad. »Mohammad, ich verstehe nicht, warum dieser Allah ausgerechnet dich zu seinem Gesandten auserwählt hat. Dich, der du kaum lesen und schreiben kannst«, sagte einer der Pferdehändler.

»Ich weiß es auch nicht«, antwortete Mohammad, »Allah weiß es. Er weiß alles.«

»Mohammad, du sagst, Allah weiß und vermag alles. Bitte ihn, ein paar Goldmünzen vor meine Füße zu werfen«, sagte ein anderer Pferdehändler.

»Leute, ich kann keine Wunder vollbringen«, sagte Mohammad, »ich bin nur ein Gesandter.«

»Er weiß nichts, er kann nichts«, lautete das Urteil der Leute, und sie ließen Mohammad stehen.

Als die Menschen merkten, dass Mohammad nicht aufhörte, seine Warnungen auszusprechen, obwohl niemand seine Reden ernst nahm, fingen sie an, ihn zu verspotten. Sie beleidigten ihn. Sie steckten sich die Finger in die Ohren und zogen sich zum Scherz den Mantel über den Kopf. Und wenn Mohammad den Namen Allahs rief, riefen sie laut die Namen der Abgötter: Wadd, Suwa, Yaghuth, Lat, Nasr, Isaf, al-Uzza.

Die Zuhörer schubsten einander, bis der vorderste gegen Mohammad fiel und ihn vom Schemel stieß. Aber Mohammad nahm geduldig seinen Platz wieder ein und rief: »Ich verlange nichts von euch. Ich sage nichts um meinetwillen. Ich habe nur den Auftrag, euch den rechten Weg zu zeigen.«

»Und wohin, Mohammad, führt dieser Weg?«, rief ein Mann höhnisch.

»Er will uns mit ins Paradies nehmen, zu den herrlichen Weibern!«, brüllte ein anderer.

Eines Abends, als Mohammad wieder auf dem Schemel stand, flog ein Stein durch die Luft, er traf ihn am Kopf und fiel mir vor die Füße.

31

Ascha, der Dichter von Mekka

Mochten die meisten Mohammad verspotten, gab es auch andere, die sich still anhörten, was er zu sagen hatte. Ascha, der große Dichter von Mekka, war einer von ihnen.

Als ich jung war, sah ich ihn ab und zu wie einen König auf einem braunen Vollblut durch die Straßen von Mekka reiten. Er trug einen mit Juwelen verzierten Mantel aus Gazellenleder. In seinen Gedichten verherrlichte er die Nächte in der Wüste, die Schlangen und die Frauen. Er besang den Wein und die Kamele, die wie Boote über den Sand schaukeln.

Wer einmal eine seiner Rezitationen gehört hatte, vergaß sie nie mehr. Seine Gedichte wurden mit Ochsenblut in großen Lettern auf Pergament geschrieben und an der Wand der Kaaba aufgehängt.

In jungen Jahren war Mohammad einer seiner großen Bewunderer gewesen. Wo immer Ascha seine Gedichte vortrug, stand Mohammad in der ersten Reihe. Viele kannte er auswendig.

Ich war mir nicht sicher, ob Ascha überhaupt noch lebte, doch ich spürte ihn in einer alten Burg außerhalb der Stadt auf. Sein Pferd hatte längst das Zeitliche gesegnet. Und das kostbare Gewand, das er einst so stolz getragen hatte, passte ihm nicht mehr, denn er war klein geworden und ging gebeugt, gestützt auf einen Stock mit goldenem Knauf.

Vielleicht erinnerte sich niemand mehr an seine Gedichte.

Mir waren sie noch sehr gegenwärtig. Und so rief ich ihm in seinem sonnenüberfluteten Garten freudig entgegen:

»*Assalamu alaikum*, Ascha, der Dichter!« Ehrerbietig senkte ich den Kopf.

Er hielt sich die Hand über die Augen und sah mich prüfend an.

Ich sagte eines seiner Gedichte auf:

›Trauben werden schwarz,
die erst grün waren,
und die erst bitter waren, werden süß.
Doch die Frauen der Wüste
bleiben immer braun
braun und süß!‹«

Ascha strahlte.

»Wer bist du, der mich so glücklich macht?«, fragte er.

»Zayd. Dein Bewunderer. Der Katib des Gesandten.«

»Welches Gesandten?«

»Mohammad.«

»Oh, Mohammad«, sagte er kopfschüttelnd.

Mit seinem Stock winkte Ascha den Dienern. Ein Sklave erschien und stellte zwei Stühle in den Schatten der hohen Bäume, und eine Sklavin brachte eine Schale Zuckerwasser mit Rosenblättern.

»Nimm Platz«, sagte er und zeigte mit seinem Stock auf einen der Stühle.

Ich setzte mich, doch er selbst blieb stehen.

»Erzähl!«, sagte er.

»Ich habe es mir zur Aufgabe gemacht, das Leben Mohammads aufzuzeichnen. Es wäre mir eine Ehre, auch die Ansicht meines Meisters Ascha in das Buch aufnehmen zu dürfen.«

Der große Dichter Ascha ließ sich Zeit.

»Dein Mohammad schien einer der vielen falschen Propheten von Mekka zu sein. Für die meisten war er ein achtenswerter Mann, der plötzlich den Verstand verloren hatte. Aber er war anders, er wusste, was er wollte, er hatte eine blühende Phantasie und eine ungewöhnliche Beharrlichkeit. Und er folgte einem Plan, der allerdings schlecht durchdacht war. Er wollte eine Wende von oben herbeiführen. Um die Götzen aus der Kaaba zu vertreiben, suchte er bei den großen Kaufleuten Unterstützung. Das aber war der falsche Weg. Er wollte das Pferd am Schwanz aufzäumen. Wenn man sich der Götzen entledigen will, darf man nicht die Hilfe der Kaufleute anrufen. Dann darf man nicht die mächtigen Sklavenhalter um Beistand bitten.

Aber Mohammad war gescheit, er sah schon bald seinen Fehler ein und änderte seine Strategie. Er wandte sich an die Sklaven und die Frauen. Ein brillanter Schachzug! Denn in der ganzen Geschichte hatte sich noch niemand um die Frauen bemüht. Mohammad stellte mit einem Schlag eine mächtige Armee auf die Beine, eine Armee aus Sklaven, Armen und Frauen, und er nannte sie die Armee Allahs.

Das war außergewöhnlich klug.

Alle machten ihm das Leben schwer, sie lästerten: ›He, Prophet! Wo bleibt das Wunder?‹

Lange hatte er als Antwort darauf nur ein schüchternes: ›Verzeiht mir, Allah hat mir keine Wunder versprochen.‹

Das war sein schwacher Punkt, genau genommen sein schwächster Punkt. Nun, da habe ich ein wenig nachgeholfen. Niemand weiß davon. Ich hörte ihm oft heimlich zu, wenn er die Leute aufzurütteln versuchte. Er stand mit dem Rücken an der Wand, weil er keine Wunder vollbringen konnte. Eines Nachts schickte ich ihm meinen Diener mit einer Nachricht, die er ihm ins Ohr flüstern sollte: ›Mohammad, deine Suren sind deine Wunder.‹«

Mir, Zayd, kamen die Tränen, als ich dies hörte.

»Wie sich am nächsten Tag herausstellte, hatte Mohammad meine Nachricht verstanden«, sagte Ascha und setzte seine Erzählung fort:

»›Mohammad, wo bleibt das Wunder?‹

›Hier. Meine Verse. Der Koran ist das Wunder!‹, rief er voller Überzeugung.

Was für ein gewiefter Gesandter war dieser Mohammad. Worum ging es eigentlich? Er hatte ja noch gar nichts vorzuweisen. Es gab noch kein heiliges Buch. Er schwatzte vor sich hin, aber er schwatzte gut. Er sagte, was ihm gerade einfiel, ohne sich um den Zusammenhang zu kümmern.

Er wagte sogar zu behaupten: ›Niemand ist in der Lage, ein heiliges Buch zu rezitieren, das besser ist als der Koran. Denn was ich verkünde, stammt nicht von mir, sondern von Allah. Und alles, was ich euch sage, steht im Heiligen Buch.‹

Ich musste laut lachen. Was für ein Heiliges Buch?

Er meinte damit, dass alles, was er verkündete, aus Allahs Gedächtnis stamme. So verlieh Mohammad seinen Worten einen göttlichen Anstrich.

Doch nur ich, Ascha, der alte Dichter von Mekka, wusste, dass Mohammad tatsächlich mit einem Zauberbuch beschäftigt war. Seine Sprache war neu, poetisch, erstaunlich frisch. Dabei borgte er sich alles Mögliche aus den Geschichten anderer Völker und kleidete es in ein schönes arabisches Gewand. So entstand etwas ganz Eigenes.

Es ist nicht für flüchtige Leser. Wenn man sich in der arabischen Sprache nicht auskennt, kommt es einem ganz wirr vor.

Seine Verse richten sich an zwei Sorten von Menschen: Analphabeten und Gelehrte. Man muss die Wörter so lange wiederholen, bis sie einem wie alter Wein zu Kopf steigen.

Ich weiß nicht, was man in hundert Jahren von Mohammads Ergüssen halten wird, doch heute beneide ich ihn um seine Sprache. Der Koran ist das Wunder unserer Zeit.

Wenn ich eine seiner Suren vor mir habe, ist mir, als müsse ich sie mit beiden Armen an die Brust drücken wie einen wilden Schwan.«

32

Allah, Islam, Koran

Ascha war in Gedanken versunken. Vielleicht versuchte er sich die Umarmung des großen wilden Schwans vorzustellen. Nach einer Weile wandte er sich mir wieder zu.

»Insgeheim beneidete ich Mohammad«, sagte er, »ich verteidigte ihn nicht, doch ich widersprach ihm auch nicht. Ich schwieg, ich hörte zu. Einen großen Teil dessen, was er sagte, hielt ich für Unfug, aber diesen Unfug erzählte er in einer neuen Sprache. Ich verstehe bis heute nicht, wie er mit diesen unbegreiflichen Texten so viel erreichen konnte.

Aus heiterem Himmel rief er Sätze wie: ›*Allahu akbar*, Allah ist größer!‹

Wer ist Allah? Und woher weißt du, dass Er größer ist?

Allah war ein neuer Begriff, und Seine Größe konnte man nicht feststellen.

Er sagte: ›*La ilaha illa Allah* – Es gibt keinen Gott außer Gott.‹ Der Satzbau war neu. *Lah* in dem Wort Allah bedeutet nein oder nicht mehr. Allah ist also ein Einer und nicht mehr als Einer.

Mohammad sagte: ›*Salam alaikum*! Friede sei mit dir.‹

Niemand hatte vor ihm je *Salam* als Gruß verwendet.

Wenn man jemanden zum ersten Mal mit ›*Salam alaikum*‹ begrüßt, schmeckt es herrlich süß auf der Zunge, als hätte man in frisches Gebäck gebissen.

Mohammad sagte: ›*Lam yalid wa-lam yulad*. Er zeugt nicht und ward nicht gezeugt.‹

Wenn man diesen Satz zum ersten Mal hört, bekommt man eine Gänsehaut. Ein einfacher, zugleich kraftvoller Satz, der so klingt wie vom Gipfel eines hohen Berges aus gesprochen.

Das Wort ›Islam‹ war auch neu. Es hatte zunächst keinen Inhalt, auf die Dauer erhielt es dann die Bedeutung von ›Unterwerfung‹.

›Schön und gut!‹, sagten die Leute. ›Doch wem sollen wir uns unterwerfen?‹

›Dem Schöpfer von allem!‹, antwortete Mohammad.

Das Wort ›Koran‹ hatte ebenfalls keine Bedeutung. Später erklärte man es mit: ›Nach und nach; Stück für Stück. Ein Stück Text jetzt, ein Stück Text später; lies es und rezitiere!‹«

Nach einer kurzen Pause fuhr Ascha fort:

»Mohammad war leidenschaftlich, fast besessen. Was er verbreitete, war merkwürdig, noch eigenartiger war sein Auftreten.

Er log, er log in einem fort. Und er glaubte selbst an seine Lügen. Vielleicht ist ›lügen‹ nicht das richtige Wort, er dachte sich Dinge aus. Er sagte, die Verse des Korans seien ihm offenbart worden. Aber er hatte alles erfunden. Ganz ohne Hilfe. In seinem Kopf. Ich war hingerissen von seiner Einbildungskraft.

Mohammads Botschaft sollte aber immer etwas Widersprüchliches anhaften. Er war ein besonderer Mensch, das schon, und seine Reden hörten sich wunderbar an, aber weshalb knüpfte er einen unsichtbaren Faden mit der Luft, mit einem eingebildeten Allah?

Mohammad wollte eine Revolution in Gang setzen. Und er hat unzweifelhaft die arabische Sprache erneuert. Er war ein begnadeter Anführer, doch warum gab er sich als wandelnder Prophet aus?

Glaubte er wirklich, dass er ein Gesandter war? Dass ihm all die heiligen Verse offenbart worden waren?

Es ist nicht leicht, diese Frage zu beantworten. Es wird wohl immer ein Geheimnis bleiben, und es macht ihn zu einem Rätsel. Er hatte sich so in seinen Allah versenkt, dass er mit ihm eins geworden war. Er war Allah. Und so schuf er eine heilige Schrift. Nun gut. Sie enthält viele, wirklich sehr viele schöne Stellen. Am schönsten sind die Schwüre.«

Und Ascha rezitierte:

»Bei der Sonne und ihrem Morgenlicht,
Und dem Mond, wenn er ihr folgt,
und dem Tag, wenn er leuchtet,
und der Nacht, wenn sie alles bedeckt.

Oder:

Bei den Feigen und den Oliven,
und dem Berg Sinai,
und bei Mekka, der Stadt des Friedens,
Und bei Ihm, der den Menschen als Mann und als Frau
erschaffen hat.

Oder:

Bei den trabenden, schnaubenden Pferden,
und bei den Funken, die ihre Hufe schlagen,
und bei den Kämpfern am frühen Morgen,
die den Staub aufwirbeln lassen,
und sich einen Weg bahnen ins Schlachtgewühl!

Und sogar bei Zahlen:

Bei der Morgenröte und den zehn Nächten,
bei der geraden und der ungeraden Zahl.«

Dann sagte Ascha:

»Was möchtest du noch wissen, Zayd?«

Statt zu fragen, zitierte ich ein weiteres von Aschas Gedichten:

»Wenn du dich bewegst,
Passt die Welt sich deinen
Bewegungen an.
Ich aber schaue atemlos
Auf deine nackten Füße
Im gelben Sand,
Du, die Welt.«

Nun konnte nichts mehr Ascha den Tag verderben.

Auch mir wird dieser Tag immer in Erinnerung bleiben.

33

Die Männer der Familie

Die Einwohner von Mekka machten einen großen Bogen um Mohammad. Und die Händler hatten ihren Dienern aufgetragen, ihn nicht hereinzulassen. Aber die Leute kannten Mohammad schlecht, sie wussten noch nicht, dass er niemals aufgeben würde. Sich auf seinem Weg durch nichts beirren lassen würde.

Mohammad besaß eine starke Einbildungskraft, er wollte seine Denkbilder so sichtbar aufstellen wie große Steine. Aber das verstand niemand. Vielleicht verstand Mohammad es selbst nicht, um Aschas Worte zu zitieren.

Da niemand auf ihn hören wollte, schlug er eine schärfere Tonart an.

Die ganze Stadt redete über ihn, alle beschimpften, alle verspotteten ihn. Abgesehen von zwei Verwandten verweigerte ihm sein eigener Stamm jegliche Unterstützung.

Das schmerzte ihn, und er sprach mit Chadidscha darüber. »Es ist, als wäre ich für sie gestorben.«

Der Erste aus der Familie, der sich Mohammad anschloss, war sein Vetter Ali. Er kam eines Nachts zu ihm ins Zimmer und sagte übergangslos: »Mohammad, ich gehe mit dir, wohin du auch gehst. Und ich tue es aus Überzeugung. Du bist mein älterer Bruder und warst immer ein Vorbild für mich. Du kannst auf mich zählen, ich tue, was du von mir verlangst.«

»Ich hatte von dir nichts anderes erwartet. Mekka braucht dich, Ali«, sagte Mohammad und küsste ihn auf die Stirn.

Der Zweite war Abu Talib, Mohammads reicher Oheim. Die Haltung seines Stammes war für Mohammad von großer Bedeutung. Waren seine Verwandten auf seiner Seite, würde keiner es wagen, auch nur einen Kieselstein nach ihm zu werfen.

Weil sein Stamm sich ihm jedoch verweigerte, schritt Mohammad zur Tat. Eine Sure wurde ihm offenbart:

»Und nie zerstörten Wir eine Stadt, ohne dass sie Warner gehabt hätte.
Zur Ermahnung;
Rufe daher außer Allah keinen anderen Gott an,
Mohammad.
Und warne deine nächsten Verwandten.
Sind sie dir aber ungehorsam, so sprich: ›Ich bin schuldlos an dem, was ihr tut.‹
Und setze dein Vertrauen in Allah,
den Mächtigen, den Barmherzigen,
Der dich sieht, wenn du aufrecht stehst im Gebet,
und auch, wenn du den Bewegungen derer folgst, die sich niederwerfen;
Er hört alles. Er sieht alles.«

Diese Worte öffneten Mohammad die Augen. Er durfte das Schweigen seiner Familie nicht länger dulden.

Mit der neuen Sure wollte er sie zwingen, Stellung zu beziehen. Entweder sie schlossen sich ihm an oder sie verehrten weiterhin ihre Götzen. Einen dritten Weg gab es nicht.

Er besprach sich mit Chadidscha und lud schließlich alle Männer der Familie zu einem Abendessen ein.

Die Familie bestand aus sehr reichen und sehr armen Männern, die reichen wohnten in prächtigen Häusern, waren erfolgsverwöhnte Kaufleute und hatten ihren Sitz im Stadtrat. Die armen Männer lebten in Zelten in der Wüste.

Im Vergleich zu den anderen Häusern in Mekka, selbst den stattlichsten, war Chadidschas Haus von königlicher Pracht.

Bei Einbruch der Dunkelheit versammelten sich die Männer vor der Tür.

Der oberste Diener ließ sie herein und führte sie in den Empfangsraum. Unter ihnen waren zwei sehr mächtige Männer.

Der eine war Talib, Mohammads alter, hochgeachteter Onkel, sein geistiger Vater. Noch immer hatte er einen Stand auf dem Freitagsmarkt von Mekka. Er hatte Mohammads Glauben nicht angenommen, unterstützte Mohammad aber bedingungslos.

Der zweite bedeutende Mann hieß Abu Lahab, ein anderer Oheim Mohammads. Dieser reiche Kaufmann hatte einen Sitz in der Ratsversammlung von Mekka.

Abu Lahab war der Ansicht, Mohammad habe Schande über die ganze Sippe gebracht. Er hatte alles unternommen, um ihn von seiner Sendung abzubringen: »Lass es sein, Mohammad! Tue es nicht! Du hast das Alter der Vernünftigen erreicht. Warum belästigst du immer wieder meine Geschäftsfreunde mit deinem Allah? Hör auf damit, sonst lässt du mir keine andere Wahl. Ich werde dich für verrückt erklären lassen und so unseren Stamm vor der Schande bewahren.«

Trotz alledem hieß Mohammad jetzt Abu Lahab herzlich in seinem Haus willkommen und ließ ihm einen Ehrenplatz im Empfangsraum anweisen, denn insgeheim hoffte er doch noch auf seine Unterstützung. Wenn es ihm gelänge, diesen mächtigen Oheim umzustimmen, würde das seiner Sache gewiss zum Durchbruch verhelfen.

Als alle eingetroffen waren, nickte Mohammad mir zu: »Bring den Wein!«

34

Abu Lahab, der Führer des Stamms

Jahre später sollte Mohammad den Weingenuss verbieten. Doch jetzt wurden drei Kannen und viele Becher hereingebracht.

Nachdem alle Gäste mit Wein versorgt waren, kam das Essen an die Reihe. Die Diener trugen große Schalen mit den verschiedensten Gerichten herein. Es war ein Festmahl, wie es das nur in Chadidschas Haus gab.

Die Männer löschten ihre Pfeifen, wuschen sich die Hände und ließen es sich schmecken. Das Essen zog sich hin. Um zu verhindern, dass sie sich zu oft nachschenken ließen und berauscht würden, begann Mohammad zögernd, eine Sure zu rezitieren: »*Bismi illahi r-rahmani r-rahim. La ilaha illa Allah ...*«

»Da fängt er schon wieder an«, murmelte Abu Lahab.

Talib mahnte Mohammad schnell mit einem Blick zur Ruhe.

Ich, Zayd, stand hinter Mohammad und sah, wie seine rechte Hand zitterte. Chadidscha stand in der Tür und flüsterte: »Mohammad! Beherrsch dich! Es sind deine Gäste.«

Ich reichte Mohammad einen Becher Wasser. Er nahm einen Schluck, wandte sich Abu Lahab zu und sagte: »Allah hat mich persönlich beauftragt, meine nächsten Verwandten aufzufordern, Ihm zu folgen. Allah ist der Eine Gott. Er weiß alles.«

»Mohammad! Lass das! Ich habe das schon so oft gehört. Ich hielt deine Einladung für ein Zeichen der Versöhnung, doch du hast uns nur bewirtet, um uns wieder mit diesem Unsinn in den Ohren zu liegen«, herrschte Abu Lahab ihn an.

»Denk, was du willst«, sagte Mohammad, »aber ich begreife immer noch nicht, wie ein weiser und großer Mann wie Abu Lahab einen Götzen verehren kann, einen seelenlosen Gott aus Stein, der ihm nicht einmal eine Fliege von der Nase verscheuchen kann.«

Abu Lahab schob seinen Teller zur Seite und sagte: »Erst lädst du mich ein und dann beleidigst du mich? Es muss Schluss sein mit deinem Allah! Du hast unseren Stamm in große Verlegenheit gebracht. Alle reden nur von dir. Bisher haben wir geschwiegen, aber ich warne dich. Wenn du so weitermachst, verstoße ich dich. Dann bist du wie ein närrisches Kamel, das frei in der Wüste herumläuft.«

»Tu, was du willst«, gab Mohammad heftig zurück, »Allah ist groß! Er bestimmt, nicht Abu Lahab.«

Ali wollte etwas zu Abu Lahab sagen, doch Abu Talib bedeutete ihm mit dem Stock, er solle schweigen.

Hastig wischte sich Abu Lahab die Hände an einem Tuch ab, warf es auf den Teller, erhob sich und verließ den Raum. Alle folgten still seinem Beispiel.

Jetzt stand Mohammad allein auf dem Innenhof.

Ich, Zayd, stand hinter ihm. Chadidscha und Ali gesellten sich zu uns.

»Auf meinen Stamm kann ich nicht zählen«, sagte Mohammad bekümmert zu Chadidscha.

Sie griff nach seiner Hand.

»Jetzt weiß ich, wo ich stehe«, fuhr er fort, »Abu Lahab hat mir gedroht, mich mit einem närrischen Kamel verglichen. Damit hat er mich für vogelfrei erklärt. Wenn er aber glaubt, dass ich mich davon einschüchtern lasse, kennt Abu

Lahab mich schlecht. Ich werde ihm eine Lektion erteilen. Ich werde ihn spüren lassen, was Schande bedeutet.«

Mohammad versank in Schweigen. Ich ging in die Küche und holte einen Becher Zuckerwasser.

Er nahm einen Schluck, gab mir den Becher und zog sich in sein Zimmer zurück.

An jenem Abend wurde Mohammad krank vor Kummer. Drei Tage lang verließ er das Bett nicht.

Auf dem Innenhof wartete ich darauf, dass sich die Tür seines Zimmers öffnen und er herauskommen würde, doch er kam nicht. Am dritten Tag, als die Sonne schon hinter die Dattelpalmen sank, nahm ich eine Öllampe, öffnete vorsichtig die Tür und trat leise ins Zimmer.

Er lag ausgestreckt auf dem Rücken, die Decke über den Kopf gezogen. Ich kniete mich neben ihn und flüsterte: »Mohammad.«

Er reagierte nicht.

»Mohammad.«

Er bewegte sich nicht.

Sanft zog ich ihm die Decke vom Gesicht. Schweißtropfen bedeckten seine Stirn. Er öffnete die Augen und fragte betrübt: »Was gibt es, Zayd?«

»O nichts, ich wollte dir eine Sure vorlesen«, sagte ich.

Mit geschlossenen Augen hörte er mir zu.

»Beim Tag, wenn er leuchtet,
und bei der Nacht, wenn alles still ist!

Mohammad! Dein Herr hat dich weder verlassen noch vergessen.

Wahrlich, das Leben im Jenseits wird besser für dich sein als dieses Leben.

Dein Herr wird dich erheben und du wirst glücklich sein.
Hat Er dich nicht als Waise gefunden und aufgenommen;
und dich auf dem Irrweg gefunden und richtig geführt;
und dich bedürftig gefunden und reich gemacht?

Darum fahre nie die Waisen an,
schicke den Bettler nicht weg,
und sprich mit Ehrfurcht von den Gaben deines Herrn.«

Tränen strömten Mohammad aus den Augen. Und auf einmal erhellte ein Lächeln sein Gesicht.

35

Ali, Dichter, Philosoph und Redner

Wieder stattete ich Ali einen Besuch ab. Er war jetzt Berater und rechte Hand Umars, des zweiten Kalifen. Ich wollte ihn fragen, was an jenem Abend noch vorgefallen war, als Mohammad seine Verwandtschaft eingeladen und Abu Lahab ihm angedroht hatte, ihn wie ein närrisches Kamel aus dem Stamm zu vertreiben.

Ali war anders als Umar und Uthman. Sie waren politische Führer, mit aller dazugehörigen Durchtriebenheit und allen fragwürdigen Methoden. Sie, die das neue Reich des Islam regierten, lebten wie die Könige.

Ali aber lebte wie immer in großer Einfachheit. Wie früher wohnte er in seinem bescheidenen Haus. Er war ehrlich und lauter und eigentlich nicht zum Führer berufen. Er war eher ein Dichter und Philosoph.

Ali vertiefte sich lieber in seine Bücher, als in den Kampf zu ziehen. Er war ein Redner, er bezauberte die Menschen mit seinen Worten. Viele seiner Reden habe ich aufgeschrieben. Daher kenne ich manche seiner Aussprüche auswendig. Hier sind einige Beispiele:

»Die Zeit ist flüchtig wie eine schwangere Frühlingswolke. Nutze sie, solange du lebst.«

»Jeder Atemzug bringt uns dem Tod einen Schritt näher.«

»Wer kleine Probleme groß macht, wird mit großen Problemen zu kämpfen haben.«

»Auf zwei Dinge sollte sich der Mensch nie verlassen: auf seine Gesundheit und sein Geld.«

»Sei geduldig! Geduld ist das Heilmittel gegen Kummer und Sehnsucht.«

»Wohlgeruch, Honig, Reiten und der Anblick von Blumen, Gras und Wasser mildern Schmerz und Kummer.«

»Es gibt eine Zeit des Glücks und eine Zeit der Prüfung. Übertreibe nicht im Glück und sei nicht ungeduldig, wenn du geprüft wirst.«

»Nimm, was das Leben dir gibt. Und wende das Gesicht ab von dem, was du nicht erreichen kannst.«

»Du suchst, du findest. Das ist das Geheimnis des Lebens.«

»Glück liegt im Unglück, das dich trifft.«

»Was dich auch beschäftigt, es geht vorbei. Und was dich trifft, wird dich treffen.«

Jetzt stand ich vor seinem Haus, und mein Besuch wurde ihm gemeldet.

Dennoch klopfte ich, bevor ich sein Zimmer betrat.

Jedes Mal, wenn ich an eine Tür klopfe, denke ich an Mohammad. Er hat uns im Koran gute Manieren beigebracht. Als seine Anhänger müssen wir immer erst anklopfen, bevor wir eintreten. Früher drangen wir wie Kamele in die Häuser ein. Mohammad wies uns zurecht: »Klopfe an, und wenn dir Eintritt gewährt wird, rufe dann laut und vernehmlich ›*Salam*‹.«

»Komm herein, Zayd!«, rief Ali.

Ich trat ein und rief vernehmlich ›*Salam*‹.

Ali empfing mich mit offenen Armen. »Willkommen, Freund. Willkommen, Bruder. Welch ein Glück, dich wieder in die Arme zu schließen.«

Er führte mich in den Hof und rief seine Frau: »Fati? Zayd ist da.«

Fatima war Mohammads Lieblingstochter gewesen. Ich kann es bezeugen. Mohammad bewunderte sie, er scherzte mit ihr, wenn er ihr auf dem Innenhof begegnete: »He, Fati! Warum hat Allah dich so schön erschaffen? Was soll ich bloß machen, ich will dich an niemanden verlieren. Ich will dich für mich behalten, bis du alt und hässlich geworden bist und keine Zähne mehr im Mund hast. Erst dann gebe ich dich jemandem zur Frau.«

Schließlich hatte Mohammad seine Lieblingstochter Ali zur Frau gegeben. Die beiden hatten zwei Söhne: Al-Hassan und Al-Husain.

Fatima mochte mich, und jedes Mal, wenn wir uns trafen, sagte sie fröhlich: »Zayd, du bist der Schatten meines Vaters. Er ist tot, aber sein Schatten bewegt sich noch.«

Nachdem sie mich begrüßt hatte, ging sie wieder hinein. Und Ali führte mich zu einer Holzbank im Schatten der Bäume.

Zwei junge schwarze Dienerinnen erschienen. Die eine trug in der Linken eine Kanne Zuckerwasser mit Rosenblättern und in der Rechten ein Tablett mit zwei bunten Gläsern. Die andere trug eine Schale voll dunkelroter Trauben, Äpfel und kleiner Gurken, an denen noch die gelben Blüten hingen.

Nachdem wir uns über unsere Familien und Kinder ausgetauscht hatten, sagte ich: »Ali, magst du mir jetzt erzählen, was in jener Nacht geschah, als Mohammad seine männlichen Verwandten eingeladen hatte und Abu Lahab wütend das Haus verließ?«

36

Die Weisen des Stammes

Ali seufzte tief. Wie schwer es manchmal ist, die Wahrheit auszusprechen!

»Onkel Abu Lahab war das Oberhaupt unseres Stammes«, sagte er, »und einer der mächtigsten Männer von Mekka und Vorsitzender des Stadtrates. Eigentlich war er derjenige, dem die Verwaltung der Kaaba oblag. Er hoffte, Mohammad zur Vernunft zu bringen, er versprach ihm einen Sitz im Rat und ein gutes Einkommen. Doch an jenem Abend musste er einsehen, dass sein Neffe unbestechlich war und dass nichts ihn mehr aufhalten würde. Schäumend vor Wut war er nach Hause gegangen, und am nächsten Tag rief er die Weisen des Stammes zu sich. Ich durfte an dem Treffen nicht teilnehmen, aber mein Vater hat mir danach alles erzählt:

›Es war tief in der Nacht, und wir saßen immer noch bei Abu Lahab. Wir hatten viele Gläser Wein und noch mehr Teekannen geleert, die Wasserpfeifen waren schon fast kalt, doch wir waren noch zu keiner Entscheidung gekommen. Abu Lahab ergriff zum Schluss noch einmal das Wort: 'Wenn dein Bein von der Pest befallen ist, musst du es abschneiden lassen, sonst wird dein ganzer Körper krank. Es ist so weit. Ich schneide Mohammad vom Stamm ab.'

Alle rauchten und dachten nach. Es trat eine Stille ein, die kein Ende nehmen wollte, jemand musste etwas sagen, also löschte ich meine Pfeife und sagte: 'Höre, Abu Lahab! Ich bin dein Bruder Talib. Ich habe Mohammad wie meinen eigenen Sohn großgezogen. Er ist mir ans Herz gewachsen. Wenn wir ihn aus unserem Stamm ausschließen, kann ihn jeder töten, ohne sich vor unserer Rache fürchten zu müssen. Abu Lahab! Du bist unser Oberhaupt. Hast du dir alles gut überlegt? Was, wenn ihn wirklich jemand umbringt? Lassen wir dann seinen Körper auf der Straße liegen, den wilden Hunden zum Fraß? Mach du, was du willst, ich aber werde ihn nicht liegen lassen. Du magst den Tod eines Stammesmitglieds stillschweigend dulden, ich aber werde ihn rächen und dem Stamm des Mörders den Krieg erklären. Der Ehre unseres Stammes wegen.

Bruder, hast du wirklich gut nachgedacht? Dass wir jemanden ausstoßen, ist eine große Ausnahme, etwas Ungeheuerliches. Es geschieht nur, wenn keine andere Lösung mehr möglich ist oder die Existenz des gesamten Stammes auf dem Spiel steht. So etwas tut man, wenn es gilt, Krieg mit einem übermächtigen Feind zu verhindern, der das Leben unserer Frauen und Kinder bedroht. Von einer solchen Situation kann aber nicht die Rede sein, Abu Lahab.'

'Mohammad hat uns den Krieg erklärt. Krieg auf Leben und Tod', entgegnete Abu Lahab.

'Von Krieg kann doch keine Rede sein.'

'Was denn sonst?'

'Ich weiß es nicht, aber Krieg ist es nicht, und unser Stamm ist nicht in Gefahr.'

'Mohammad hat uns den Krieg erklärt, du willst es nur nicht wahrhaben', sagte Abu Lahab.

'Kein Mann, keine Frau, kein Kind, kein Kamel, keine Ziege unseres Stammes fühlt sich von Mohammad bedroht. Mit meiner Zustimmung kannst du nicht rechnen.'‹

Mein Vater erhob sich und verließ den Raum«, schloss Ali. »Hinter sich hörte er Stimmengewirr und Schritte. Die Weisen traten auf den Innenhof hinaus.

›Wie herrlich frisch die Luft ist‹, hörte er sie sagen.«

37

Beistand der Engel

Ali brachte mich zum Stall, in dem ich mein Pferd untergestellt hatte. »Zayd«, sagte er, »du hast doch alles selbst miterlebt, du warst überall dabei und weißt oft mehr als ich, warum stellst du mir all diese Fragen?«

»Deine Stimme soll in meinem Buch vertreten sein«, erklärte ich, »ich fürchte nämlich, dass ich sonst meiner Phantasie allzu freien Lauf lasse. Deine Stimme und die deines Vaters werden meinem Buch eine Seele verleihen. Außerdem war ich sehr jung damals und durfte eben nicht überall dabei sein.

Ali, du bist ein Dichter und ein Philosoph. Ich würde gern folgendes Zitat von dir aufnehmen:

›Streck die Hand nicht aus nach dem,
was unerreichbar ist.
Doch das, wonach du die Hand ausstreckst,
wird erreichbar werden.‹

Ich weiß, dass Mohammad dich zu diesen Zeilen inspiriert hat. Er streckte die Hand nach dem Unerreichbaren, dem Unvorstellbaren aus, und er machte es möglich.

Andere haben Mohammad als Propheten erlebt. Du und ich, wir haben ihn als Menschen gekannt. Ali, erzähl mir etwas Schönes vom Menschen Mohammad.«

»Zayd, wir kannten doch alle Mohammads erstaunliche

Beharrlichkeit. Einmal sagte er zu mir: ›Ali, nur wer sich hohe Ziele steckt, macht das Unmögliche möglich.‹

Jede seiner Entscheidungen barg große Gefahren. Doch er verstand es, sich auch die heikelsten Situationen zunutze zu machen.

Er fiel, fiel tief, verlor jedoch nie die Geduld und kam immer wieder auf die Beine. Geduld hatte er wie kein Zweiter. Deshalb mahnt Allah auch immer zur Geduld.

Er gab den Kampf nicht auf, bis sein Traum Wirklichkeit geworden war.

Mohammad war ein einzigartiger Mensch. Um ehrlich zu sein, muss ich zugeben, dass seine Visionen oft Wunschbilder waren, und trotzdem erreichte er damit sein Ziel.

Zayd, erinnerst du dich an unsere erste gemeinsame Schlacht? Das Heer der Mekkaner bestand aus mehreren Tausend Mann, und wir waren nur ein paar Hundert. Sie metzelten uns nieder. Und die Gefährten ergriffen die Flucht. Wir waren die Einzigen, die bei Mohammad ausharrten. Wir standen auf verlorenem Posten. Da rief er plötzlich den Fliehenden nach: ›Bleibt! Allah schickt Hilfe. Schaut zum Himmel, Hunderte Engel steigen herab, um uns zu helfen!‹

Es war nicht zu fassen. Er sah die Engel tatsächlich und kämpfte weiter, und wir kämpften mit ihm. Jene, die die Flucht ergriffen hatten, kehrten um, und wir standen Seite an Seite mit den Engeln, bis sich der Feind zurückzog. Erinnerst du dich, Zayd? So war Mohammad. Er machte das Unmögliche möglich.«

Vor der Stalltür umarmte Ali mich noch einmal und sagte: »Besuch uns bald wieder. Meine Söhne brauchen ihren Onkel Zayd.«

Ich versprach es, aber das Schicksal wollte es anders und ich sollte ihn nie mehr wiedersehen.

Später wurde Ali der vierte Kalif. Als er eines Abends in

der Moschee sein Gebet verrichtete, setzte sich Ibn Muldscham hinter ihn. Kaum hatte Ali sein Gebet beendet, da schlug Ibn Muldscham ihm das Schwert mit voller Wucht auf den Kopf. Ali stürzte tot zu Boden.

38

Sklaven und Frauen

Ali hatte, genau wie Ascha, von Mohammads Beharrlichkeit gesprochen, die ihn zu diesem Ausspruch inspirierte: »Der Mensch kann alles erreichen, was er sich vornimmt. Und nichts kann ihn davon abhalten, wenn er nur mit ganzer Kraft danach strebt.«

Dank Ali konnte ich Mohammads Leben besser begreifen.

Wie ich schon berichtete, wurde Mohammad nach dem Besuch seiner Verwandten vor Kummer krank.

Er blieb drei Tage und drei Nächte im Bett liegen, dann stand er wieder auf.

Er nahm ein Handtuch, verließ das Haus und ging zu den Dattelfeldern.

Ich rannte ihm nach.

Am Fluss, der an den Dattelpalmen vorbeiströmt, zog er sich aus und sprang ins Wasser. Schwimmen konnte er nicht, er bewegte sich wie ein Kamel. Drei Mal verschwand er lange unter Wasser, und jedes Mal, wenn er wieder auftauchte, stieß er einen lauten Schrei aus:

»Allaaaaaaaaaaaaaaaah! Steh mir bei! Allaaaaaaaaaaaaaaaaaaaaaaah! Steh mir bei!«

Ich erschrak.

Als er wieder ans Ufer kletterte, traute ich mich fast nicht in seine Nähe. Er nahm das Handtuch von mir entgegen und gürtete es sich um. Dann blieb er so lange in der Sonne stehen, bis er trocken war, warf mir das Handtuch zu und zog sich wieder an.

Ich wartete geduldig, denn er war es, der meine Schritte lenkte. Er schlug die Richtung zu den Äckern ein. Ich folgte ihm, das nasse Tuch über der Schulter.

Mohammad hatte seine Vorgehensweise geändert. Drei lange Tage und Nächte hatte er nachdenken müssen, aber jetzt war er sich sicher.

Bis zuletzt hatte er gehofft, die Umwälzung mit Hilfe der Großhändler, der Reichen von Mekka, mit Hilfe seines Stammes und seines einflussreichen Onkels Abu Lahab zuwege zu bringen.

Er hatte sich besonnen. Die Machtverhältnisse mussten auf den Kopf gestellt werden. Er durfte sich nicht an die Reichen wenden, sondern musste sich mit den unterdrückten Frauen und den bis aufs Blut gepeinigten Sklaven und Sklavinnen verbünden. Sie würden die treibende Kraft hinter dem Auftrag sein, den er erhalten hatte.

Das Bad im Fluss reinigte ihn von den alten Vorstellungen, er war bereit zu einem Neubeginn.

Überzeugter denn je ging er nun zu den Sklaven, die sich auf den Feldern abplagten, und zu den Frauen, die im Innern der Häuser und Zelte geknechtet wurden.

Und ich folgte ihm.

39

Bilal, der freie Sklave

Mohammad ließ die Stadt links liegen und konzentrierte sich auf die Dörfer.

Monatelang redete er mit den Sklaven und Sklavinnen.

Ich stand Wache vor den Häusern und am Eingang der Zelte, wenn er drinnen mit den Frauen sprach.

Ich kletterte auf Bäume und hielt Ausschau, so dass ich Mohammad warnen konnte, wenn die Bauern herbeigeeilt kamen.

Das alles scheint eine Ewigkeit zurückzuliegen.

Manchmal kann ich kaum glauben, dass ich es bin, der so viel mit ihm erlebt hat.

Jetzt ritt ich auf der Suche nach dem ehemaligen Sklaven Bilal über die Felder außerhalb von Mekka.

Bilal war alt geworden. Er wohnte in einem schönen großen Steinhaus und hatte dreiundvierzig Enkel.

Früher arbeitete er auf den Feldern eines Bauernhofes, und wenn ich an ihn denke, sehe ich immer erst seinen gebeugten Rücken vor mir, der wie Ebenholz in der Sonne glänzte, und dann erst sein Gesicht. Bei der Feldarbeit sang er, er hatte stets ein Lied auf den Lippen. Seine Stimme wirkte beruhigend auf die anderen Sklaven. Diese Stimme stellte er später ganz in Allahs Dienst.

Ich sehe immer noch vor mir, wie Mohammad auf ihn zuging und wie Bilal seinen schwarzen Rücken hoch aufrichtete, als er den Gesandten auf sich zukommen sah.

Aber Bilal soll seine Geschichte selbst erzählen. Von Anfang an:

»Mein Vorname lautet Bilal. Mein Nachname Habaschi. Ich bin schwarz, schwarz wie die Nacht. Ich stamme aus dem Nachbarland Habascha, wo ich als Sohn eines Sklaven geboren wurde. Ein Sklavenhändler brachte mich nach Mekka, als ich noch ein Kind war. Dort kaufte mich mein Herr auf dem Freitagsmarkt. In den Jahren, in denen ich für ihn arbeitete, wurde ich zu einem starken Mann. Mein Herr spannte mich wie einen Ochsen vor den Pflug, und so pflügte ich den Acker. Ich trug den Riemen des Joches über den Schultern und riss tiefe Furchen in die Erde, als Mohammad sich mir näherte. Ich wusste von ihm, hatte schon von seiner Botschaft gehört, hatte ihn aber noch nie aus der Nähe gesehen. Ein Sklave, der hinter mir stand, flüsterte: ›Da kommt der Gesandte, von dem alle reden.‹

Zwar durften wir Sklaven nie in die Stadt gehen, doch Mohammads Botschaft hatte uns längst erreicht. Es hieß, er fordere die Menschen auf, seinem Allah zu folgen. Ich hatte gehört, dass er sich mit einer Gruppe junger Männer feierlich mit dem Rücken zur Kaaba stellte, um seinen Allah zu lobpreisen.

Die Sklaven tuschelten über ihn. Ich sah Mohammad. Ich sah ihn in der Dunkelheit mit Sklaven reden. Plötzlich stand er vor mir.

›Was für eine schöne Stimme du hast!‹, sagte er.

Ich schwieg, schaute mich um, ob mein Herr ihn bemerkt hatte.

›Von wem hast du diese Stimme?‹

›Das weiß ich nicht.‹

›Wie heißt du?‹

›Bilal.‹

›Wo kommst du her?‹

›Aus Habascha.‹

›Dann heißt du Bilal Habaschi!‹, sagte er.

Bis zu dem Zeitpunkt hatte ich keinen Nachnamen gehabt. Ich hieß einfach Bilal, aber Mohammad gab mir einen Nachnamen. Habaschi. Bilal aus Habascha.

›Es gibt keinen Gott außer Allah‹, hob er an, und ich hatte immer noch Angst, mein Herr könnte uns sehen. ›Allah ist der Schöpfer von allem, vor Ihm sind alle Menschen gleich. Wir sind alle Brüder! In Seinem Königreich gibt es keinen Unterschied zwischen weißen, schwarzen und braunen Menschen.‹

Die anderen Sklaven schauten mich an, ich war taub geworden, hörte ihn nicht mehr. Und weil die anderen jetzt ihn anschauten, wandte er sich an sie und rezitierte einen seiner Koranverse:

›*Wash-shamsi wa-duhaha*
Wal-Qamari ida talaha.
Labbaika Allahumma labbaik.
labbaika la scharika laka labbaik.‹

Bei diesen Worten überlief mich ein Schauder.

›Was willst du von mir, Mohammad?‹, fragte ich leise.

›Deine Stimme, Bilal. Allah hat dir diese Stimme nicht umsonst gegeben. Ich brauche dich. Folge mir.‹

›Ich gehöre meinem Herrn. Ich kann dir nicht folgen!‹

›Du gehörst niemandem. Wirf dieses Joch ab und folge mir.‹

Zum Glück tauchte in dem Moment mein Herr in der Ferne auf. Mohammad verschwand hinter den Bäumen.

Wie hätte ich das Joch abwerfen und ihm folgen können? Wozu brauchte er meine Stimme? Wohin sollte ich ihm folgen? Ich hatte eine schlaflose Nacht.

›Ins Paradies‹, sagte Mohammad am nächsten Tag.

›Welches Paradies?‹

›Nach dem Tod kehren wir alle zu Ihm zurück. Mach die Augen auf und schau dich um! Alles, was du siehst, wird sterben und wieder zu neuem Leben erwachen. Auch wir sterben und werden wieder zum Leben erweckt und zu Ihm geführt.‹

›Mohammad! Ich begreife nicht, was du sagst. Was willst du von mir?‹, fragte ich ratlos.

›Mir werden Verse von oben gesandt‹, sagte Mohammad, ›sie werden mir von Allah offenbart. Ich möchte, dass du Seine Worte laut auf dem Markt verkündest. Du stellst dir einen Schemel hin. Du steigst hinauf und sprichst die Suren mit lauter Stimme. Du singst Allahs Worte, du summst sie vor dich hin.‹

›Wie soll das gehen, Mohammad? Ich kann nicht fort, der Pflug hält mich fest.‹

›Wirf das Eisen ab. Allah hat dich befreit. Folge mir! Fürchte dich nicht. Du bist nicht der Einzige. Immer mehr Sklaven folgen mir.‹

Doch ich konnte mich von dem Eisen nicht lösen, ich war damit auf die Welt gekommen. Ich konnte Mohammad nicht folgen und wandte jedes Mal das Gesicht ab, wenn er auf die Felder kam. Auch er sprach mich nicht mehr an. So verging ein halbes Jahr. Doch er war in aller Munde. Die anderen Sklaven redeten in der Dunkelheit über ihn. Nachts summten die Sklavinnen seine Worte vor sich hin. Wo ich auch war, überall hörte ich Geschichten über ihn:

›Auf dem Markt ist es zu einer Schlägerei zwischen Mohammad, seinen Anhängern und den Wächtern gekommen.‹

›Gestern haben sich wieder zwei junge Sklaven Mohammad angeschlossen.‹

›Auf dem Platz vor der Kaaba hat eine Gruppe von Anhängern Verse aus dem Koran gesungen.‹

›Wenn er durch die Straßen geht, rufen die Frauen hinter den geschlossenen Fenstern seinen Namen.‹

›Eine Gruppe von Frauen ist auf die Dächer gestiegen, um Mohammad zu sehen.‹

Die mächtigen Bauern hatten den Sklaven verboten, mit Mohammad zu reden. Sie ließen ihre Wachhunde auf ihn los, wenn er in die Nähe der Felder kam.

Eines Abends konnte ich das eiserne Joch auf meinem Rücken nicht länger ertragen. Ich warf es ab, floh barfuß in die Stadt und suchte Mohammad. Als ich vor ihm stand, rief ich: ›Es ist kein Gott außer Allah, und Mohammad ist Sein Gesandter.‹

Mohammad stellte einen Schemel auf den Platz vor der Kaaba und sagte: ›Steig hinauf und singe mit aller Kraft, was ich dir vorsage:

Was-Samai wat-Tariqi
Wama adraka ma at-Tariqu …
Beim Himmel und dem Nachtstern!
Es ist der leuchtende Stern.
Der Mensch soll doch betrachten, woraus er erschaffen ist.
Erschaffen ist er aus tropfendem Wasser,
das zwischen Lende und Rippen herauskommt.
Zweifellos hat Er die Macht, den Menschen nach seinem
Tod zurückzurufen,
am Tag, da die Geheimnisse geprüft werden.
Beim Himmel und den schwangeren Wolken
und bei der Erde mit ihrem Sprießen!
Der Koran ist das entscheidende Wort.‹«

40

Die Jungfrauen

Bilals wohlklingende Stimme tat ihre Wirkung.

Alle, die ihn hörten, blieben stehen und lauschten.

Mohammad hatte einen wunderbaren Edelstein geborgen. Seine eigene Stimme war schrill und monoton. Sie irritierte die Zuhörer, taugte zu Kampfaufrufen, doch Widerwillige zog sie nicht in ihren Bann. Weil sich Mohammad seiner Sendung so sicher war, stotterte er manchmal vor lauter Leidenschaft und warf die Hände in die Luft. Er war jemand, der Unruhe verbreitete und Verwirrung in den Köpfen der Menschen stiftete.

Bilals Stimme passte zu den wohlklingenden Versen, die Mohammad offenbart wurden, und ließ ihren Inhalt besser zur Geltung kommen.

Wenn Bilal rezitierte, hörten ihm alle wie verzaubert zu. Erst jetzt, da Mohammad sich im Hintergrund hielt, wurden seine Worte verständlich. Die Leute erkannten, dass er ihnen etwas zu sagen hatte. Sie öffneten sich seiner Botschaft.

Die ganze Stadt sprach über diesen schwarzen Bilal. Die Jungen bewunderten ihn. Sie waren der Korruption und widerwärtigen Bräuche ihrer Vorväter überdrüssig. Mohammad zeigte ihnen einen neuen Weg. Er sprach über einen Allah, der die Schiffe wie grüne Blätter auf den Wellen dahintreiben ließ.

Durch Bilals Mund rief Mohammad:

»Zwingt eine Frau nicht, wenn sie nicht mit euch schlafen will.«

»Die Götzen sind die Diener der reichen Kaufleute. Sie bringen ihnen Gewinn.«

»Männer! Folgt mir! Kämpft für Allah. Wenn ihr sterbt, kommt ihr ins Paradies, wo euch Jungfrauen in grünen Gewändern mit einer Kanne Wein und mit Schalen voll herrlicher Früchte erwarten.«

»Seht die Berge! Allah hat sie als große Pflöcke in den Boden gerammt, damit die Erde nicht unter euch bebt.«

»Seht den Mond! Allah hat ihn als Leuchte in der Finsternis am Himmel angebracht.«

Niemand hatte je solche Dinge gesagt. Niemand hatte je solche Dinge gehört.

Sobald Bilal verstummte, erhitzten sich die Gemüter: »Allah, der Regenmacher. Glaubt ihr etwa daran?«

»Gefasel. Mohammad verkündet wirres Zeug.«

»Im Paradies kriegt man Huren in grünen Gewändern, wenn man mit Mohammad in den Kampf zieht.«

»Unsere Götter sind tote Steine, während Mohammads Allah Licht ist, das mit gesegnetem Olivenöl brennt. Was für Hirngespinste!«

Doch Mohammads Botschaft war kraftvoll. Sie verhieß Fortschritt. Schon der Gedanke, die uralten steinernen Götzen zu zertrümmern, schlug die Jüngeren in Bann.

Der Rat von Mekka erschrak über diese Entwicklung. Abu Lahab sah nur noch einen Ausweg. Da es ihm trotz seines Einflusses nicht gelungen war, Mohammad Einhalt zu gebieten, schmiedete er einen Plan, ihn aus dem Weg zu räumen.

Eines Tages, als Mohammad mit einer Gruppe seiner Anhänger auf dem Platz vor der Kaaba stand und Bilal Verse rezitierte, drängte sich ein Fremder vor und schlug Mohammad mit einem Stein kräftig auf den Kopf. Mohammad fiel bewusstlos zu Boden, der Mann floh.

Während sich Umar und Ali sofort an die Verfolgung machten, knieten sich Abu Bakr und Uthman neben Mohammad. Sie wischten ihm das Blut vom Gesicht und versuchten, ihm Wasser einzuflößen, doch Mohammad lag wie tot da. Da hoben sie den leblosen Körper auf Bilals Schulter und schleppten ihn so nach Hause.

Die Nachricht verbreitete sich wie ein Lauffeuer: »Mohammad ist tot!«

»Ein Fremder hat Mohammad mit einem Stein verwundet.«

»Mohammad ist Mohammad nicht mehr.«

»Es ist vorbei mit seinem Allah.«

»Mohammad ist auf und davon. Er sitzt jetzt bei seinen Jungfrauen im Paradies.«

41

Der Arzt

Alle dachten, Mohammad hätte den Anschlag nicht überlebt und Abu Bakr, Umar und Uthman hätten ihn heimlich begraben.

Doch Mohammad war nicht tot, er lag wie leblos auf seinem Lager ausgestreckt.

Nachdem sie ihn nach Hause gebracht hatten, verschloss Umar von innen die Tür und befahl: »Lasst keinen herein! Und keinen hinaus!«

Ich war der Einzige, der das Haus über Mauern und Dächer verlassen durfte.

Mitten in der Nacht flog ein schwerer Stein durch das Fenster. Ich kletterte rasch aufs Dach und sah ein paar junge Männer auf der Straße stehen, Steine in den Händen.

Umar griff nach einem Stock, stürmte allein nach draußen und schlug so heftig auf die Jungen ein, dass sie wie ängstliche wilde Hunde Reißaus nahmen.

Umar war ein Mann des Kampfes, er stand immer in vorderster Linie. Niederlagen kannte er nicht. Später wurde er Mohammads Heerführer. Und noch später, als er zum Kalifen ernannt worden war, drang er mit seiner Armee in das Persische Reich ein und verfolgte den letzten persischen König bis an die Grenze der Provinz Chorosan.

Nachdem sich die Steinewerfer verzogen hatten, schickte Umar mich zu Mohammads Anhängern. »Sie sollen hierherkommen und das Haus bewachen, sonst wird es der Feind anzünden.«

Im Dunkeln ritt ich zu allen, die ich kannte, und verständigte sie. Sie kamen und bewachten das Haus bis zum frühen Morgen.

Inzwischen hatte Abu Bakr einen Arzt kommen lassen.

Ich, Zayd, lege den Stift beiseite und schließe die Augen, um mich in jene Nacht zurückzuversetzen, als der Arzt Mohammad behandelte. Mohammad lag mit geschlossenen Augen da, seine Brust hob und senkte sich mühsam.

Abu Bakr kniete nieder und hielt eine Öllampe hoch, damit der Arzt die Wunde nähen konnte.

Ich selbst stand in der Tür, so dass ich sowohl das Zimmer als auch den Innenhof im Blick hatte.

Uthman hielt Mohammads Handgelenk fest und teilte dem Arzt mit leiser Stimme den Pulsschlag mit.

Umar kniete am Fußende und massierte Mohammads Füße, um das Blut rascher strömen zu lassen.

»Bringt mir noch saubere Tücher«, sagte der Arzt.

Ich lief zu den Dienern.

»Wie geht es Mohammad?«, fragte die alte schwarze Dienerin.

Ich gab ihr keine Antwort.

Der Arzt untersuchte Mohammad noch ein Mal und zeigte uns, wie wir die Wunde behandeln mussten. Nachdem er gegangen war, überquerte Abu Bakr den Innenhof zu Chadidschas Zimmer, um ihr zu sagen, dass es Mohammad schon besser gehe.

Am nächsten Morgen bei Sonnenaufgang öffnete Mohammad die Augen.

Ich war der Erste, der es sah. Ich kann nicht beschreiben, wie glücklich es mich machte.

42

Der kampfbereite Mohammad

Zehn Tage noch hütete Mohammad das Bett. Dann stand er auf und ging einige Schritte auf dem Innenhof. Er war mager geworden.

Die alte Hausdienerin verwöhnte ihn mit nahrhaften Speisen. Und sie bereitete stärkende Getränke, mischte Dattelsaft mit der Milch junger Kamele. Auch steckte sie braune Samen von Wüstenpflanzen in getrocknete Feigen, träufelte etwas Honig darüber und brachte Mohammad den Teller, dazu frischen Tee, wenn er sich auf dem Innenhof im Schatten der Mauer ausruhte.

Und mittags, wenn die Sonne hinter dem Haus verschwunden war und die Wärme sich zurückzog, entzündete sie ein Feuer aus toten Zweigen und röstete Ziegenhoden für Mohammad. Sie würzte sie mit duftenden Kräutern, Salz, Pfeffer und ein paar Zitronenscheiben. Der herrliche Bratgeruch des Fleisches wehte über die Mauern auf die Straße. Und so wussten die Leute, dass im Hause des Mohammad alles in Ordnung war.

Chadidscha lächelte, und obwohl sie gealtert war, sprang sie wie eine junge Frau fröhlich die Treppen hinauf und hinunter.

In der Stadt wusste niemand genau, wie es um Mohammad bestellt war. Er war nicht tot, so viel stand fest, aber er würde wohl nie mehr der Alte sein. Abu Bakr, Umar und

Uthman kamen mehrmals am Tag, redeten jedoch nicht viel mit ihm und erzählten ihm nichts von dem, was draußen geschah. Der Arzt hatte ihm noch eine Woche Ruhe empfohlen.

Inzwischen waren seine Freunde nicht untätig geblieben, sondern waren dem Anschlag auf den Grund gegangen. Der Mann, der Mohammad zu töten versucht hatte, so stellte sich heraus, war ein Bandit, der über einen Handlanger von Abu Lahab angeheuert worden war. Die jungen Leute, die Mohammads Fenster mit Steinen beworfen hatten, waren alle vom Diener von Abu Lahabs Frau bezahlt worden.

Die Genesungszeit war vorbei, Mohammad hatte sich wieder völlig erholt und schien kampfbereiter denn je.

»Zayd«, rief er. »Räum das Zimmer auf. Schaff das Krankenlager fort. Ich will es nicht mehr sehen.«

Ich, Zayd, räumte nichts auf. Ich war schon lange kein Laufbursche mehr, ich war derjenige, der dafür sorgte, dass die Wünsche des Gesandten erfüllt wurden.

Also rief ich die Diener und sagte: »Räumt das Zimmer auf. Schafft das Bett fort.«

Und ich öffnete die Fenster zum Innenhof, um zu lüften.

Ich sah Abu Bakr, Umar und Uthman neben der Haustür im Gespräch.

»Wir setzen uns in mein Zimmer. Lass sie herein!«, sagte Mohammad.

Ich bat sie herein, und sie folgten mir lachend. Sie küssten Mohammad die Stirn, das Gesicht und die Hände, und alle vier setzten sich in einem Kreis auf den Fußboden.

Ich schloss die Fenster.

Mohammad war der Gesandte!

Abu Bakr war sein Nachfolger. Als erster Kalif schmiedete er mit seiner Weisheit das Land zu einer Einheit zusammen.

Umar verschaffte dem Islam Bekanntheit in der Welt.
Ich, Zayd, sammelte Mohammads Gedanken und verfasste ein wundersames Buch: den Koran.
Und Uthman zwang die Welt, den Koran zu lesen.

43

Der Umschwung

Als ich am nächsten Tag auf dem Innenhof beim Brunnen stand, fiel mir auf, dass Mohammad sehr unruhig war. Er ging rastlos auf und ab, aber schwankend, als würden ihm die Beine versagen. Wie ich wusste, war das ein sicheres Zeichen, dass ihm Allah bald wieder einen neuen Auftrag erteilen, ihm eine neue Sure herabsenden würde.

Mohammad schüttelte den Kopf, murmelte vor sich hin und stieß einzelne Wörter aus:

»*Tabbat yada … tabbat yada*
Abi Lahabin wa-tabba
Ma agna … anhu
Maluhu … wa-ma kasaba … «

In solchen Augenblicken wagte ich es nicht, mich ihm zu nähern. Ich spitzte die Ohren und lauschte. Manchmal verstand ich nichts von dem, was er sagte, und manchmal fing ich nur einzelne Brocken auf:

»Dem Verderben … Abu Lahab
Geweiht … geweiht
Nicht nützt … Vermögen
Loderndes Feuer … Strick … Fasern.«

Schweißnass suchte Mohammad Halt an der Mauer.

Ich rannte ins Haus, griff nach einem Tuch, rannte zurück und legte es ihm über die Schultern. Ich fasste ihn am Arm, um ihn in sein Zimmer zu führen. Dort legte ich ihm ein Kissen unter den Kopf und ließ ihn allein.

Dann schloss ich die Tür und stellte mich davor.

Morgen würde sich zeigen, welche Sure ihm offenbart worden war.

Am nächsten Tag erhielt Mohammads Mission neuen Antrieb. Die Stadt Mekka wusste noch nicht, was ihr bevorstand.

Abu Bakr, Umar und Uthman kamen früher als gewöhnlich und sprachen hinter verschlossener Tür mit Mohammad. Ich musste zum Markt, um Mohammads Schuhe abzuholen. Als ich zurückkam, rief Umar mich zu sich.

Er flüsterte: »Rasch! Ruf die Leute zum Versammlungsplatz, genau vor dem Geschäft von Abu Lahab. Und bleibe bei ihnen! Warte dort!«

Ich galoppierte auf meinem Pferd zu dem Ort, wo sich unser Ausrufer Bilal Habaschi vor seinem Herrn verborgen hielt.

»Zum Versammlungsplatz«, rief ich ihm zu und ritt weiter, um die anderen zu verständigen.

Die Sonne stand hoch am Himmel, als wir uns mit dreiundsiebzig Männern auf dem Platz vor Abu Lahabs Geschäft aufstellten. Die Leute schauten sich neugierig nach uns um. Wir wussten selbst nicht, was passieren würde. Abu Lahab zeigte sich einige Male hinter dem Vorhang seines Arbeitszimmers.

Da kam Mohammad mit großen Schritten herbei, Abu Bakr an seiner rechten Seite, Umar zur Linken und Uthman hinter ihm.

Alle sahen Mohammad überrascht an. Die Menschen auf dem Platz gingen zur Seite, niemand hatte ihn erwartet. Alle hatten gedacht, es sei zu Ende mit ihm. Doch Mohammad ging aufrecht und entschlossener denn je auf seine Anhänger zu.

Bilal rief:

»La ilaha illa Allah
Mohammadun Rasulu l-lahi.«

Die Anhänger riefen im Chor:
»Es gibt keinen Gott außer Allah,
Und Mohammad ist sein Gesandter.«

Mohammad stellte sich auf den Schemel, den Umar mitgebracht hatte, deutete mit dem Zeigefinger auf das Fenster von Abu Lahab und rief:

»*Tabbat yada Abi Lahabin wa-tabba* ...
Dem Verderben geweiht seien die Hände des Abu Lahab,
und dem Verderben geweiht sei er!
Nicht nützt ihm sein Vermögen und das, was er erworben hat.
Er wird in einem lodernden Feuer brennen.
Und auch seine Frau, die Holzträgerin.
An ihrem Hals hängt ein Strick aus Palmenfasern.«

Umar hob einen Stein auf und warf ihn durch das Fenster, hinter dem Abu Lahab saß.

Der Vorfall löste einen Schock in Mekka aus. Mohammad hatte seine Pfeile auf das Zentrum der Macht gerichtet.

44

Die Anhänger

Mohammad musste jetzt ständig bewacht werden.

Das war Abu Bakrs Idee.

Uthman stellte den Plan auf.

Und Umar führte ihn aus.

So wurde Mohammads Haus Tag und Nacht von stämmigen Männern seiner Anhängerschaft bewacht.

Umar nahm mich beiseite und sagte: »Zayd, Mohammad darf das Haus nie ohne Begleitung verlassen, hörst du? Sollte das doch geschehen, wirst du es bereuen. Verstanden?«

»Verstanden«, sagte ich.

Bei der nächsten Zusammenkunft ergriff Uthman das Wort: »In der Stadt brodelt es. Alle warten auf unseren nächsten Schritt.«

Umar sagte: »Die Zeit ist reif, uns an alle Einwohner zu richten.«

Abu Bakr sagte: »Der Rat fühlt sich zutiefst getroffen, er wird mit Gewalt vorgehen, jetzt, da wir Abu Lahab in aller Öffentlichkeit angegriffen haben.«

Mohammad hörte wortlos zu.

»Was meinst du, Mohammad?«, fragte Uthman.

»Du hast recht, Uthman«, sagte Mohammad, »die Stadt wartet auf die nächste Unternehmung. Wir befinden uns jetzt in einer neue Phase. Die Zeit des Schemels ist vorbei.

Wir müssen die ganze Stadt überzeugen. Wir müssen uns einen Plan ausdenken, wie wir die Kaaba erobern können. Ob und wann dies möglich ist, wissen wir nicht, das weiß nur Allah. Der erste Schritt ist getan. Jetzt gilt es, den zweiten Schritt zu tun!«

Ich entfernte mich, um Rosenwasser und Obst zu holen.

Als ich zurückkam, schlenderten die Männer über den Innenhof. Ich stellte die Kanne mit dem Zuckerwasser und die Obstschale auf die Bank unter dem alten Baum.

Am zweiten Teil des Gesprächs konnte ich nicht teilnehmen, weil ich im Namen Mohammads Bilal einen Besuch abstatten musste. Sein Herr hatte ihn in seinem Versteck aufgespürt und ihn schrecklich zurichten lassen. Dann hatte man ihn an den Boden genagelt und in der prallen Sonne liegen lassen.

Einen ganzen langen Tag hatte es gedauert, bis es einem seiner Gefährten gelungen war, ihn zu befreien.

Chadidscha hatte mir für Bilal einen Korb mit Obst, Saft, gebratenem Fleisch, getrockneten Feigen, Kamelkäse, Nüssen, einem frischen Hemd und ein paar neuen Schuhen mitgegeben. Ich ritt los und überbrachte Bilal eine Nachricht von Mohammad: »Sei nicht traurig, Bilal. Allah hat dich gesehen!«

Die Gewalt nahm zu. Nicht nur Bilal wurde fast zu Tode geprügelt. Der Rat hatte eine Gruppe von Banditen angeheuert, die im Schutz der Dunkelheit in die Häuser von Mohammads Anhängern eindrangen, jeden, den sie fanden, verprügelten und alles kurz und klein schlugen.

Mohammads Gefährten beklagten sich bei ihm, und jedes Mal sagte er: »Habt Geduld!« Sie übten Druck auf ihn aus, er solle ihnen erlauben, sich zu verteidigen, doch Mohammad untersagte es: »Seid geduldig. Allah hat mir noch nicht aufgetragen, Gewalt anzuwenden.«

Doch Umar wollte die Kränkungen nicht länger hinnehmen, er erhob seine Stimme: »So kann es nicht weitergehen, Mohammad. Wir dürfen uns nicht alles gefallen lassen. Du bist nicht Jesus, der dem, der ihn auf die eine Wange schlägt, auch noch die andere hinhält. Triff die Entscheidung. Verkünde eine neue Botschaft.

Lass uns vergelten, was sie uns antun.«

Das Gewicht der Verantwortung lastete auf Mohammads Schultern. Ich sah ihn im Innenhof umhergehen, die Hände hinter dem Rücken verschränkt, tief in Gedanken versunken.

45

Abu Talibs Warnung

Mitten in der Nacht hörte ich, wie an die Tür geklopft wurde. Ich nahm die Fackel und spähte durch die Luke. Es war Talib, Alis Vater.

Erst verständigte ich Mohammad, dann führte ich Talib hinein. Es musste etwas sehr Wichtiges sein, sonst wäre er nicht noch so spät in der Nacht gekommen.

Mohammad umarmte ihn, und sie setzten sich zusammen.

Ich holte einen Krug Wasser und zwei Becher und kniete mich hinter Mohammad auf den Boden. Ich schaute und lauschte.

»Mohammad, ich bin wie ein Vater für dich«, sagte Talib. »Ich flehe dich an, rede mit Abu Lahab. Sie werden dich schlachten wie ein Schaf. Und ich bin nicht mehr in der Lage, dich zu beschützen. Lass uns morgen früh zu ihm gehen, bevor es zu spät ist.«

»Ihr seid zu mir gekommen, um mir dies zu sagen. Ihr habt es gesagt und ich habe es gehört«, erwiderte Mohammad.

»Höre auf mich, mein Sohn. Sie schmieden unheilvolle Pläne. Deshalb bin ich sofort zu dir gekommen. Mohammad, ich wiederhole es, ich kann dich nicht mehr beschützen. Rede mit Abu Lahab!«

»Dazu hat mir Allah keinen Auftrag erteilt, aber dafür einen anderen«, antwortete Mohammad.

»Und wie lautet dieser Auftrag?«, fragte Talib besorgt.

»Morgen früh werdet Ihr es erfahren.«

Dann küsste Mohammad die Hand seines Onkels und führte ihn hinaus. Er wollte ihn noch ein Stück begleiten, doch ich hielt ihn zurück: »Umar hat es verboten. Ihr müsst drinnen bleiben, ich begleite Onkel Talib.«

Mohammad kehrte zurück, und ich ging neben Talib her, bis wir den Marktplatz erreicht hatten.

Als ich wieder zu Hause angekommen war, die Tür verschlossen hatte und in mein Zimmer gehen wollte, rief Mohammad meinen Namen.

Ich sah mich um, er stand im Dunkeln neben dem Brunnen. Ich ging zu ihm. Er flüsterte: »Rasch! Geh zu Bilal und sage ihm: ›Morgen früh, bevor die Sonne aufgegangen ist, halte dich mit deinen Männern auf dem Marktplatz bereit. Wir werden den Berg Safa besteigen.‹«

Ich ritt aus der Stadt zu dem Ort, wo Bilal mit dem Getreuen Yasser wohnte. Ich erkundigte mich nicht nach seiner Gesundheit, ich erkundigte mich nicht, ob er überhaupt dazu in der Lage sei, ich erkundigte mich nicht, ob seine Wunden geheilt seien, das war mir nicht aufgetragen worden, ich war nur ein Bote. Ich sprang vom Pferd, lief ins Haus, umarmte Bilal und flüsterte ihm die Worte ins Ohr, die mir Mohammad ins Ohr geflüstert hatte. »Morgen früh, bevor die Sonne aufgegangen ist, halte dich mit deinen Männern auf dem Marktplatz bereit. Wir werden den Berg Safa besteigen.«

Dann ritt ich in vollem Galopp nach Hause zurück.

46

Die neuen Anhänger

Noch vor Sonnenaufgang stand ich auf dem Dach und hielt nach Abu Bakr, Umar und Uthman Ausschau. Sobald ich in der Ferne drei Reiter erblickte, rief ich Mohammad zu: »Sie kommen!«

Ich rannte hinunter und holte Mohammads Pferd aus dem Stall.

Mohammad trank einen Schluck Wasser aus dem Brunneneimer und schüttete den Rest in die Mulde, aus der die Pferde trinken. Ich reichte ihm die Zügel. Nachdem das Pferd getrunken hatte, gingen wir hinaus. Vor der Tür warteten Abu Bakr, Umar und Uthman auf uns.

Mir war aufgefallen, dass Mohammad neue Kleider und neue Schuhe trug. Da ich meine Kleidung immer an seine anpasste, hatte ich auch rasch meine neuen Schuhe angezogen.

Mohammad hatte sie mir vor langer Zeit gekauft. Die meisten Araber tragen Schuhe, die aus Kamelhaut gefertigt und etwas steif sind. Mohammad jedoch trug elegante Schuhe aus Kuhhaut, wie die Perser.

Jeden Tag putzte ich mit Wonne Mohammads Schuhe und rieb sie mit einer schwarzen Paste ein. Von einer seiner weiten Reisen hatte er mir aus Hidschaz diese persischen Kuhschuhe mitgebracht, doch sie waren mir damals etwas zu groß gewesen.

»Sie sind nicht für jetzt«, hatte Mohammad gesagt, »sondern für später, wenn du ein Mann geworden bist.«

Erst in dem Jahr, von dem ich berichte, passten sie mir, schöne, goldbraune Schuhe. Eigentlich fand ich es jammerschade, in ihnen herumzulaufen, doch beim Reiten zog ich sie stets an.

Beim ersten Mal hatte Mohammad gescherzt: »Zayd, zieh die Schuhe aus! Sonst beißen dich die Hunde von Mekka, weil sie dich für eine persische Kuh halten.«

Jetzt ritt ich in meinen neuen Schuhen hinter Mohammad, Abu Bakr, Umar und Uthman her. Wir näherten uns schweigend dem Marktplatz, wo Bilal und die anderen Anhänger auf uns warteten.

Schon von weitem hörte ich die Stimmen der Männer. Die Gruppe wurde immer größer. Es waren viele junge Sklaven darunter, aber auch einige Männer von Mohammads eigenem Stamm, denen seine Botschaft das Herz geöffnet hatte. Es waren diejenigen dabei, die der alten Herrschaft überdrüssig geworden waren.

Mohammad wusste, worauf er sich einließ, doch seine Anhänger waren zu einem Abenteuer aufgebrochen, dessen Verlauf und Ende für sie völlig im Ungewissen lagen.

Es gab auch viele, die sich Mohammads Bewegung gerne angeschlossen hätten, sich aber noch nicht trauten.

Vor allem unter den Frauen hatte Mohammad viele stille Anhänger. Sie wussten nur nicht, wie sie ihn unterstützen sollten. In unserer ganzen Geschichte hatte sich nie jemand der Frauen angenommen. Sie waren nichts wert, und die Väter schämten sich ihrer Töchter.

Mohammad verkündete: »Haltet ein! Haltet ein mit der Demütigung eurer Frauen! Das Paradies liegt zu Füßen der Mütter!«

Und die Frauen hatten ihn gehört.

Doch es musste noch viel geschehen, bis die Frauen und

vor allem die Sklavinnen sich in aller Öffentlichkeit zu Mohammad bekennen konnten.

Jetzt stand ein Gruppe von etwa fünfundsiebzig Männern auf dem Platz. Ich hörte ihre gedämpften Stimmen und entdeckte Bilals kräftige Gestalt.

»Rufe Bilal zu mir!«, sagte Mohammad.

Ich gehorchte. Mohammad stieg vom Pferd, schüttelte Bilal die Hand und gab ihm Anweisungen.

Dann ging er zu den anderen, drückte jedem Einzelnen die Hand und sagte: »*Salam alaikum. La ilaha illa Allah*.«

Er ließ die Männer bei Bilal zurück und machte sich mit Abu Bakr, Umar und Uthman auf den Weg zum Berg Safa.

»Du bleibst bei Bilal«, sagte Mohammad zu mir.

Ich tat, wie mir geheißen.

47

Die Einwohner von Mekka

Wir warteten auf dem Marktplatz, aber worauf?

Ich behielt Bilal im Auge, sah, wie er einige Männer zu sich rief. Sie umringten ihn. Er sagte etwas, was ich nicht hören konnte, und alle schauten zum Himmel hinauf. Das wiederholte sich mehrmals. Ich dachte, vielleicht kommen ja wieder Mohammads Engel vom Himmel herab oder Allah zeigt sich an diesem frühen Morgen, aber ich irrte mich. Die Männer warteten bloß auf den Sonnenaufgang. Sie warteten darauf, dass die Leute ihre Häuser verließen und sich auf den Weg zur Arbeit machten.

Und da blitzten auch schon die ersten Sonnenstrahlen. Die Straßen füllten sich, und da erst, als die Leute mit ihren Ziegen und Esswaren zum Platz vor der Kaaba drängten, fiel mir ein, dass heute ja der Tag des Opferfestes war. Der heilige Freitag, an dem alle Läden geschlossen blieben und die Mekkaner der großen Göttin al-Uzza ihre Opfergaben darbrachten.

Plötzlich wandte sich Bilal an die Leute, die an ihm vorbeigingen, und rief mit kräftiger Stimme:

»*Yaa Sabahahu! Yaa Sabahahu*!

Einwohner von Mekka!

Mohammad, der Gesandte, ruft euch auf, zum Berg Safa zu gehen.«

Dann bahnte er sich mit den anderen Gefährten unter lautem Rezitieren von Koranversen einen Weg durch die Menge, bis er bei der Kaaba angelangt war:

»Allah! Allah!
La ilaha illa Allah.
Kommt alle mit zum Berg Safa!«

Vor Schreck zitterte ich am ganzen Leib. Die Leute machten verwundert Platz, drängten ihre Ziegen an die Hauswände und ließen die Männer vorbei.

Ich verstand nicht, warum sie ausgerechnet »*Yaa Sabahahu! Yaa Sabahahu*!« riefen, was man eigentlich nur tat, wenn die Stadt in höchster Gefahr war, wenn der Feind in der Morgendämmerung vor den Toren stand.

Darum schauten die Leute einander auch verwirrt an: »*Yaa Sabahahu*? Zum Berg Safa?«

Das war ein geschickter Schachzug von Mohammad, der Verwirrung stiftete. Alle wussten, dass kriegerische Handlungen während des Opferfestes verboten waren. Die Stämme, die das ganze Jahr über in Kämpfe verwickelt waren, legten an diesem Tag die Waffen nieder, um in Frieden ihren Götzen opfern zu können.

Was wollte Mohammad erreichen? Vor welchem Feind wollte er die Einwohner der Stadt warnen?

Im Grunde hätte er sich keinen besseren Tag aussuchen können.

Indem er das Gebot der heiligen Ruhe verletzte, weckte er die Neugier der Leute: »Lasst uns zum Berg Safa gehen«, sagten sie zueinander, »mal sehen, was Mohammad uns zu sagen hat.«

Denn an diesem Tag durften sich sogar die Sklaven frei bewegen.

Hunde bellten, Esel bockten störrisch, Ziegen meckerten, Hähne sprangen über die Mauern, Kinder rannten Mohammads Anhängern nach und riefen: »*Yaa Sabahahu. Yaa Sabahahu*.« Die Frauen eilten ins Freie, und die Sklaven, die lange auf eine Begegnung mit Mohammad gewartet hatten, machten sich auf den Weg zum Berg Safa.

48

Mohammad auf dem Berg Safa

Hunderte waren auf den Beinen. Und oben auf dem Berg stand Mohammad mit einem Kupferrohr in der Hand, das er sich beim Sprechen vor den Mund hielt.

Jetzt, da es hell geworden war, konnte ich sehen, dass er ein langes Hemd trug, sich aber kein Baumwolltuch um den Kopf gebunden hatte. Sein immer noch schwarzes Haar fiel ihm bis auf die Schultern, nur sein Bart war völlig ergraut. Dadurch, dass er so hoch über allen stand, strahlte er mehr Autorität aus und wirkte wie ein echter Gesandter.

Er wandte sich an die Leute.

»Einwohner von Mekka! Wenn ich euch sage, dass sich hier hinter diesem Berg eine Armee versteckt hält, die die Stadt überfallen will, glaubt ihr mir oder glaubt ihr mir nicht?«

Die Leute sahen ihn nur stumm an.

»Im Namen Allahs wende ich mich an euch.

An euch:

An Abdalmuttalibs Stamm!

An Abdalmanafs Stamm!

An den Stamm der Bani Zuhra!

An den Stamm der Bani Tamim!

An den Stamm der Bani Machzum!

An den Stamm der Bani Asad!

Wisset!

Allah hat mich beauftragt, euch vor einer drohenden Strafe zu warnen.

Schwört den Götzen ab und dient Allah.

Sagt: ›La ilaha illa Allah.‹

Nur das. Mehr verlange ich nicht.

Ich bin nur ein Gesandter.

Allah hat mich beauftragt, euch hier zusammenzurufen und euch Folgendes zu sagen: ›Eine mächtige Armee, Allahs Armee, steht hinter diesem Berg und wird euch bestrafen für das, was ihr euren Sklaven antut, was ihr euren Frauen antut, was ihr euren neugeborenen Töchtern antut.‹

Ich soll euch sagen: ›Eure Abgötter sind nichts. Es sind machtlose Steine. Kehrt ihnen den Rücken zu. Mit Allahs Hilfe werde ich sie alle mit einem Hammer zerschlagen und aus der Kaaba werfen. Dann fege ich den Fußboden sauber für Allah.‹«

Auf dem Berg erhob sich ein heftiger Tumult. Noch nie hatte jemand in aller Öffentlichkeit die Götter der Vorfahren mit solch harten Worten beleidigt. Wie konnte Mohammad es wagen, so herablassend über sie zu sprechen?

Manche waren so außer sich vor Wut, dass sie Mohammad zu Leibe gerückt wären, wenn es nicht der Tag des Opferfestes gewesen wäre.

Die Jüngeren genossen die Spannung, ihnen gefiel, was Mohammad sagte: »Wendet euch ab von den Götzen! Betet zu Allah, dem Schöpfer des Apfels!«

Man stritt sich. Die einen hielten Mohammad für einen Betrüger, der die Stadt in Gefahr brachte. Andere fühlten sich in ihrer Ablehnung der alten Sitten bestätigt.

Hoffnung funkelte in den Augen der Sklaven: »Oh, welch ein Tag!«

Plötzlich erschien eine Gruppe von Wächtern auf Mauleseln. Mit gezückten Schwertern hielten sie Ausschau nach Mohammad.

»Schämt euch!«, riefen die Frauen. »Heute ist der Tag des Opferfestes!«

Doch die Wächter hatten von Abu Lahab den Auftrag erhalten, Mohammad wegen Unruhestiftung zu verhaften.

Sie konnten ihn nicht finden, denn Umar hatte ihn auf seinem Pferd sofort in Sicherheit gebracht.

49

Dschahid, der Dichter

Inzwischen hatte Mohammad schon viele Offenbarungen von Allah erhalten. Und es kamen immer neue Suren dazu.

Seine Anhänger lernten sie auswendig, schnitzten sie in Holz und Kamelknochen und hatten sie bei sich, wohin sie auch gingen.

Den Frauen und Sklaven waren die Botschaften Worte Allahs, die er vom Himmel gesandt hatte, aber die Dichter und Gelehrten hielten sie für reine Hirngespinste. Daher wollten vor allem die Dichter von Mekka anfänglich von Mohammad nichts wissen. Doch als sich Mohammad und seine Anhänger in der Stadt immer nachdrücklicher bemerkbar machten, und er bei jeder Gelegenheit von seinem Schemel eine neue Offenbarung verkündete, sahen sie sich gezwungen, über seine Verse zu diskutieren:

»Nicht schlecht.«

»Seine Sprache ist ziemlich unbeholfen.«

»Er dichtet nicht, er betreibt Politik.«

»Er ist ein Dieb. Er stiehlt Geschichten aus der Thora.«

»Der Prophet der Frauen. Er treibt ein falsches Spiel mit ihnen.«

Während meiner intensiven Beschäftigung mit den Versen des Korans hatte ich etwas Eigenartiges entdeckt. Mohammad konnte die bewegendsten Worte finden und die herrlichsten Sätze bilden. Aber seine Gedanken waren ungeordnet, seine Geschichten ohne Zusammenhang. Ich habe es für ihn übernommen, das Chaos stillschweigend zu ordnen. Möge Allah Seinen Diener Zayd für sein entschlossenes Vorgehen belohnen.

Während eines Dichtertreffens in der Wüste kam ich mit dem Sprachkenner Dschahid ibn Qasim ins Gespräch. Wir machten einen Spaziergang unter dem mit Sternen besäten schwarzblauen Nachthimmel. Ich erwähnte das Chaos in Mohammads Versen. Darauf sagte Dschahid etwas, woran ich noch nicht gedacht hatte. Als er mir seine ungewöhnliche Sichtweise darlegte, fühlte ich mich ganz klein.

»Zayd«, sagte er, »du irrst dich. Was dir als Chaos erscheint, ist etwas ganz Neuartiges in der arabischen Sprache. Ich vergleiche Mohammads Prosa mit Dattelbüscheln, die hoch an den Palmen hängen. Mohammad fängt von einer Sache an, bricht mittendrin ab und spricht dann über etwas ganz anderes. So wie ein Büschel Datteln sich verzweigt und doch ein Ganzes bleibt, eine Einheit.«

Verblüfft fragte ich: »Wie meinst du das, eine Einheit? Gib mir ein Beispiel.«

Dschahid dachte kurz nach, dann sagte er: »Nimm die Sure ›Der Tisch‹. Erst spricht Mohammad vom Vieh, wechselt dann zur Dreieinigkeit, kommt auf den Wein zu sprechen und auf das Glücksspiel, dann befasst er sich mit Maria, rechnet mit den Juden ab, geht ins Paradies, spaziert in die Hölle und kehrt wieder zu seinem Ausgangspunkt, dem Tisch zurück, zu Jesus. Alles Verzweigungen ein und desselben Büschels.«

Ich schwieg.

50

Adnan Elmaki, der Buchbinder

Vor kurzem lernte ich einen weiteren Dichter kennen, Adnan Elmaki, einen Mann um die vierzig. Ich hatte ihn in einem Kreis von Mekkaner Dichtern sprechen hören. Auf subtile Weise übte er Kritik am Koran, wobei ich merkte, dass er mehr zu sagen hatte, sich aber nicht traute, es öffentlich zu tun. Ich beschloss, ihn in seiner Buchbinderei aufzusuchen. Dort stand er selbst hinter dem Ladentisch und beschäftigte ungefähr fünfzig Leute, die für ihn das Pergament zuschnitten und beschrieben und die Handschriften ausmalten.

Elmaki erkannte mich, wusste aber nicht, wer ich war.

Er hielt mich für einen Kunden, bis ich ihm sagte, dass seine Rede bei dem Dichtertreffen mich gefesselt habe. Ob ich ihn zu einem Mittagessen auf dem Markt einladen dürfe?

»Und darf ich erfahren, wer mich zum Essen einlädt?«

»Zayd ist mein Name, und ich schreibe.«

»Was schreibst du, Zayd?«, fragte er.

»Ich stelle den Koran zusammen. Ich bin Mohammads Chronist.«

Er war wie vom Blitz getroffen. Weitere Worte erübrigten sich. Er zog sich den Mantel über, und wir gingen zusammen essen, so vertraut, als wären wir alte Freunde.

Beim Esslokal ›Die Olive‹ nahmen wir auf einer bequemen Bank unter einem alten Baum Platz.

Nachdem wir uns über dies und jenes unterhalten hatten,

sagte er: »Ich habe ein grundsätzliches Problem mit dem Allah im Koran. Er ist mir unerträglich. Er redet ununterbrochen nur von sich. Es ist ein egoistischer Gott, ein selbstgefälliger Schöpfer. Ständig will er gepriesen werden: ›Lobt Mich! Verbeugt euch vor Mir! Betet Mich Tag und Nacht an! Kniet vor Mir! Fleht Mich an! Tut ihr das nicht, dann lasse Ich euch im Feuer schmoren! Ich gieße siedend heißes Kupfer über euch aus!‹ Er fordert so viel Beachtung, als leide er ewig unter einem Mangel an Zuwendung. Immer nur Ich, Ich, Ich und nochmals Ich. Und nie findet Er ein Ende.«

Auf diese Anschuldigungen ging ich nicht ein, denn das war nicht meine Aufgabe. Meine Pflicht ist es, die Meinungen anderer über Mohammad aufzuschreiben. Doch Elmaki war mir sympathisch, und ich lächelte, als er seinem Herzen Luft machte.

»Mohammads Allah behauptet im Koran unentwegt, Er habe den Menschen in Eile erschaffen. Er betont die Schwäche, Verletzlichkeit und Beschränkung seines Lieblingsgeschöpfes. Trotzdem nimmt Er Rache, wenn der Mensch sich schwertut, etwas so Unergründliches wie ›Allah‹ zu ergründen.

Er stellt dem Menschen unlösbare Aufgaben. Er schickt Mohammad als Seinen Gesandten, ohne ihn als solchen auszuweisen. Und erwartet, dass alle ihn als Seinen Gesandten anerkennen. Warum hat Er es Mohammad so schwergemacht? Ein einziges Wunder hätte genügt, um seine Gegner mundtot zu machen.

Ach, wie ich Seine Drohungen hasse. Und Seine Hölle! Er lässt Menschen ins Feuer werfen, lässt sie an den Füßen aufhängen! Und dabei hat Er selbst den Menschen als das schwache Geschöpf erschaffen, das er ist.«

In Gesellschaft von Elmaki mundeten die Speisen vortrefflich. Im Gegensatz zu vielen anderen hatte er den Koran aufmerksam gelesen.

»Ich mochte Mohammad gut leiden, als er lebte«, fuhr er fort. »Und dieses Gefühl ist seit seinem Tod noch stärker geworden. Ich bewundere seine Phantasie. Es ist mir immer noch ein Rätsel, wie es ihm gelingen konnte, mit so vielen eigenartigen Ideen die Welt zu verändern. Er behauptete, er sei ein Gesandter, der in die Reihe der Propheten Ibrahim, Ismael, Moses und Jesus gehöre. Und er behauptete, Jesus' Gott und Allah seien der Gleiche, obwohl er genau wusste, dass das nicht stimmte.

Ihm wurde ja speiübel, wenn er Priester sich bekreuzigen sah.

Dass man wie in der Bibel in Gott drei Götter verehrte, war Mohammads Allah ein Gräuel.

Im Koran steht es unzählige Male: ›Allah ist Einer, Er zeugt nicht und ward nicht gezeugt.‹ Allah hat keinen Sohn. Wer etwas anderes behauptet, dem wird flüssiges Eisen in den Mund gegossen. Mohammad ist ein weltlicher Prophet. Ein Mensch aus Fleisch und Blut, der Gesandte des von ihm selbst erfundenen Allah.

Mohammad ist hart, von der gleißenden Sonne gebacken.

Er sagt: ›Wenn dir einer einen Schlag versetzt, schlage mit aller Kraft zurück!‹

Mohammad liebt die Frauen, vor allem die jungen Frauen, was man von Jesus wohl nicht sagen kann. Es ist stark zu bezweifeln, ob Jesus je eine Frau geküsst hat, Mohammad dagegen hat viele Frauen leidenschaftlich geliebt. Mohammad ist ein Sinnenmensch, ein Genießer, Jesus ist ein leidender Mensch.

Allah schämt sich für Maria. Dass sie aus heiterem Himmel schwanger wird? Ich muss immer lachen, wenn ich die Sure *Maria* lese. Allah schickt Gabriel als hübschen Jüngling auf die Erde, um Gottes Fehler zu korrigieren. Gabriel verführt Maria unter den Dattelpalmen und schwängert sie.

Jesus' Gott hat mit Allah nichts gemein.

Im Alten Testament wiederum darf geschrieben werden:

›Siehe, du bist schön!
Deine Augen sind wie Taubenaugen zwischen deinen Zöpfen.
Deine Zähne sind wie eine Herde Schafe mit beschnittener Wolle.
Deine Lippen sind wie eine scharlachfarbene Schnur.
Deine zwei Brüste sind wie zwei junge Rehzwillinge, die unter den Rosen weiden.‹

Herrlich! Aber Allah würde diese Seite zerreißen, zerknüllen und wegwerfen: ›Widerwärtig!‹«

Es war wirklich ein Genuss, mit dem Dichter Adnan Elmaki unter dem alten Ölbaum zu Mittag zu essen.

51

Hassan ibn Hadi, der Astronom

Mir lag nicht nur daran, Mohammads Bewunderer zu sprechen, ich besuchte auch diejenigen, die ein völlig anderes Bild von ihm, seinem Koran und seinem Allah hatten. Manche hielten ihn für einen Lügner, andere schätzten seinen Einfallsreichtum.

Ich suchte den Astronomen Hassan ibn Hadi ibn Ibrahim auf. Er wohnte außerhalb von Mekka in einem ungewöhnlichen Gebäude mit einer dunkelblauen Kuppel, die das Himmelszelt darstellte. Dort studierten er und seine Schüler die Sonne, den Mond und die Sterne.

In seinen Äußerungen war er vorsichtig und mutig zugleich: »Ich sage nicht, dass Mohammad log. Er war eher unwissend. Und das färbte auch auf seinen Allah ab. Mohammad begriff nicht, wie die Welt beschaffen ist. Was er sagte, war oft unzutreffend.

Ich verstehe auch nicht, wie die Welt beschaffen ist, aber ich halte den Mund. Ich schaue und schweige.

Mohammad sprach voller Überzeugung von der Sonne, dem Mond und den Schatten. Aber er sah alles falsch. Er glaubte, die Schatten verbeugten sich vor Allah. Falsch. Er verstand nicht, wie Sonne, Baum und Schatten zusammenhängen. Für ihn hatten sie nichts miteinander zu tun. Er irrte sich. Und in all seinen Offenbarungen sagt er: ›Allah ist allwissend.‹

Doch Mohammads Allah ist unwissend!

Er sagt: ›Der Himmel steht auf Säulen.‹

Wie kommt er nur darauf? Was für Säulen? Meine Schüler haben bei all ihren Beobachtungen diese Säulen nie entdeckt. Wiederum ein Irrtum. Dein Herr, Zayd, war unwissend. Sein Allah ist es auch.«

Als ich mein Pferd aus dem Stall holte, rief Hassan ibn Hadi mir noch nach: »Zayd! Trotzdem bewundere ich deinen Herrn. Es ist erstaunlich, dass er bei so viel Unwissenheit dennoch ein heiliges Buch hervorbrachte, das die Welt verändert hat.«

52

Talha, der Schmied

Im sechsten Jahr seiner Sendung ließ Mohammad alle Vorsicht fahren. Der Rat von Mekka sah in ihm jetzt eine unmittelbare Bedrohung. Die Wächter verprügelten seine Anhänger, wo sie ihnen begegneten.

Vor allem die Sklaven litten unter der neuen Welle der Gewalt. Sobald bekannt wurde, dass einer vom Hof seines Herrn geflohen war und sich Mohammad angeschlossen hatte, machten sich die Wächter sofort auf die Suche nach ihm, und wehe, wenn sie ihn fanden!

Die Straßen von Mekka wurden zum Schauplatz der Auseinandersetzungen. Die Wächter schlugen mit ihren langen Stöcken auf Mohammads Gefährten ein. Aber Mohammad hatte ihnen noch nicht die Erlaubnis erteilt, Gleiches mit Gleichem zu vergelten. Sie durften sich nur mit ihren bloßen Händen wehren.

Um diese turbulente Zeit genauer beschreiben zu können, machte ich mich auf die Suche nach Talha. Er war der Erste gewesen, der sich Maßnahmen gegen die gewaltsamen Übergriffe ausdachte. Talha war ein tatkräftiger und listiger junger Mann. Nach den Ereignissen auf dem Berg Safa konnte er seine beträchtlichen Talente entfalten. In Medina sollte er später einer der größten Anführer des islamischen Heeres werden. Ich erinnere mich noch genau an den Tag, als er zu Mohammad kam, auch wenn seitdem ein Vierteljahrhundert vergangen ist.

Es klopfte. Ich sah durch die Luke. Vor der Tür stand ein gutaussehender junger Mann mit schwarzen Augen, sorgfältig gekämmtem Haar, einem hübschen Baumwollmantel und einem Dolch im Gürtel.

»Mein Name ist Talha. Ich möchte zu Mohammad dem Gesandten.«

Ich hatte den Schmied Talha nicht auf Anhieb erkannt. Sofort rannte ich zu Mohammads Zimmer. »Talha steht vor der Tür.«

»Welcher Talha?«

»Talha, der bekannteste Hufschmied von Mekka.«

»Was will er?«, fragte Mohammad.

»Er will den Gesandten sprechen, sagt er.«

Mohammad lächelte: »Bring ihn herein.«

Ich begleitete Talha zu Mohammad. Gutgelaunt streckte dieser ihm die Hand entgegen und sagte: »Der Schmied Talha. Der Mann, der unseren Pferden die Hufe beschlagen wird.«

Schweigend neigte Talha den Kopf und drückte Mohammad mit beiden Händen die Hand.

»Tee!«, rief Mohammad.

Ich eilte in die Küche und befahl dem obersten Diener: »Tee in zwei Gläsern mit Goldrand. Und einen Teller mit frischen Datteln auf einem Silbertablett.«

Den Tee trug ich selbst ins Zimmer. Und wie gewöhnlich bot ich zuerst dem Gast etwas an. Nachdem ich auch Mohammad bedient hatte, zog ich mich in den Hintergrund zurück.

Talha hatte Mohammad oft auf dem Markt reden hören, und dessen Offenbarungen hatten sich ihm tief eingeprägt.

»Ich kann nicht mehr schlafen«, sagte er, »ständig rezitiert eine Stimme Eure Worte in meinem Kopf.«

Jetzt rezitierte der Gast:

»Wenn die Sonne sich verfinstert,
wenn die Sterne trübe werden,
wenn die Berge sich verschieben,
und die im zehnten Monat trächtigen, geliebten Kamelstuten vernachlässigt
und die Tiere versammelt werden,
und die Meere verdunsten,
und das lebendig verscharrte Mädchen gefragt wird,
weswegen es getötet wurde,
und wenn der Himmel zerreißt,
dann schwöre ich bei den Sternen, die sich im Dunkeln verbergen,
und bei der Nacht, wenn sie vergeht,
und beim Morgen, wenn er anbricht –
dies ist das Wort eines edlen Gesandten,
und er ist kein Besessener.«

Talha kniete vor Mohammad nieder und sagte: »Ich bezeuge, dass Mohammad ein edler Gesandter ist.«

So schloss Talha sich Mohammad an und wurde einer seiner wichtigsten Gefährten. Er war der Mann, der alles möglich machte. Nicht mehr und nicht weniger. Diesen Talha suchte ich auf, um auch ihn zu Wort kommen zu lassen.

53

Eine Überraschung

Talha wohnte in einem Haus, das eher einer Burg ähnelte. Das Kämpfen überließ er den Jüngeren, er diente jetzt Uthman, dem dritten Kalifen, als Berater in militärischen Angelegenheiten. Wenn er seine Burg verließ, fuhr Talha in einer mit vier Pferden bespannten Kutsche, die in der Sonne funkelte wie ein großer Klumpen Gold. Davor und dahinter ritt immer ein Trupp Reiter auf prächtigen Pferden.

Der oberste Wächter geleitete mich zu ihm. Talha war alt geworden, doch als er mich sah, sprang er freudig auf und breitete die Arme aus.

»Zayd! Alter Freund. Welch Glück, dich zu sehen. Wie kommt es, dass du mich auf einmal besuchen wolltest?«

»Mohammad ist von uns gegangen. Ich lebe noch«, sagte ich, »ich muss noch eine große Tat vollbringen, bevor ich ihm folge.«

»Erzähle«, sagte Talha. Er wies auf eine mit Kissen ausgelegte Ruhebank. Der Diener brachte Obst, Süßigkeiten und Getränke.

»Talha, erinnerst du dich noch an die Zeit, als du deiner Schmiede Lebewohl sagtest und Mohammad folgtest?«

»Es war eine schöne Zeit. Ich war jung, begeisterungsfähig und auf der Suche. Mohammad leuchtete wie eine Fackel in der Nacht. Das, was er verkündete, beschäftigte mich schon eine ganze Weile«, sagte Talha. »Mohammads Worte hielten mich von der Arbeit ab. Ich legte den Schmiedehammer hin und machte mich auf die Suche nach ihm. Nach der ersten Begegnung nahm er mich beiseite und sagte: ›Unsere Gefährten sind verunsichert, sie leben in ständiger Angst vor der Gewalt. Vor allem die Sklaven fürchten sich vor der Rache ihrer Herren. Wir müssen anders vorgehen. Wir brauchen einige unerschrockene Männer, die aus heiterem Himmel auftauchen und ebenso rasch wieder verschwinden. Alles muss schnell gehen, damit die Wächter nicht eingreifen können. Kannst du dafür sorgen?‹

Ich überlegte kurz und sagte dann: ›Ich übernehme das.‹

Mir wurden zwölf Männer unterstellt, und gemeinsam schmiedeten wir Pläne. Für die erste Unternehmung wählte ich die Kaaba. Bei den Götzen, dort, wohin kein Aufseher kommen durfte.

Ich hatte mich zuvor mit Mohammad besprochen, und er stimmte dem Plan lächelnd zu.

Wir wählten einen Freitagmittag, an dem die Leute alle zur Kaaba strömten.

Wir, meine zwölf Männer und ich, trugen leichte Schuhe aus Kamelhaut und weite weiße Hosen. Wir betraten die Kaaba getrennt. Schon als Kind hatte ich meinen Vater immer begleitet, wenn er Opfer brachte: Ziegenkeulen, Speisen, Gewürze, Gold und kostbare Stoffe. Wir zündeten Kerzen an und knieten vor dem Götzenbild unseres Stamms. Es war immer voll dort, und es roch herrlich nach Weihrauch. Die Leute beteten leise. Auf mich hat das alles einen unvergesslichen Eindruck gemacht. Vor allem die großen Statuen, die mit Gold, Perlen und Atlas geschmückt waren. Doch als ich jetzt mit meinen Männern im Innenraum stand, sah ich auf einmal alles mit anderen Augen. Ich rief meine Leute zusammen, und wir begannen unvermittelt eine kurze Sure aus dem Koran aufzusagen:

»Allahu As-samad
lam yalid

wa-lam yulad
wa-lam …
Er ist Allah, der Einzige,
Allah, der Unabhängige.
Er zeugt nicht und ward nicht gezeugt
und keiner ist ihm ebenbürtig.«

Und kaum hatten wir das letzte Wort ausgesprochen, waren wir schon in der Menschenmenge verschwunden. Alle waren erschrocken darüber, dass jemand die heilige Stille der Kaaba durchbrochen hatte.

Sie hatten sich noch nicht von ihrem Schrecken erholt, als wir uns wieder in eine Reihe stellten und im Chor riefen:

»*R-rahmani r-rahim*
Maliki yaumi d-din …

Allah ist groß,
Allah vergibt,
Allah ist der König des Weltalls,
Er hat die Sterne erschaffen.«

Keiner wusste, wie man darauf reagieren sollte. Seit Menschengedenken, seit der Zeit, da der Prophet Ibrahim den ersten Eckstein der Kaaba eingefügt hatte, hatte niemand seine Stimme hier erhoben. Etwas Unfassbares war geschehen. Entsetzt sahen die Menschen einander an. Und kein Aufseher wagte es, seinen Fuß an diesen heiligen Ort zu setzen.

Leise verschwanden wir, einer nach dem anderen, ohne dass uns jemand erkannt hätte.

Die Nachricht erschütterte Mekka in seinen Grundfesten: »Die Männer von Mohammad haben den Namen Allahs in der Kaaba gerufen.«

54

Spitze Stöcke

»Diese neue Strategie war sehr wirksam und gefiel besonders den Jüngeren«, sagte Talha, »die Herrschenden aber reizte sie noch mehr. Sie reagierten wie in die Enge getriebene Tiere.

Mohammad war ein anderer geworden. Er traute sich nun klare, harte Worte zu sprechen. Umgeben von seinen Gefährten hielt er feurige Reden gegen die Machthaber und stachelte zum Aufstand an. Trotzdem zweifelte er noch an der Notwendigkeit, Gewalt mit Gewalt zu begegnen.

Deshalb wandte ich mich an Umar: ›Mohammad muss uns erlauben, mit aller Macht zurückzuschlagen, sonst verliert er seine Anhänger. Das brutale Vorgehen unserer Gegner hat sie alle so zermürbt, dass sie zu nichts mehr in der Lage sind.‹

Umar antwortete: ›Ich weiß. Ich habe es Mohammad auch gesagt, aber wir müssen uns gedulden. Er hat von Allah noch nicht die Erlaubnis erhalten, Gewalt anzuwenden. Geduld. Gedulde dich.‹

Tief in seinem Herzen hoffte Mohammad noch, er könne die Kaaba auf friedliche Weise von den Götzen säubern und zum Haus Allahs machen.

Doch zwei Tage nach meinem Gespräch mit Umar geschah etwas, was alles veränderte. Wir wurden zum Platz vor der Kaaba gerufen. Mohammad stellte sich auf einen Schemel, blickte auf seine Getreuen und zeigte dann mit dem Finger auf das Haus, in dem sich der Rat versammelte, und rief: ›Heute Nacht wurde mir eine neue Weisung erteilt. Allah hat mir seine Zustimmung zur Gegenwehr gegeben. Ich habe euch gewarnt. Ab jetzt sind wir zu allem bereit.‹

Umar erschien mit drei Kamelen, beladen mit spitzen Stöcken.

Ich half ihm beim Abladen. Mohammad händigte jedem einen Stock aus. Im Nu vollzog sich eine Wandlung. Aus einer harmlosen Anhängerschaft wurde eine bewaffnete Truppe. So wurde das Fundament für Mohammads Armee gelegt.

Eine neue Zeit brach an. Die Straßen von Mekka wurden zum Schauplatz heftiger Kämpfe zwischen den Truppen Mohammads und den Wächtern und gedungenen Banditen.

Es waren unvergessliche Tage und Nächte. Ich sehe noch vor mir, wie Mohammad dem obersten Wächter seinen Stock mit aller Kraft auf die Schulter schlug und Umar die Banditen verfolgte.

Es waren Tage der Entscheidung, schöne Tage. Man spürte, wir waren drauf und dran, die Pyramide der Macht in Mekka abzureißen.

Die Stadt musste sich besinnen, und Mohammads Anhängerschaft wuchs täglich.«

Talha verstummte. Wir schlenderten durch den Garten seiner Burg. Es war kein gewöhnlicher Garten, Talha hatte sich, so schien mir, von Mohammads Versen leiten lassen und ein kleines Paradies angelegt. Als wir im Schatten der Bäume an duftenden Blumen vorbeigingen, fielen mir einige Verse des Korans ein:

»Und die Allerersten, sie werden die Ersten sein
in den Gärten der Wonne.
Sie ruhen auf edelsteinbesetzten Liegen,

und Gefährtinnen mit großen Augen,
wohlbehüteten Perlen gleich,
machen die Runde
mit Krügen
und Bechern
gefüllt mit Wein,
der weder Kopfweh
noch Rausch verursacht,
und erlesenen Früchten,
und Fleisch von Geflügel.«

55

Eine neue Ordnung

Mohammad hatte beschlossen, alles daranzusetzen, die Hierarchie der Macht in Mekka niederzureißen.

Die Herrschenden fühlten sich bedroht.

In dem, was Mohammad verkündete, lag eine neue Rangordnung beschlossen.

- Allah
- Der Prophet
- Die Gläubigen
- Die Christen
- Die Juden
- Die Ungläubigen

Jeden Tag verkündete er neue bahnbrechende Bestimmungen für die Mekkaner:

Frauen erben die Hälfte von dem, was Männer erben. (Ein Schock für die Männer. Frauen, die zuvor leer ausgegangen waren, hatten plötzlich ein Recht auf die Hälfte ihres Vermögens.)

Vor Allah sind Männer, Frauen, reiche Kaufleute, Sklaven und Sklavinnen gleich. Wer bessere Taten vollbringt, steht Allah näher.

Jeder spendet Allah ein Fünftel seines Einkommens.

Wenn ein Sklave oder eine Sklavin Freiheit fordert, gebt ihnen die Freiheit; die Kosten dürfen von den Spenden für Allah abgezogen werden.

Ermöglicht es euren Sklaven oder Sklavinnen zu heiraten, auch wenn sie kein Geld besitzen.

Lasst eure Ehefrau nicht im Stich, wenn sie alt geworden ist.

Ihr dürft das Bett nur mit euren eigenen Frauen und Sklavinnen teilen, andere Frauen sind euch verboten.

In den Straßen von Mekka wurde nach wie vor erbittert gekämpft. Die Machthaber fanden keinen Schlaf mehr. So konnte es nicht länger weitergehen. Es musste etwas geschehen. Die Unruhe, die Mohammad ausgelöst hatte, musste ein Ende haben.

Und es geschah, was nicht hätte geschehen dürfen. Die Ratsversammlung beschloss, Mohammad und seine Anhänger aus Mekka zu verbannen. Zur großen Überraschung aller Einwohner wurde ein neues Gesetz auf ein großes Stück Kamelpergament geschrieben und außen an der Kaaba aufgehängt.

Im Namen al-Uzzas, der großen Göttin der Kaaba, erlässt der Stadtrat folgendes Gesetz:

- Es ist verboten, mit Mohammad und seinen Anhängern Handel zu treiben.
- Es ist verboten, ihnen eine Schlafstätte anzubieten.
- Es ist verboten, ihnen Nahrung zu schenken oder zu verkaufen.
- Es ist verboten, ihnen eine Frau zu geben oder eine Frau von ihnen anzunehmen.
- Mohammad und seine Anhänger müssen innerhalb von vierundzwanzig Stunden die Stadt verlassen.
- Wer diese Gebote nicht befolgt, wird wie ein Anhänger Mohammads behandelt.

Es war Freitagmittag, und die Leute starrten mit offenem Mund auf den Anschlag. Nicht einmal die ältesten Männer konnten sich erinnern, je erlebt zu haben, dass jemand auf diese Weise aus der Stadt gejagt wurde.

56

Tante Safiya

Mohammads Rat an seine Anhänger war klar und deutlich: »Seid unbesorgt. Niemand braucht die Stadt zu verlassen. Bleibt in euren Häusern.«

Sie folgten seinem Rat, doch ganz so einfach war es dann doch nicht. Einen Monat lang gab es keinen Grund zu klagen, doch als der Vorrat an Brot, Fleisch und Bohnen zur Neige ging, konnten sie den Fragen ihrer Kinder, Frauen und Eltern nicht mehr ausweichen.

Niemand wagte es, ihnen etwas zu verkaufen, und niemand traute sich in ihre Nähe.

In diesen schweren Zeiten besuchte Mohammad seine Anhänger im Schutz der Dunkelheit. Vor allem diejenigen, die eine Familie hatten. Den Kindern schenkte er Süßigkeiten mit. Und immer brachte er sie zum Lachen.

Ich, Zayd, verbinde einige schöne Erinnerungen mit dieser Zeit.

Eines Nachts gingen wir zum schwarzen Sklaven Zubair. Er wohnte damals mit seinem Vater, seiner Mutter, seiner Frau und seinem kleinen Sohn Omir in einem Schuppen. Heute besitzt er ein prächtiges Haus mitten in Mekka und hat dreiundzwanzig Enkelkinder. Zubair führt ein recht angenehmes Leben, obwohl er beide Beine verloren hat. Das geschah in einer der vielen Schlachten zu der Zeit, als Mohammad sich in Medina aufhielt. Jetzt bewegt er sich in einer Art Wägelchen fort, das eigens für ihn hergestellt wurde.

Ich besuchte ihn, um meine Erinnerung an jenen Abend noch etwas aufzufrischen.

»Ach«, sagte Zubair. »Es ist schon so lange her, und doch leuchtet Mohammads unerwarteter Besuch noch heute wie eine Lampe in meinem Gedächtnis. Es waren schwere Tage damals und traurige Nächte. Meine Eltern waren alt, Omir war etwa vier, und wir hatten nichts mehr zu essen. Meine Frau war nicht mehr willkommen auf dem Bauernhof, auf dem sie gearbeitet hatte, und niemand traute sich, mit uns zu reden. Ich wusste mir keinen Rat mehr.

Und dann klopfte es eines Nachts an die Tür, und Mohammad kam herein, mit dir, Zayd. Ihr brachtet uns einen Sack mit Brot und etwas Fleisch.

Mohammads Erscheinen brachte Licht in unsere dunkle Nacht.

Natürlich waren wir dankbar für das Brot und das Fleisch, doch er tat noch etwas, was uns zutiefst berührte.

Mein kleiner Sohn Omir besaß einen Vogel, Novir, den er über alle Maßen liebte. Ausgerechnet an jenem Abend war Novir tot zu Boden gefallen. Mohammad bemerkte, dass Omir traurig an der Wand lehnte. Ich erzählte ihm, was vorgefallen war, daraufhin kniete er sich vor Omir und flüsterte: ›Sag, Omir, was tat der Novir?‹

Mohammads drollige Redeweise brachte Omir zum Lachen. Und jedes Mal, wenn sie sich später begegneten, rief Mohammad: ›Sag, Omir, was tat der Novir?‹ Und dann brachen sie beide in Lachen aus.«

Es waren in der Tat schwere Tage und traurige Nächte. Mohammad, Abu Bakr, Umar und Uthman suchten getrennt die Anhänger auf, sie redeten ihnen gut zu und bereiteten sie auf die schwierige Zeit vor, die ihnen noch bevorstand.

Das Leben wollte Mohammad auf die Probe stellen. Alle

Augen waren auf ihn gerichtet. Würde er durchhalten oder würde er zusammenbrechen?

Ich merkte, dass er sich unter den widrigen Umständen vom Rebellen zum Anführer entwickelte. Er hatte alles unter Kontrolle und strahlte Hoffnung aus.

Eines Tages besuchte uns Mohammads alte Tante Safiya. Ich nahm ihren Arm und führte sie zu ihm.

»Tante Safiya, was für eine angenehme Überraschung. Kommst du, weil du dich uns anschließen willst oder hast du uns Brot und Fleisch mitgebracht?«, fragte er lachend und küsste ihr die Hand.

»Mohammad, ich habe dir Brot mitgebracht, aber nur unter einer Bedingung«, sagte Tante Safiya mit drohend erhobenem Zeigefinger. »Du darfst nie vergessen, dass ich deine Tante bin, ich habe dich gut behandelt, als du noch ein Kind warst, ich habe dich an meiner Brust trinken lassen. Wirst du auch etwas für mich tun, jetzt, da du mein Brot nötig hast?«

»Gern, aber was?«, sagte Mohammad lächelnd.

»Bitte deinen Allah, mir einen schönen Platz in seinem Paradies zu besorgen.«

Mohammad antwortete ernst: »Sei mir nicht böse, Tante Safiya, aber ältere Frauen kommen nicht ins Paradies.«

»Dann gib mir mein Brot zurück«, sagte Tante Safiya enttäuscht und griff nach ihrem Spazierstock.

»Denn«, fuhr Mohammad fort, »die älteren Frauen werden erst wieder jung und schön gemacht. Dann werden sie von hübschen jungen Männern ins Paradies getragen. Überlass das ruhig mir, Tante Safiya.«

57

Ins Tal Schuib

Mohammads Anhängern drohte eine wahre Hungersnot. Vier Monate lang hatten sie standgehalten. Mit Chadidschas Hilfe hatte Uthman eine Gruppe von Männern auf die Beine gestellt, die die Anhänger heimlich mit Nahrung versorgten. Nach einiger Zeit kam ihnen jedoch der Stadtrat auf die Spur.

Und als Mohammads engste Verwandte ihm weiterhin Getreide für seine Anhänger zukommen ließen, wurde dem ganzen Stamm ein Handelsverbot angedroht, falls sie sich nicht von Mohammad fernhielten.

Der Rat, der befürchtete, Mohammad würde sich doch länger behaupten als erwartet und so die erlassenen Verordnungen außer Kraft setzen, fasste den Entschluss, seine Anhängerschaft ein für alle Mal aus der Stadt zu vertreiben.

Umar und Uthman hielten sich versteckt, nur Abu Bakr zeigte sich oft auf dem Markt als das Gesicht der Bewegung. Doch als der Rat den Befehl erließ, ihn zu ergreifen, musste auch er sich in Sicherheit bringen. Die Häscher drangen ebenfalls in Mohammads Haus ein, fanden ihn aber nicht, da er sich schon längst bei seinem Onkel Abu Talib versteckt hatte, und es niemandem eingefallen wäre, sich dort gewaltsam Zutritt zu verschaffen. Ich, Zayd, war sein einziger Kontakt zur Außenwelt.

Ich merkte, wie sehr Mohammad unter der Situation litt, er war abgemagert, das Haar fiel ihm büschelweise aus. Mohammad zürnte Allah. Er haderte mit Allah.

Er sprach es nicht laut aus, doch er war enttäuscht, dass Allah ihm in diesen schweren Zeiten nicht beistand, dass Er ihn keine Wunder vollbringen ließ. Sein Auftrag drohte zu scheitern, und Allah tat nichts.

Seine Anhänger waren geächtet, und Allah tat nichts.

Seine Männer mussten sich verstecken und Hunger leiden, und Allah tat nichts.

Alle Propheten hatte Allah Wunder vollbringen lassen, wenn es nötig war. Moses warf seinen Stock, da war er auf einmal eine leibhaftige Schlange. Jesus formte aus Lehm einen Vogel und hauchte ihm Leben ein.

Mohammad hätte auch gern solche Wunder vollbracht, um seinen Getreuen Mut zu machen. Er hätte ihnen gern zugerufen: »Werft eure Stöcke hin!« Und alle Stöcke würden sich in Schlangen verwandeln und die Ratsmitglieder verfolgen.

Jesus hatte seinen Gott gebeten, für seine Jünger einen Tisch mit Speisen vom Himmel herab zu senden, und Gott hatte es getan.

Mohammad wollte auch Brot für alle, die ihm folgten. Doch Allah blieb taub und stumm.

Ich hörte Mohammad in seinem Versteck weinen. In solchen Augenblicken wartete ich geduldig, bis er mich rief. Wenn ich dann zu ihm hineinging, sah ich, dass seine Augen rot waren und sein Bart feucht von den Tränen.

»Es sind schwierige Zeiten, Zayd«, sagte er, »aber das soll dich nicht betrüben!«

Ich blieb starr wie eine Statue mitten im Zimmer stehen.

»Habe Geduld, Zayd!«, sagte er.

Eines Nachts lag er mit angezogenen Knien wie ein verletztes Pferd unter der Decke und brummte etwas zwischen den Zähnen. Da wusste ich, dass ihm wieder eine neue Botschaft offenbart wurde.

»Zayd!«, rief er ängstlich.

Ich kniete mich neben das Lager und hielt das Ohr dicht an seinen Mund.

»Geh so schnell du kannst zu Abu Bakrs Versteck und sage ihm, Allah hat mir einen neuen Auftrag erteilt. Wir verlassen die Stadt und gehen in das Tal Schuib.«

58

Yassers Auftrag

Das Tal Schuib war dürr und trocken, auf der steinigen Erde wuchsen nur einige wenige Bäume zwischen hohen Felsen.

Jeder Stamm besaß dort ein Stück Land, wo die Leute die heißen Sommer im Freien verbrachten. Es gab weder Häuser noch Hütten. Man schlief in den Höhlen oder im Schutz der Felsen.

Onkel Talib hatte Mohammad geraten, sich in dieses Tal zurückzuziehen und eine Weile auf dem Grundstück seines Stamms auszuharren, bis in Mekka wieder Ruhe eingekehrt sei.

Wochen und Monate vergingen. Drei Jahre harrten wir dort aus, drei schreckliche Jahre, in denen Mohammad alle seine Kräfte aufbieten musste, damit seine Anhänger nicht den Mut verloren.

Angeführt von Uthman, pflanzten die Männer Getreide und Gemüse an. Ein kräftiger junger Mann, der Yasser hieß, hatte von Umar den Auftrag erhalten, im Schutz der Dunkelheit ab und an eine Ziege oder ein Kamel zu stehlen und zu schlachten.

Ein Jahrhundert scheint es her, dass wir dort in dem Tal lebten.

Gestern habe ich mich auf den Weg gemacht. Yasser wohnt in seiner Festung außerhalb von Mekka an der Straße zum Roten Meer. Seinerzeit war er derjenige, der die Armee mit Nachschub versorgte.

Ich ritt auf meinem eigenen Pferd, einem prächtigen Tier, verglichen mit den Gäulen anderer gewöhnlicher Menschen. Mit den Pferden, die vor der Festung standen, konnte es sich allerdings nicht messen. Sie waren stärker und wendiger und versetzten die Feinde in Schrecken.

»Zayd, du bist keinen Tag älter geworden!«, rief Yasser, als er mich in seinem Arbeitszimmer empfing. »Verrat mir dein Geheimnis. Wie verbringst du deine Tage, was isst du, dass du ewig jung bleibst?«

»Mohammad«, sagte ich lächelnd.

Yasser brach in Lachen aus. Nachdem wir uns eine Weile über die schwierige Zeit in Mekka unterhalten hatten, lenkte ich das Gespräch auf die Jahre in dem Tal Schuib.

»Diese Jahre haben eine entscheidende Wende herbeigeführt. Du weißt ja, Zayd«, sagte Yasser, »wie wir alle auf Mohammad achteten. Unser Schicksal hing von seiner Stärke ab, er war unsere einzige Hoffnung. Nicht auszudenken, wenn er vor den Mächtigen einen Kniefall hätte machen müssen. Bis tief in die Nacht wanderte er umher und führte Selbstgespräche. Wir hofften, er würde mit einem neuen Auftrag von Allah zurückkehren, doch davon war keine Rede. Wir alle waren vom Hunger gezeichnet und stritten uns oft.

Jetzt, da ich auf diese Zeit zurückblicke, erscheint sie mir als eine harte, aber wichtige Schule des Lebens. Wir alle wurden erwachsen in diesem Tal. Umar hat fast die halbe Welt erobert, aber ohne die wertvolle Erfahrung im Tal Schuib wäre es ihm wohl kaum gelungen. Die schweren Jahre machten aus uns starke, furchtlose Männer, denen nichts mehr etwas anhaben konnte.

Um es in einem Satz zusammenzufassen: Das Tal hat die Welt verändert.«

Es tat wohl, sich mit Yasser zu unterhalten und die Vergangenheit wieder lebendig werden zu lassen. Als ich Abschied nahm und er mich zu meinem Pferd begleitete, neckte ich ihn: »Und du warst unser großer Dieb. Keine Ziege und kein Kamel war vor dir sicher. Ohne ihr Fleisch hätte Mohammad die Kaaba vielleicht nie erobert!«

»Du hast es also schon immer gewusst?«, fragte Yasser lachend. »Ich dachte, es wäre ein Geheimnis zwischen mir und Umar, das wir mit ins Grab nehmen würden.«

»Aber woher hattest du eigentlich die Ziegen und Kamele? Hat denn niemand herausgefunden, dass der Dieb einer von Mohammads Gefährten war?«

»Zayd, die Kinder im Tal hatten Hunger. Es musste etwas geschehen, sonst wäre alles umsonst gewesen. Eines Nachts, als ich mit Umar spazieren ging, blieb er plötzlich stehen und sagte: ›Yasser, ich brauche Fleisch für die Frauen und Kinder. Wie du es anstellst, ist deine Sache, aber du ziehst jetzt los und kommst erst zurück, wenn du Fleisch hast. Es ist ein Auftrag von oben. Und es ist ein Geheimnis, das du in deinem Herzen einschließt. Du stellst keine Fragen und erklärst nichts. Geh! Und bring Fleisch!‹«

»Und wohin bist du in jener Nacht gegangen? Und wie kam es, dass du am frühen Morgen mit einem geschlachteten Kamel wieder auftauchtest?«

»Zayd, wenn du nicht mehr weißt, erzähle ich dir auch nicht mehr«, sagte Yasser und half mir in den Sattel.

59

Reden oder schweigen?

Umar hatte zu Yasser gesagt: »Du stellst keine Fragen und du erklärst nichts.«

Was durfte nun eigentlich mitgeteilt werden und was nicht? Diese Frage stellte sich mir immer wieder.

Drei Jahre des Elends waren für uns lang genug gewesen. Mohammad musste von sich aus handeln, wenn Allah sich nicht vernehmen ließ.

»Verständige Abu Bakr, Umar und Uthman«, sagte Mohammad zu mir.

Ich machte mich sofort auf den Weg. Es sollte die letzte Zusammenkunft im Tal sein.

Sie saßen in der kleinen Höhle, in der sie sich immer berieten. Ich entzündete eine Kerze und stellte sie mitten in den Kreis auf den Boden. Die Schatten der Männer fielen auf die Wände.

Mohammad sah Umar an und sagte: »Heute, heute Abend. Und morgen ist alles vorbei.«

Umar antwortete: »Heute Abend, und morgen ist alles vorbei.«

Er stand auf und winkte mir: »Du kommst mit!«

Ich wusste nicht, wohin oder was geschehen würde. Ich folgte Umar, und wir stiegen bis zur Talmulde hinab, wo ein schwarzes Pferd bereitstand. Umar schwang sich in den Sattel und zeigte hinter sich. In Windeseile ritten wir Richtung Mekka.

Über diesen Abend haben Umar und ich immer Stillschweigen bewahrt. Umar lebt nicht mehr, er fiel einem Anschlag zum Opfer. Jetzt bin ich der Einzige, der weiß, was sich in jener Nacht zugetragen hat. Darf ich es erzählen oder nicht? Die Frage ist, ob man etwas Vertrauliches enthüllen darf.

Ich habe darüber nachgedacht und bin zu folgendem Schluss gekommen: Wenn Mohammad alles unternahm, um Allah bekannt zu machen, muss ich, Zayd, meinerseits alles tun, um Mohammad bekannt zu machen.

Aber ich habe auch entschieden, dass mein Buch erst nach meinem Tod gelesen werden darf.

Umar konnte mit seinem Schwert dem ganzen Persischen Reich Schweigen auferlegen, mir aber nicht.

Zayd wird sprechen.

60

Das Dach der Welt

So ritten wir mitten in der Nacht nach Mekka, und ich wusste nicht, was mich erwartete. Das große Stadttor war verschlossen, doch Umar hatte alles geregelt. Er band das Pferd an einen Baum, zog sich den schwarzen Schal über den Kopf, und wir schlichen lautlos an der Mauer entlang, bis wir zu einer kleinen Tür kamen. Er klopfte leise, und sofort öffnete uns ein Wächter, der ein Anhänger Mohammads und geheimer Kundschafter war. Umar schlüpfte hinein, und ich folgte ihm. Wir huschten durch die dunklen Gassen, sie waren menschenleer, nur ab und zu hörte man die Schritte eines Wächters oder das Schnauben eines Pferdes.

Ich begriff, dass Umar die Kaaba ansteuerte. Was hatte er vor? Ich hütete mich allerdings, ihn zu fragen, er erwartete von mir, dass ich ihm schweigend folgte.

Die Vorderseite der Kaaba wurde abends von mehreren großen Fackeln beleuchtet, nachts aber brannte nur eine einzige kleine. In ihrem schwachen Licht standen zwei Wächter und unterhielten sich mit gedämpfter Stimme.

Wir machten einen großen Bogen um sie und erreichten unbemerkt die Rückseite der Kaaba, die immer unbewacht und unbeleuchtet war. Es war ein berauschendes Gefühl, dort im Dunkeln zu stehen. Ich legte die Hand an die Mauer, ein Schauder durchrieselte mich, als übten die Götzen einen Sog aus.

Umar zog ein Messer hervor, gab es mir und flüsterte: »Du stellst dich jetzt auf meine Schultern und kletterst aufs Dach. Dann kriechst du zur Vorderseite und schneidest die Schnüre durch, an denen das Pergament hängt, rollst es vorsichtig zusammen und bringst es mir.«

Ich kletterte auf Umars starke Schultern und stieg auf das Holzdach der Kaaba. Das scharfe Messer zwischen den Zähnen, kroch ich weiter. Was für ein Erlebnis, als wäre ich auf dem Dach der Welt. Ich ergriff eine der beiden Schnüre, setzte das Messer an und schnitt sie durch. Fort mit dem Gesetz, das uns drei Jahre lang ins Tal Schuib verbannt hatte! Dann kroch ich weiter. Nachdem ich auch die zweite Schnur durchgeschnitten hatte, versuchte ich vergeblich, das Pergament aufzurollen – es war in den drei Jahren unter der sengenden Sonne völlig ausgetrocknet und zerfiel mir fast in den Händen. Ich faltete es behutsam zusammen und kroch rasch zu Umar zurück.

Nie werde ich die Bilder jener Nacht vergessen. Als ich die Schnüre durchschnitt, war mir, als schnitte ich die Fäden der Macht in Mekka durch. Und als ich Umar das zusammengefaltete Pergament übergab, wusste ich, dass ein neues Zeitalter angebrochen war. Dass es keinen Weg mehr zurück gab.

Ich stellte mich wieder auf Umars Schultern und kletterte vom Dach herunter. Wir verschwanden so lautlos, wie wir gekommen waren.

61

Eine gute Nachricht

Noch vor Sonnenaufgang trafen wir wieder im Tal ein, wo Mohammad uns erwartete.

»Es ist vollbracht«, sagte Umar.

»Rufe Bilal!«, befahl Mohammad mir.

Ich fand Bilal in seinem Garten, den er mit eigenen Händen zwischen den Felsen angelegt hatte, um Kartoffeln und Rüben anzubauen.

»Komm mit, Mohammad möchte dich sprechen«, rief ich.

Er folgte mir, und Mohammad besprach sich mit ihm unter vier Augen.

Kurz nach Sonnenaufgang stellte sich Bilal auf eine Erhöhung und rief: »Leute, ich habe eine gute Nachricht für euch. Es ist so weit. Wir kehren nach Mekka zurück. Der Bann ist aufgehoben. Allah hat den Ameisen befohlen, das Pergament aufzufressen. Wir kehren nach Hause zurück!«

Schnell wie der Wind verbreitete sich die Nachricht durch die Straßen von Mekka: »Das Pergament ist verschwunden.«

»Gestohlen.«

»Nein, die Ameisen, die Termiten haben es gefressen.«

Alle liefen zur Kaaba, um sich zu vergewissern. Und tatsächlich, die Stelle, wo das Pergament gehangen hatte, war leer!

»Was wird nun geschehen? Wird Mohammad nach Mekka zurückkehren?«

»Wie ich ihn kenne, kommt er bestimmt sofort.«

»Soll er. Drei Jahre Verbannung sind genug.«

Das Gerücht, Mohammad und seine Anhänger hätten das Tal verlassen und könnten jeden Moment in Mekka eintreffen, verbreitete sich wie ein Lauffeuer. Am Stadttor versammelte sich eine große Menschenmenge.

Die Sonne stand hoch am Himmel, als Mohammads Anhänger mit ihren Frauen und Kindern barfuß, vom Hunger gezeichnet, mit verfilztem Haar und in zerrissenen Kleidern in die Stadt einzogen. Der graubärtige Mohammad schritt hoch aufgerichtet voran. Er sah weder nach rechts noch nach links. Seine Miene war unbewegt, als hätte er eine eiserne Maske aufgesetzt, hinter der er seine Gefühle und Gedanken verbarg.

Die Einwohner von Mekka schauten dem Zug schweigend zu. Keine Jubelschreie erklangen, aber auch keine Verwünschungen. Es war ganz still, nur Mohammads Schritte und die seiner Anhänger waren zu hören. Und die Wächter hielten sich im Hintergrund.

Mohammad hatte seinen Anhängern aufgetragen, zu ihren Familien nach Hause zu gehen und sich von den Strapazen zu erholen.

Das Tal Schuib gehörte nunmehr der Vergangenheit an. Mohammad war in Gedanken schon mit anderem beschäftigt. In Kürze sollte ihm eine neue Sure offenbart werden.

62

Saluma, Chadidschas Dienerin

Mehrere Monate vergingen, ohne dass etwas Nennenswertes passierte. Auf den Straßen von Mekka herrschte Ruhe, die Leute gingen ihren Beschäftigungen nach und niemand erwähnte Mohammad oder den Koran.

Es war, als hätte Mohammad seine Lektion gelernt und sich vorgenommen, fortan nicht mehr öffentlich in Erscheinung zu treten. Eine Zeit der Besinnung schien angebrochen zu sein. Niemand ahnte, dass Mohammad sich schon bald wie früher bemerkbar machen würde.

Seinen Anhängern hatte er in der Tat aufgetragen, sich still zu verhalten und sich von den Entbehrungen der vergangenen Jahre zu erholen. Es hätte aber seiner Ermahnung gar nicht bedurft, denn das schwere Leben im Tal forderte nun seinen Tribut.

Als Mohammad drei Jahre zuvor die Stadt verlassen musste, war ihm sein damals schon betagter Onkel Talib aus Protest gegen den Beschluss der Ratsversammlung in die Verbannung gefolgt. Bis zum letzten Tag hatte er Mohammad treu zur Seite gestanden. Durch seine Gegenwart hatte er Mohammad beschützt.

Kaum waren sie nach Mekka zurückgekehrt, erkrankte Talib schwer. Einen Monat später starb er.

Mohammad hatte sich noch nicht von diesem Schlag erholt, als auch Chadidscha zusammenbrach. Sie, die immer im Wohlstand gelebt und keine Entbehrungen gekannt hatte, war dem kargen Leben in den Bergen nicht gewachsen. Ihre Gesundheit war zerrüttet. Tapfer hatte sie die drei Jahre durchgestanden, doch als sie wieder in ihrer vertrauten Umgebung war, verließen sie die Kräfte.

Jetzt, Jahrzehnte nach Chadidschas Tod, suchte ich nach einem Menschen, der mir von ihren letzten Tagen berichten könnte. Da fiel mir Saluma ein, ihre Dienerin.

Saluma war eine schöne junge Frau gewesen, als sie mit Chadidscha ins Tal hinauszog. Ihre Haut war schwarz, sie hatte braune Augen und kleine Brüste, volle, wohlgeformte Lippen und einen schönen Hüftschwung.

Jetzt stand sie vor mir, eine Frau um die fünfzig, und ich erkannte sie kaum wieder.

Sie hatte zehn Kinder zur Welt gebracht, ihre Brüste waren schwer und ihre Hüften breit geworden. Mochten ihre Augen auch ein wenig an Glanz eingebüßt haben, hatte Saluma sich doch etwas von ihrer früheren Ausstrahlung bewahrt. Und ihre Hüften hatten immer noch diesen unvergleichlich schönen Schwung.

»Zayd! Bist du's wirklich? Es ist kaum zu glauben! Ja, du bist es. Ist es möglich?«

»Ich wollte deine anmutigen Bewegungen noch einmal bewundern.«

»Komm, komm herein, bewundere sie nur.«

Saluma hatte ihre Verführungskünste nicht verlernt. Ich machte ihr ein Kompliment, doch sie lachte es schelmisch weg.

»Du kommst nicht meinetwegen, Zayd! Sag, was kann ich für dich tun?«

»Natürlich wollte ich dich gern wiedersehen, Saluma. Aber du hast recht, ich komme wegen Chanum Chadidscha. Ich würde mich gerne mit dir über die letzten Tage unterhalten, die du an ihrer Seite verbracht hast.«

»Ach, Zayd, warum willst du die Erinnerungen an jene schönen, aber schmerzlichen Tage zurückrufen? Weißt du, eigentlich war meine Herrin Chadidscha schon krank, als wir noch in dem Tal waren, doch sie verschwieg es. Sie wollte es Mohammad nicht noch schwerer machen. Als wir nach Mekka zurückkamen, legte sie sich sofort ins Bett. Sie war so geschwächt, dass sie sich kaum mehr auf den Beinen halten konnte.

Seit Mohammad vom Arzt erfahren hatte, dass Chadidscha sterben würde, verließ er ihr Zimmer kaum mehr. Tieftraurig kniete er neben ihrem Bett und streichelte ihr den Kopf. Sie war alt, durch das Leben in den Bergen schwach und mager geworden. Mohammad dagegen war noch stark und strahlte Lebenskraft aus. Er legte sich neben sie, Kopf an Kopf. Am letzten Tag bekam sie hohes Fieber. Ich brachte Wasser, und Mohammad wusch ihr die Füße und legte ihr nasse Tücher auf die Stirn. Als ich ihn am nächsten Morgen in aller Frühe laut weinen hörte, wusste ich, dass Chadidscha von uns gegangen war.«

63

Mussab, der grosse Kenner des Korans

Seit dem Tod seines Onkels war Mohammad bedrückt und in sich gekehrt gewesen, doch nachdem seine Frau gestorben war, verfiel er vollends in Schweigen. Er zog sich in sich selbst zurück, und dieser Zustand dauerte derart lange, dass sich sogar die Mitglieder des Stadtrats verwirrt fragten, ob Mohammad fortan wie ein Einsiedler leben wollte oder nicht vielmehr finstere Ränke schmiedete. Etwas schien sich zusammenzubrauen.

Als ich mich fragte, wer am besten geeignet wäre, Licht auf diesen Abschnitt im Leben Mohammads zu werfen, ergab sich die Antwort von allein. Es konnte niemand anders sein als Mussab ibn Dschalil Abbas, der große Korankenner unserer Zeit.

Er war einer der Ersten, die Mohammads Offenbarungen einer gründlichen Deutung unterzogen. Es war Mohammad nicht gegeben, die ihm offenbarten Verse überzeugend zu rezitieren, er traute seinem Gedächtnis nicht und sprach daher hastig und stotternd. Mussab dagegen hatte das Gedächtnis eines Elefanten; bestimmt und sicher trug er die Verse vor, er schrieb sie leichthin auf und erklärte sie auf eine Weise, die sogar Mohammad in Staunen versetzte.

Mussab war nun der Koranlehrer an der neuen Moschee von Mekka, wo wir uns auch trafen. Er besaß nicht nur ein ungewöhnliches Gedächtnis – er verstand sich auch auf die Kunst des Erzählens.

»Damals im Gebirgstal brachte ich den Gefährten Lesen und Schreiben bei«, sagte er. »Denn es waren Mohammads Offenbarungen, die ihnen halfen, die schwere Zeit gemeinsam zu überstehen. Und wer Mohammads Worte selbst lesen konnte, fühlte sich gegen alle Widrigkeiten gefeit.

Eines Nachts wünschte Mohammad mich zu sprechen, wir bestiegen einen Gipfel und setzten uns auf den nackten Boden.

Er sagte: ›Allah hat mir befohlen, den Islam in der Stadt Yathrib zu verbreiten. Es geht hier um einen außergewöhnlichen Auftrag, und Allah hat dich, Mussab, auserwählt. Es wurden schon Verbindungen geknüpft. Einige unserer tüchtigsten Männer beleiten dich, ihr lasst euch in Yathrib nieder. Ich sorge dafür, dass ihr dort gut unterkommt. Du musst in dieser Stadt ein Netz schaffen. Ein Spinnennetz aus neuen Anhängern. Verstehst du?‹

›Mohammad ist der Gesandte‹, sagte ich, ›mir ist vollkommen bewusst, welchen Auftrag der Gesandte mir erteilt hat.‹

Am folgenden Tag steckte ich Mohammads Offenbarungen in meine Manteltasche und machte mich mit sechs Gefährten zu Fuß auf den Weg nach Yathrib.«

Jener Tag hat sich unauslöschlich meinem Gedächtnis eingebrannt. Mohammad umarmte die Männer, küsste sie und flüsterte ihnen einige Verse ins linke Ohr. So nahmen wir Abschied von ihnen. Keiner von uns wusste, wohin sie gingen, auch ich nicht. Es war eine Vereinbarung zwischen Mohammad und Mussab.

»Aber weshalb solltet ihr nach Yathrib gehen?«, fragte ich.

»In Yathrib lebten zwei arabische Stämme mit den Juden und einer kleinen Christengemeinde zusammen«, sagte Mussab. »Die Macht lag in den Händen der Juden, sie bestimmten den Markt. Sie besaßen Geld und verliehen es zu hohen Zinsen. Eigentlich war es so, dass fast jeder Schulden bei ihnen hatte.

Die zwei arabischen Stämme waren miteinander verfeindet, und die Juden unterstützten bald den einen, bald den anderen Stamm, je nachdem, was ihnen den größeren Vorteil brachte. Und schon seit Jahrhunderten sahen sie, die Juden, auf die Araber herab, da diese ja nicht, wie sie selbst, ein heiliges Buch besaßen.

Mohammad wusste, dass die mächtigen Juden den Arabern von Yathrib ein Dorn im Auge waren. Seine Onkel und Tanten mütterlicherseits hatten alle dort gelebt, daher kannte er die Stadt gut. Auch in Mekka gehörten die Juden zu seinen hartnäckigsten Feinden. Sie redeten abschätzig über ihn, demütigten ihn und machten sich über seine Offenbarungen lustig, ja, sie bezichtigten ihn öffentlich des Diebstahls, sie behaupteten, er habe aus der Thora abgeschrieben.

›Mohammad, ein Prophet?‹, sagten sie. ›Nein, er ist nichts weiter als ein Dieb!‹

Meines Erachtens war Mohammad in jenem Tal zu folgendem Schluss gekommen: In Mekka sind mir alle Wege verstellt. Ich muss mit meinen Anhängern nach Yathrib ziehen. Dort werde ich die verfeindeten Stämme miteinander versöhnen, ich werde ihnen den Koran als heiliges Buch geben, werde die Juden unterwerfen und die Macht über die Stadt erringen.«

64

Yathrib, eine paradiesische Stadt

Ich muss einiges über Yathrib erzählen. Die Stadt liegt recht weit von Mekka entfernt, auf einem Kamel ist man etwa drei Wochen unterwegs. Im Vergleich zu Mekka ist Yathrib ein Paradies, weil die Stadt in einer ausgedehnten grünen Flusslandschaft mit Äckern voll hoher Dattelpalmen liegt. Die Kamele fressen frisches Gras statt trockene Dornen. Bienen schwärmen summend von einer Blumenwiese zur anderen, ein lauer Wind trägt den Geruch des Meeres über das Land, und Vögel fliegen friedlich am blauen Himmel.

Außerdem sind die Frauen von Mekka grob, sie haben große Hände und Füße. Der heiße Wüstenwind und der viele Sand haben sie hässlich gemacht. Die Frauen von Yathrib aber sind schön, ihre Haut ist frisch und zart. Und sie verschlingen dich mit den Augen.

Mohammad hat die Gärten des Paradieses im Koran nach der schönen Landschaft von Yathrib gezeichnet:

»Mohammad! Sage denen, die an dich glauben, dass ihnen die Gärten zuteil werden, unter welchen Bäche fließen. Und dass ihnen Gefährten und Gefährtinnen von großer Schönheit zugesellt werden, und dass sie auf ewig dort bleiben dürfen.«

Mohammad war in zweierlei Weise mit Yathrib verbunden.

Es war die Geburtsstadt seiner Mutter Amina und der Ort, wo sein Vater begraben lag.

Und ein großer Teil seiner Verwandtschaft wohnte noch immer dort.

Nach der Verbannung in das Gebirgstal schickte Mohammad seinen klügsten Gefährten Mussab nach Yathrib, um den ersten Keim einer neuen Anhängerschaft zu säen. Und der Boden schien empfänglich für Mohammads Botschaft. Doch die Ernte würde noch eine Zeit auf sich warten lassen. Er musste sich gedulden, und Geduld hatte er.

Alles geschah unter strengster Geheimhaltung. Der Rat von Mekka war äußerst wachsam, doch auf den Gedanken, Mohammad könnte seine Fühler nach Yathrib ausstrecken, kam niemand.

Es blieb den Ratsmitgliedern zwar nicht verborgen, dass Mohammad seine Sendung nicht aufgegeben hatte, aber sie gingen davon aus, dass er sich nach der schweren Strafe zurückhalten würde. Und in der Tat sorgte Mohammad dafür, dass es in Mekka ruhig blieb. Die aufrührerischen öffentlichen Auftritte gehörten der Vergangenheit an. Seine Anhänger kamen regelmäßig zusammen, doch in aller Stille. Mohammad schlug einen milderen Ton an, wenn er die Leute aufforderte, sich ihm anzuschließen. Und der Zustrom neuer Anhänger war nicht so groß, als dass er beunruhigend gewesen wäre.

Der Rat sah Mohammads Treiben gelassen zu. Bald würde sich das Alter bemerkbar machen, dann würde Mohammad schon von selbst aufhören, seine eigenartigen Ansichten in die Welt zu posaunen.

Aber da kannten sie Mohammad immer noch schlecht! Er hatte seinen Entschluss längst gefasst: »Mekka ist vorläufig nicht von innen heraus zu erobern. Wir gehen nach Yathrib. Und eines Tages kehren wir mit dem Schwert in der Hand nach Mekka zurück.« Yathrib sollte das Zentrum seines Traumreiches werden.

Die Suren, die ihm in dieser Zeit offenbart wurden, enthalten alle einen wiederkehrenden Satz: »Mohammad, übe Geduld!«

In Mekka wurde es immer ruhiger. Keiner wusste, dass Mohammad seine Anhänger einen nach dem anderen heimlich nach Yathrib schickte. Nach zwei Jahren begannen seine Pläne Früchte zu tragen. Immer häufiger sprach man dort von Mohammad dem Gesandten, vom Koran oder von Allah, dem einzigen Gott. Wenn die arabischen Geschäftsleute von Yathrib mit den Juden diskutierten, beriefen sie sich immer häufiger auf den Koran.

Den Koran gab es noch nicht als Buch, aber die in Holz oder Kamelknochen gekerbten Zitate gingen von Hand zu Hand. Und die neu gewonnenen Anhänger aus Yathrib machten sich auf den weiten Weg nach Mekka, um sich heimlich mit Mohammad zu treffen.

Als Kaufmann getarnt, reiste Abu Bakr nach Yathrib. Dort suchte er die arabischen Stammesführer auf und beriet sich mit ihnen über die Notwendigkeit, sich zusammenzuschließen, um den mächtigen Juden die Herrschaft über die Stadt zu entreißen. »Wir bieten euch ein arabisches heiliges Buch und einen Führer an.«

65

Abbas, Mohammads Mittelsmann

Mohammad hatte noch einen dritten Onkel. Er hieß Abbas, war ein wohlhabender Händler in Mekka und unterhielt gute Beziehungen zu den angesehensten Kaufleuten von Yathrib. Er war kein Anhänger Mohammads, war ihm aber auch nicht feindlich gesinnt. Er war den Freuden der Welt zugetan und kümmerte sich nicht um die politischen Verwicklungen in der Stadt. Mit seinem Neffen hatte er sich immer gut verstanden.

Ich, Zayd, ging eines Abends zu ihm und überbrachte ihm eine Nachricht von Mohammad.

Er wohnte in einem großen, stattlichen Haus. In dem geschmackvoll eingerichteten Zimmer, in dem er mich empfing, standen kunstvoll gearbeitete Schränke, und von der Decke hingen mächtige Kronleuchter.

Abbas schenkte sich Wein ein und sagte: »Zayd, was führt dich zu mir?«

Ich flüsterte: »Mohammad, der Gesandte, möchte sich mit dir treffen, ganz im Geheimen.«

Abbas war ein wunderbarer Mensch. Er war etwas angetrunken und lachte aus vollem Hals: »Ich mag deinen Mohammad. Richte ihm aus, dass es geschehen soll.« Er hob den Becher und rief: »Lang lebe der Gesandte!«

Zwei Nächte später betraten Mohammad und ich das Haus durch die Gartentür. Abbas empfing seinen Neffen mit offenen Armen: »Mohammad, womit kann ich dir dienen?«

»Könntest du mich mit den Stammesführern in Yathrib in Verbindung bringen?«, fragte Mohammad ohne Umschweife.

Abbas war ein kluger Mann, ihm war sofort klar, was Mohammad bezweckte.

Sie setzten sich auf die Ruhebetten und unterhielten sich bis tief in die Nacht. Ich bezog vor der Tür Posten.

Eine Woche später reiste Abbas mit einer Handelskarawane nach Yathrib. Durch Vermittlung seiner Freunde kam es zu einer ersten Begegnung mit den Stammesführern. Er musste den Weg von Mekka nach Yathrib noch mehrere Male zurücklegen, bevor er ihr Vertrauen gewonnen hatte. Über ein Jahr verstrich.

Schließlich kamen die zwei wichtigsten Anführer nach Mekka, und Abbas empfing sie, ohne dass jemand davon wusste, in seinem imposanten Haus. Und während eines Festmahls machte er Mohammad mit ihnen bekannt.

Der Anführer des Stammes der Aus hieß Abu Yachzan ibn Yaseb ibn Amer ibn Malek ibn Kenaye ibn Chees ibn Hosien ibn Lozin. Oder Abu Yachzan, Sohn des Yaseb, Sohn des Amer, Sohn des Malek, Sohn des Kenaye, Sohn des Chees, Sohn des Hosien und Sohn des Lozin. Dieser Abu Yachzan wurde zweiundneunzig Jahre alt und hatte von seinen neun Frauen und dreizehn Sklavinnen dreiundfünfzig Kinder. Dazu unzählig viele Enkel und Nachkommen.

Der Anführer des Stammes der Chazradsch hieß Abu Hoziche ibn Mochire ibn Abdolah ibn Ozar ibn Machzum. Er erreichte das Alter von siebenundsiebzig Jahren und hatte dreizehn Söhne und siebenundzwanzig Töchter.

Bis tief in die Nacht unterhielt sich Mohammad mit ihnen, während Abbas die Gäste gut und reichlich bewirtete. Sie hatten vorher gemeinsam einen Entschluss gefasst. Mohammad würde Mekka verlassen und sich unter den Schutz der Aus und Chazradsch begeben.

So tat er den ersten wichtigen Schritt auf dem Weg zur Macht.

Mohammad wollte so lange in Mekka bleiben, bis die letzten seiner Anhänger die Stadt verlassen hatten.

Die Unterstützung und Billigung der Stammesführer hatten zur Folge, dass Mohammads Name in Yathrib bald in aller Munde war.

Viele junge Männer und Frauen schlossen sich ihm an und nahmen die Ankömmlinge aus Mekka auf.

Die Stadt Yathrib geriet in Bewegung, und Mohammads Anhänger versammelten sich auf dem Marktplatz. Als unser Ausrufer Bilal eintraf, sorgte er mit seiner betörenden Stimme für großes Aufsehen. Er stellte sich mit den anderen an die Straßenkreuzungen und rezitierte Koranverse.

Bald darauf erhielt Mohammad eine Nachricht von Umar aus Yathrib. Ich las sie ihm vor: »Die Stadt strahlt vor Freude. Alle warten auf Mohammad.«

66

Die Flucht

Inzwischen hatten die Berichte über Mohammads neue Anhängerschaft in Yathrib Mekka erreicht. Aber Yathrib war weit weg. Es bestand eigentlich kein Grund zur Beunruhigung. Dennoch sorgte die Nachricht von dem heimlichen Treffen zwischen Mohammad und den Stammesführern von Yathrib für helle Aufregung.

Erst dann fiel den Leuten auf, dass Mohammads Anhänger aus der Stadt verschwunden waren. »He, die Nester sind leer, die Vögel sind ausgeflogen.«

Auf dem Markt gab es kaum einen anderen Gesprächsstoff.

»Oh, dieser Mohammad ist ein schlauer Fuchs.«

»Was für ein Schlitzohr.«

»Wie hat er das angestellt, die Stämme von Yathrib, die sich spinnefeind sind, unter einen Hut zu bringen?«

»Alle seine Anhänger sind auf und davon.«

»Wohin? Wann haben sie die Stadt verlassen?«

»Mohammad ist auch fort.«

»Nein, das stimmt nicht. Ich habe ihn heute Morgen noch auf dem Platz vor der Kaaba mit Abu Bakr gesehen.«

Es stimmte, Mohammad war nicht fort. Er wartete, bis seine Anhänger die Stadt verlassen hatten und machte absichtlich morgens und nachmittags einen Spaziergang über den Markt, um den Stadtrat hinters Licht zu führen. Dieser hatte seine

Entscheidung aber schon getroffen: Mohammad musste, koste es, was es wolle, an der Flucht gehindert werden. Sie fällten das Todesurteil gegen ihn. Würde er Yathrib erreichen, drohte er groß und mächtig zu werden, dann würde ihn niemand mehr aufhalten können.

Doch Mohammad war schon lange nicht mehr der Mann mit dem sanftmütigen Herzen. Er hatte sich zu einem listenreichen Anführer entwickelt. Überall hatte er seine Vertrauensmänner, auch im Stadtrat. Er war daher darüber informiert, dass man ihn an diesem Abend in seinem Bett ermorden wollte.

Von seinen drei engsten Freunden war nur Abu Bakr an seiner Seite. Umar und Uthman hielten sich bereits in Yathrib auf.

Mohammad ersann eine List.

»Gehe zu Ali und sage ihm, er möchte sofort zu mir kommen«, trug er mir auf.

Ali war ein starker junger Mann geworden, er war fast von gleicher Größe und Gestalt wie Mohammad. Im Dunkeln hätte man sie schwer unterscheiden können. Und Ali war unerschrocken. Mohammad weihte ihn in seinen Plan ein.

Ali warf sich Mohammads Mantel über, zündete die Öllampe an und ging hinter dem halb geöffneten Vorhang auf und ab, so dass Beobachter von außen annehmen mussten, dass Mohammad sich in dem Zimmer aufhielt. Und ich, Zayd, sollte bei Ali bleiben.

Währenddessen schlichen Mohammad und Abu Bakr im Schutz der Dunkelheit über die Dächer davon.

Sie waren kaum fort, als sieben Männer in der Gasse vor Mohammads Haus auftauchten. Sie kletterten über die Mauern aufs Dach, stiegen die Treppe hinunter und näherten sich lautlos dem Zimmer, in dem Ali und ich sie erwarteten. Ich hatte mich bei der nur angelehnten Tür postiert,

Ali befand sich zwischen der Lampe und dem Fenster. Durch den Spalt sah ich, wie sich die Männer mit gezücktem Dolch näherten. Ich stellte mich hinter die Tür, und als die Männer sich ins Zimmer schlichen, rief ich mit lauter Stimme: »Halt!«

67

Die Spinne

Erst später erfuhr ich, was Mohammad und Abu Bakr in jener Nacht widerfahren war. Mohammad hat es selbst erzählt. Und ich habe es in der Sure »Die Umkehr« im Koran aufgezeichnet.

»Wenn ihr Seinen Propheten nicht unterstützt, wird Allah ihm beistehen, wie er ihm schon mehrmals beigestanden hat, als man ihn töten wollte und er mit seinem Gefährten Abu Bakr ins Gebirge floh. Sie suchten Zuflucht in einer Höhle, und er sagte zu seinem Gefährten: ›Sei nicht traurig. Allah ist mit uns!‹

Da senkte Gott seinen Frieden auf ihn herab. Eine Spinne erschien und schloss die Öffnung der Höhle, so dass die Männer, die sie verfolgten, sie nicht sehen konnten.«

Diese Geschichte fand große Verbreitung, im Lauf der Jahre kamen immer neue Einzelheiten hinzu, manches wurde auch weggelassen. Ich werde berichten, wie es sich in Wirklichkeit zugetragen hat.

Mohammad und Abu Bakr hatten den Weg ins Gebirge eingeschlagen. Dieselben Männer, die den Auftrag zum Meuchelmord erhalten hatten, hefteten sich an ihre Fersen. Als sie die Flüchtlinge am Hang eines Berges entdeckten, verteilten sie sich, stiegen auf verschiedenen Pfaden hinauf und umzingelten sie. Für Mohammad und Abu Bakr gab es keinen Ausweg mehr. Da sahen sie den Eingang zu einer kleinen Höhle und krochen hinein. Sogleich erschien eine große Spinne und begann, ihr Netz zwischen die Seiten der Öffnung zu spannen.

Als die Verfolger die Stelle erreichten, waren die Flüchtlinge wie vom Erdboden verschluckt. Die Mörder sahen die Höhle, aber auch das dichte Spinngewebe. So gingen sie weiter und suchten zwei Nächte und drei Tage im Gebirge. Doch Mohammad und Abu Bakr waren wie zwei Regentropfen, aufgesogen von der durstigen Erde.

Wenn ich, Zayd, auch nicht alles weiß, was sich im Gebirge zugetragen hat, oder was die beiden Männer in der Höhle besprochen haben, kann ich mir doch vorstellen, wie ihr Gespräch verlaufen ist.

Mohammad: »Jetzt, da wir alle Brücken hinter uns abgebrochen haben, gibt es kein Zurück mehr. Wir werden zum Schwert greifen und Mekka erobern, auch wenn es uns das Leben kostet.«

Abu Bakr: »Bis zu diesem Zeitpunkt waren wir Kameraden, doch ab heute sind wir eine verschworene Einheit für alle Zeiten. Und zur Bekräftigung meines Schwurs gebe ich dir meine Tochter Aischa zur Frau.«

Damals war Aischa etwa neun Jahre alt. Und Mohammad über fünfzig. So sollte Mohammad Abu Bakrs Schwiegersohn und Abu Bakr Mohammads Schwiegervater werden.

Beide setzten ihre Flucht fort und gingen zu Fuß am Roten Meer entlang nach Yathrib. Um schneller voranzukommen, kauften sie unterwegs von einem Bauern zwei Kamele.

68

Eine neue Zeitrechnung

Mohammad war fort, und ich, Zayd, war zurückgeblieben. Ich sollte noch in derselben Nacht mit Ali nach Yathrib aufbrechen. Leider verpasste ich so einen Teil von Mohammads Leben, der historisch von großer Bedeutung war.

Aber es war nicht anders möglich.

Später haben wir die neue Zeitrechnung mit Mohammads Flucht von Mekka nach Yathrib beginnen lassen. Die Welt des Islams begann an jenem Tag.

Hier lasse ich wiederum Mussab, den großen Korankenner, zu Wort kommen. Er ist der Einzige, der von diesem Lebensabschnitt Mohammads berichten kann. Er war derjenige, den Mohammad einige Jahre zuvor nach Yathrib geschickt hatte, um dort den Koran zu verkünden und neue Anhänger zu werben.

So hielt Mussab sich damals bereits in Yathrib auf und war über alles gut unterrichtet.

Mohammads Flucht, so meinte er, habe Yathrib in Aufregung versetzt. Gerüchte schwirrten durch die Stadt, alle warteten auf Neuigkeiten.

»Ob man ihn ergriffen hat?«

»Er ist gerissen. So leicht werden sie ihn nicht zu fassen kriegen.«

»Er ist der Gesandte. Sein Allah wird ihm helfen.«

»Doch warum lässt er nichts von sich hören, wenn er noch lebt?«

»Er wird bald hier sein. Heute oder morgen, ihr werdet sehen.«

»Endlich erreichte mich die gute Nachricht«, sagte Mussab. »Mohammad war wohlauf, er und Abu Bakr waren am Meer entlang bis nach Chaba gekommen. Nur noch wenige Tage, und sie würden in Yathrib eintreffen. Ich ließ es alle wissen. Die Anhänger kletterten auf die Dächer und riefen: ›Eine Freudenbotschaft! Der Gesandte ist auf dem Weg zu uns!‹

Damit hatte niemand mehr gerechnet. Die ganze Stadt war auf den Beinen, alle, zu welchem Stamm sie auch gehörten, jubelten. Man hörte die dumpfen Schläge der Trommeln. Datteln und Süßigkeiten wurden herumgereicht. Von einem Tag auf den anderen hatten die Araber einen Gesandten und ein heiliges Buch, das schöner und kraftvoller war als das Buch der Juden. Denn die Leute wussten nichts von der Thora oder der Bibel, aber die Koranverse, die unser Bilal mit seiner herrlichen Stimme vortrug, waren so überwältigend, so geheimnisvoll, dass keine andere heilige Schrift sie an Schönheit übertreffen konnte.«

Als sich Mohammad drei Tage später der Stadt näherte, schlossen die Kaufleute ihre Geschäfte und versammelten sich mit Frauen, Kindern und Sklaven am Stadttor, um den Gesandten willkommen zu heißen und zu bestaunen.

Die Juden blieben zu Hause, aber die Christen, die wegen ihres unbedeutenden Jesus seit Jahrhunderten den Spott der Juden erdulden mussten, mischten sich heimlich unter die Menge. So änderte sich mit einem Schlag das Kräfteverhältnis in der Stadt.

Tausende fieberten beim Stadttor der Ankunft des Gesandten entgegen. In der Ferne tauchten zwei Kamele auf; schon sah man die Umrisse der Reiter. Die Menge stieß einen Freudenruf aus. Dann hörte man die ersten Schreie.

»Mohammad ist der Gesandte!«

»Willkommen, Gesandter!«

Leute drängten sich vor, um einen Blick von ihm zu erhaschen, sie forderten die beiden Männer mit lauter Stimme auf, in ihrem Haus einzukehren.

Mohammad ließ die Zügel seines Kamels los und sagte: »Dort, wo mein Kamel sich hinkniet, werde ich einkehren.«

Das Kamel ging gemächlichen Schritts durch das Tor, durch eine Straße nach der anderen, während die Menschen schweigend folgten. An vielen Häusern ging es vorbei, und jeder hoffte, es würde vor seinem Haus halten. Es bog in eine Gasse ein, blieb vor einer kleinen Tür stehen, kniete sich hin und legte seinen langen Hals auf die Erde. Es war das Haus, in dem Mohammads Mutter geboren und in dem sein Vater gestorben war.

Die Einwohner von Yathrib gaben dem Kamel den Ehrennamen ›Qaswa‹, das heißt, derjenige, der von fern kommt. Die Kamelstute Qaswa lebte noch lange, denn es wurde gut für sie gesorgt. Erst viele Jahre später starb sie an Altersschwäche.

69

Eine Frau für Zayd

Mit der Flucht Mohammads nach Yathrib änderte sich alles.

Die Stadt erhielt einen neuen Namen, ›Madinatol Nabi‹, was so viel heißt wie ›Stadt des Gesandten‹, oder kurz Medina.

Für Mohammad begann ein neues Leben.

Chadidscha war gestorben, Mekka war weit weg, und in Medina wurde er nicht nur als wahrer Prophet behandelt, sondern auch als Führer der arabischen Stämme. Die Pforten des irdischen Paradieses wurden ihm eine nach der anderen geöffnet. Er brauchte Abu Bakrs neunjähriges Töchterchen noch nicht zu seiner Frau zu machen, denn die jungen, sanftmütigen Mädchen von Medina boten sich ihm bereitwillig an: »Gesandter, nimm mich! Segne mich!«

Und Mohammad segnete sie. Er war Chadidscha zu ihren Lebzeiten immer treu gewesen, doch jetzt liebäugelte er mit allen schönen jungen Frauen. Es kam so weit, dass Allah ihn mahnen und zügeln musste. Mohammad fügte sich und begnügte sich fortan mit seinen Ehefrauen und den zahlreichen bildhübschen Sklavinnen, die ihm später als Kriegsbeute zufielen.

Nun muss ich, Zayd, von etwas Persönlichem berichten. Es fällt mir schwer, aber hatte ich nicht beschlossen, alles wahrheitsgetreu zu berichten?

Nun denn:

Mohammad wurde der Gesandte.

Abu Bakr wurde der erste Kalif.

Umar wurde der zweite Kalif.

Uthman wurde der dritte Kalif.

Ali wurde der vierte Kalif.

Und Zayd wurde der Chronist.

Und ich bezeuge dies der Wahrheit gemäß: Wir lebten noch in Mekka, aus mir war ein – laut Abu Bakr – starker Mann geworden, ein besonderer Mann. Mohammad hatte eine Nichte, so lieblich und schön wie der junge Mond am Nachthimmel. Sude hieß sie und war etwa siebzehn Jahre alt.

Eines Abends rief Mohammad mich zu sich: »Zayd! Ich muss dich sprechen.«

Wir spazierten unter den Dattelpalmen am Fluss entlang. Er sagte: »Zayd, du bist ein Mann geworden. Was hältst du von Sude?«

Diese Frage traf mich unvorbereitet. Ich konnte kein Wort herausbringen und schwieg. Nie hatte ich an Sude gedacht, ich hätte es nicht gewagt. Sie war so schön, so anmutig, nie würde sie meine Frau werden.

Am nächsten Tag legte Mohammad Sudes Hand in meine Hand, sprach einen Koranvers und segnete unsere Gemeinschaft. So wurde Sude meine Frau. Sie schlief neben mir, und ihre Schönheit wuchs von Tag zu Tag. Sude war das Licht meines Hauses, und jede Nacht legte ich meinen Kopf auf das Kissen neben ihrem Kopf.

Kaum wohnten wir aber in Medina, dachte Sude nicht mehr an mich, sie dachte an Mohammad. Von ihm wollte sie bewundert werden, nicht von seinem Diener.

Eines Tages stand sie mitten auf dem Innenhof unseres Hauses nackt in einem großen kupfernen Bottich und wusch sich. Just in diesem Augenblick trat Mohammad unerwartet ein. Sein Blick fiel auf Sude in ihrer ganzen Schönheit.

Ich stand am Fenster und sah es mit an. Mohammad schloss die Augen und rief: »*Tabarak allaho ahsanol khaleghin*. Gepriesen sei Allah, für so viel Schönheit, die Er erschaffen hat!«

Sude hörte ihn, und von da an schlief sie nicht mehr neben mir. Sie wusste, dass Mohammad sie begehrte. Und dann verließ Sude mein Haus. Mir blieb keine andere Wahl, ich sagte mich von ihr los, ich ließ sie gehen.

Mohammad machte mir deswegen Vorwürfe.

Ich schwieg.

Mohammad befahl mir, meine Frau zurückzuholen.

Ich schwieg.

Allah sandte eine Sure und verfluchte mich.

Ich schwieg.

Mohammad schlief viele Nächte mit meiner Sude. Dann erließ er eine neue Bestimmung:

»Ihr Gläubigen! Bevor ihr in das Haus eines anderen geht, klopft an die Tür und bittet um die Erlaubnis, eintreten zu dürfen. Und wenn ihr hineingeht, ruft laut und vernehmlich ›*Salam*‹. *Salam* dem Haus und *Salam* seinen Bewohnern.«

So wurde Sude Mohammads siebte Frau.

70

Mekka und Medina

Der Mohammad von Medina war ein anderer als der Mohammad von Mekka.

In Mekka hatte man ihn verspottet und verprügelt, ja sogar ermorden wollen. In Mekka waren seine Worte mild und lieblich wie Gedichte. In Mekka suchten seine Blicke nicht die Frauen, er aß schlecht und lachte wenig.

In Mekka war er mager, grübelte ständig, und das Haar fiel ihm aus. In Mekka war er ein Aufständischer. In Mekka war er Familienvater und Chadidschas Ehemann. In Mekka hatte er einen schweren Stand.

In Medina dagegen war er das Oberhaupt der Stadt. In Medina erfreute er sich an den Frauen, aß wie ein Vollblut und tat sich gütlich an Trauben, Feigen, Oliven. Er steckte den Zeigefinger in den Honigtopf und leckte ihn ab. Bald wollte er nicht länger darauf warten, dass seine blutjunge Frau Aischa heranreifte. Er massierte sich einen Hauch Olivenöl ins Haar und legte sich zu ihr.

In Medina wurde seine Sprache angriffslustig. In Medina gewann er an Gewicht, in körperlicher wie in politischer Hinsicht. Er wurde zu einem schlauen Verhandlungspartner, der sich auf Lügen und Finten verstand.

In Medina legte er das Fundament zur islamischen Herrschaft. Er erließ eine Ordnung mit zweiundfünfzig Bestimmungen über die Umgangsformen zwischen den Einwohnern der Stadt, die sich auf allerlei religiösen Überzeugungen gründete. So erklärte er sich zum Oberhaupt der gesamten Bevölkerung, einschließlich der Juden und Christen. Um die heftig protestierenden Juden zu besänftigen, setzte er auf den goldenen Mittelweg und schlug einen Kompromiss vor: »Ihr übt eure Religion frei aus, doch wenn es zu einem Krieg kommt, dann haltet ihr zu mir und kämpft gemeinsam mit mir gegen meine Feinde.

Dafür verpflichten ich und meine Anhänger uns dazu, zweierlei Dinge zu tun: Beim Gebet werden wir uns zu eurer heiligen Moschee in Jerusalem wenden und wir werden mit euch fasten.«

Die Juden stimmten widerstrebend zu, denn sie betrachteten es als einen Kniefall vor ihrem uralten Glauben.

Anschließend lud Mohammad die Führer der christlichen Gemeinschaft in seine neue, noch im Bau befindliche Moschee ein und teilte ihnen Folgendes mit:

»Euer Prophet Jesus ist mir lieb und teuer, Maria könnte auch meine Mutter sein. Aber mir gefällt nicht, wie ihr lügt, Jesus sei Allahs Sohn. Und es ist mir zuwider, wenn ich einen Priester sich bekreuzigen sehe und ihn sagen höre: ›Der Vater. Der Sohn. Und der Heilige Geist. Amen.‹

Das ist eine Schmähung Allahs.

Allah ist ein Einziger! Er zeugt nicht und ward nicht gezeugt!

Allah hat keinen Sohn.«

Es wurde ein Abkommen mit dem Hohepriester der Stadt getroffen. Die Christen würden sich in der Öffentlichkeit nicht mehr bekreuzigen und Jesus nicht mehr den Sohn Gottes nennen.

Seinerseits verpflichtete sich Mohammad, die Christen gegen die ständigen demütigenden Übergriffe der Juden zu beschützen.

Mohammad hatte alles getan, um seine Autorität zu sichern:

Er hatte eine Verordnung erlassen, die das Gemeinschaftsleben regelte.

Er hatte eine Moschee als Gebetshaus für seine Anhänger errichten lassen.

Er hatte einen heiligen Ort für die Gebetsrichtung bestimmt: Jerusalem.

Er hatte für Werkstätten gesorgt, in denen Tag und Nacht Schwerter geschmiedet wurden. Und er hatte ein Lager errichten lassen, in dem seine Leute sich auf den bewaffneten Kampf vorbereiteten.

All dies geschah im ersten Jahr seines Aufenthalts in Medina.

Was noch fehlte, war Geld oder Gold.

71

In der Moschee

In Medina hielt Mohammad sich nur noch selten zu Hause auf, im Grunde wohnte er in seiner Moschee, er war geradezu vernarrt in sie. Tag und Nacht konnte man ihn dort antreffen. Die Moschee war der Mittelpunkt seiner Bewegung geworden, alle Entscheidungen wurden dort gefällt. Entschlüsse, die außerhalb der Moschee gefasst wurden, waren ungültig.

Das Gebäude lag am Rand der Stadt. Die Fenster beim Eingang öffneten sich nach Jerusalem, man blickte auf eine herrliche Landschaft mit grünen Weinbergen, Mandelbäumen und Olivengärten. Es waren die paradiesischen Gärten der Wonne, wie Mohammad sie beschrieben hatte. An der Rückseite befand sich ein großes Fenster, das Aussicht auf die Berge bot.

Mohammad schritt stolz durch seine Moschee und sprach leutselig mit den Anhängern, die die Gärten anlegten.

In Mekka hatte ich ihn selten vergnügt gesehen, jetzt hörte ich überall sein Lachen.

Die Aufmerksamkeit, die ihm die Frauen schenkten, tat ihm gut und verjüngte ihn. In Mekka hatten ihn die Beleidigungen und die schwere Verantwortung niedergedrückt; in Medina saß er erhobenen Hauptes auf seinem Pferd, ritt wie ein König über den Marktplatz und strahlte, wenn die Frauen auf ihn zeigten: »Schaut, da kommt er. Der Gesandte.«

Abu Navaz, der Dichter von Medina, schrieb ein Gedicht auf Mohammads Pferd:

»Glaubt ihr, ihr findet eine Frau,
deren Zöpfe weicher sind als
die Mähne von Mohammads Pferd?
Glaubt ihr, ihr findet eine Frau,
deren Brüste prächtiger sind als
der Sattel von Mohammads Pferd?
Wo, glaubt ihr, findet ihr eine Frau, deren
Augen so hell leuchten wie die Augen
von Mohammads Pferd?
Nein, ihr werdet nirgends eine Frau finden, die
wie Mohammads Pferd vor Erregung zittert
in der Hitze des Gefechts
und dennoch die Ruhe bewahrt.«

Wie Mohammad trug ich ein Schwert und ritt einen feurigen Rappen. In den Lagern der Anhänger lernte ich zu kämpfen.

Und Medina war die glücklichste Stadt der Welt, denn sie besaß siebzig verschiedene Dattelsorten mit siebzig verschiedenen Namen, und bald sollte sie der Mittelpunkt einer neuen Weltordnung werden.

72

Salman al-Farsi, der persische Heerführer

In der Moschee setzten sich Mohammad und seine Berater mitten im Gebetsraum in einem Kreis auf den Boden. Ich ging ruhig an den Fenstern entlang und hatte auf alles drinnen und draußen ein wachsames Auge.

Diese Treffen waren anders als die Versammlungen, die früher in Mohammads Haus in Mekka stattgefunden hatten. Jetzt redeten die Männer mehr über Kriegstaktiken und Gold, Waffen und Verpflegung. Umar war mit einigen ehemaligen persischen Heerführern in Kontakt gekommen und hatte drei von ihnen überredet, nach Medina zu reisen.

Einer von ihnen hieß Salman, besser bekannt unter dem Namen Salman al-Farsi.

Er wurde später Mohammads persönlicher Kriegsberater. Damals war er Anfang dreißig, ein kluger Mann und genialer Erfinder neuer Kampfmethoden. Salman leitete die Ausbildungslager und die Waffenschmieden.

Es war in einer der letzten Nächte des ersten Jahrs nach Mohammads Flucht nach Medina. Salman und er waren allein in der Moschee. Sie beugten sich über einen Plan der Stadt und beratschlagten.

Als das Gespräch zu Ende war, rief Mohammad nach mir.

Ich legte die Hand auf mein Schwert und eilte zu ihm.

Er nannte mir die Namen von vierzig Männern, die ich mir notierte. »Vor Sonnenaufgang«, sagte er, »auf dem Berg

Uhud. Sie sollen mit ihren Schwertern kommen und nichts voneinander wissen.«

Ich sprang auf den Rücken meines Pferdes und ritt wie der Wirbelwind durch die Stadt, um die Männer zu benachrichtigen.

Am nächsten Morgen standen alle vor Sonnenaufgang am Fuß des Uhud. Da es noch dunkel war, konnten sie einander nicht erkennen, sie durften nicht miteinander reden und wussten nicht, was ihnen bevorstand. Mohammad kam und sagte: »Gestern Nacht sandte mir Allah einen neuen Auftrag. Eine reich beladene Karawane aus Mekka zieht am Roten Meer entlang und wird bald unser Tal erreichen.

Wir werden sie angreifen und alles Gold und Geld, das sie mitführt, für die Moschee erbeuten. Ein Drittel des Raubguts ist für euch, der Rest gehört der Moschee.«

Alle standen reglos da, alle hörten schweigend zu.

»Habt ihr noch Fragen?«, fragte Mohammad.

»Aber, Mohammad«, sagte einer, »es ist der heilige Monat Ramadan. Und im Ramadan ist es verboten, Krieg zu führen. Warum tun wir das?«

»Es ist nicht meine Entscheidung«, sagte Mohammad. »Ich weiß nicht, warum wir es tun. Allah entscheidet. Er weiß alles. Und es ist kein gewöhnlicher Krieg, sondern ein heiliger Krieg. Ein Krieg für Allah.«

»Mohammad«, fragte ein anderer, »ist es ein Raubzug oder ist es Krieg?«

»Es ist ein heiliger Raubzug. So wurde mir mitgeteilt«, sagte Mohammad.

Es wurden keine weiteren Fragen gestellt. Mohammad wies jedem seinen Platz auf dem Berg an.

Kurz darauf ritt die Karawane in das Tal.

Mohammad rief mit lauter Stimme: »*Li ilaha illa Allah*! Es gibt nur einen Gott: Allah!«

Die Anhänger riefen wie aus einem Munde »Allah« und griffen die Karawane an. Verwirrt und hilflos ließen die Kaufleute ihre Pferde, Kamele und Waren im Stich und flohen in die Berge.

Wir zogen mit dreizehn Pferden und hundertdreiundfünfzig mit Gold und Gütern beladenen Kamelen in die glückliche Stadt Medina ein.

73

Die erste Schlacht gegen Mekka

Der Dichter Abu Navaz stand auf einer Erhöhung und trug Mohammads Männern folgendes Gedicht vor, als sie nach dem heiligen Raubzug mit ihren Waffen vor der Moschee an Mohammad vorbeimarschierten.

»Du! Mein Schwert!
Wenn ich deine scharfe Klinge fühle,
Ist mir, als würde ich die weichen Brüste
Einer jungen Wüstenfrau berühren.
Und wenn ich deinen Griff umfasse,
Ist mir, als hätte ich rote, reife, süße Trauben
Auf dem Teller meiner Hand.
Hunger und Durst kümmern mich nicht.
Weder die reifen Früchte noch die Freuden der Gärten
Können mich aufhalten, wenn ich dich in der Hand halte und meinem Pferd die Sporen gebe.«

Nach jenem ersten Überfall waren die Anhänger auf den Geschmack gekommen, und die nächsten Raubzüge verliefen ebenso erfolgreich. Jetzt wollten sich alle Mohammad anschließen. Jeden Tag kamen Dutzende junger Männer und Abenteurer aus allen Teilen des Landes nach Medina und meldeten sich bei Umar in der Moschee.

Die Überfälle auf die Handelswege beunruhigten Mekka zutiefst. Mohammad drohte den gesamten Handel zum Erliegen zu bringen. Kein Kaufmann wagte es mehr, Mekka zu verlassen, und niemand wagte es mehr, nach Mekka zu reisen.

Es musste etwas geschehen. Mohammad musste ergriffen und sein armseliges Heer vernichtet werden, bevor es größer wurde.

Abu Sufyan, Mekkas Befehlshaber, ersann einen Plan. Neunhundertfünfzig seiner Kämpfer sollten sich, als Händler verkleidet, einer Karawane anschließen. Mohammad sollte zugetragen werden, eine große Karawane sei auf dem Weg vom Roten Meer nach Medina.

Die ersten Überfälle hatten Mohammads Männer auf bloßen Füßen und mit bloßen Händen ausgeführt. Jetzt hatten sie Pferde, schnelle Kamele und leichte, scharfe Schwerter. Sie benötigten Platz zum Manövrieren und konnten den Feind nicht mehr auf kleinstem Raum angreifen.

Mohammad befahl seinen Männern daher, sich in der Wüste hinter Sandhügeln zu verstecken. Doch als sie die Karawane angriffen, in Gedanken schon bei der reichen Beute, trafen sie zu ihrem Entsetzen auf viele schwerbewaffnete Kämpfer.

Was war zu tun? Mohammad beratschlagte sich rasch mit Salman al-Farsi und Abu Bakr.

Wenn sie sich jetzt nach Medina zurückzogen, würde ihnen die mekkanische Armee vielleicht folgen und so den Krieg mitten in ihre Stadt tragen. Es blieb ihnen nichts anderes übrig, als zu kämpfen. Salman plädierte für blitzschnelle Vorstöße: »Angriff, Schlag und Rückzug.«

Und Mohammad rief seinen Anhängern zu: »Wer im Kampf fällt, kommt sofort ins Paradies. Wer am Leben bleibt, wird reichlich mit Gold belohnt!«

Hundertsiebenunddreißig Mal griffen wir die Karawane an, hundertsiebenunddreißig Mal versetzten wir den Mekkanern empfindliche Schläge und hundertsiebenunddreißig Mal zogen wir uns zurück. Auf Seiten der Feinde wurde ein Teil getötet, ein Teil gefangen genommen und ein Teil konnte fliehen. Auf unserer Seite fanden vierzehn Männer den Tod.

Unerwartet war es zur ersten richtigen Schlacht zwischen Mekka und Mohammad gekommen, und Mohammad hatte gesiegt. Die Nachricht verbreitete sich wie ein Lauffeuer. Mohammad war nicht mehr nur der Anführer von Rebellen. Er war ein Kriegsherr geworden.

Ich, Zayd, stand hoch oben im Turm des Stadttores, um den Triumphzug beobachten und die Beute genau auflisten zu können. Die Einwohner der Stadt hatten sich außerhalb der Mauer in zwei Reihen aufgestellt und jubelten Mohammad zu.

Die Beute bestand aus:

723 Kamelen, beladen mit Schwertern und Kriegsmaterial, von alltäglichen Waren getarnt
93 Kriegspferden
73 Kamelen, beladen mit Getränken und Esswaren
13 Kamelen, beladen mit Töpfen und Kochgeschirr
23 Kamelen, beladen mit Kleidung und Schuhen
126 Gefangenen
47 jungen Frauen
Kein Geld. Kein Gold.

74

Die Schlacht

Anderthalb Jahre nach der beschämenden Niederlage verließ ein Heer von dreitausend Mann unter Abu Sufyan Mekka und marschierte gegen Medina. Sie wurden heimlich von den Juden unterstützt, die nicht nur Männer, sondern auch Pferde, Kamele, Verpflegung und Waffen zur Verfügung stellten.

Mohammad bot eine Streitmacht von nur siebenhundert Mann auf.

Der Dichter Abu Navaz schrieb ein Gedicht im Namen der Frauen von Medina, um den Kämpfern Mut zu machen:

»Männer! Streiter des wahren Glaubens!
Wenn ihr dem Feind todesmutig zu Leibe rückt,
empfangen wir euch mit den sanften Stoffen,
die unsere Körper umhüllen,
und schenken euch eine andere Art Vergnügen.
Doch wenn ihr dem Feind den Rücken kehrt,
bekommt ihr von uns keinen Becher Wein kredenzt
und versagt bleibt euch die andere Art Vergnügen.«

Die verführerischen Ermutigungen der Frauen von Medina fruchteten jedoch nicht, und Mohammads Krieger mussten eine Zeitlang auf die »andere Art Vergnügen« verzichten.

Als die entscheidende Schlacht begann, ritten die Männer auf ihren Streitrossen hinter Mohammad. Ich, Zayd, hielt mich als Beobachter immer etwas abseits. Ich war kein Mann des Krieges, kein Mann des Schwertes. Ich war nur Zeuge, Zeuge von Mohammads Leben. Auch ich trug ein Schwert, aber nie habe ich es in einer Schlacht geschwungen, nie habe ich jemanden damit getötet.

Ich trug es aus zwei Gründen: um Mohammad zu beschützen, sollte ihn jemand hinterrücks überfallen, und um mich selbst zu verteidigen.

Ich glaube, alle sahen nur die Reichtümer vor sich, die sie als Kriegsbeute nach Medina mitbringen würden. Doch es sollte anders kommen. Unsere Taktik schlug diesmal fehl. Der Angriff des Feindes war so stark, dass wir uns keinen Moment neu ordnen konnten. In dieser Schlacht erlebte ich die Hölle, von der Mohammad so oft gesprochen hatte.

Abu Sufyan, der die mekkanischen Truppen befehligte, wandte die alte römische Taktik an. Ob wir sie nun von vorne oder im Rücken angriffen, es half alles nichts. Wenn wir nach rechts auswichen, erwarteten sie uns dort. Wenn wir nach links auswichen, standen sie uns dort gegenüber. Es gab keinen Ausweg mehr, es sei denn, Allah hätte jedem von uns zwei starke Flügel verliehen, damit wir uns in die Lüfte erheben.

Viele fanden den Tod, und wer fliehen konnte, warf sein Schwert fort, ließ sein Pferd stehen und suchte Zuflucht in der Wüste, versteckte sich hinter einem Sandhügel, um wenigstens die eigene Haut zu retten.

Mohammad rief: »Zurück, Männer, zurück!«

Doch niemand hörte auf ihn.

Mohammad rief: »Männer, blickt zum Himmel! Allah wird Engel herabsenden, die uns beistehen.«

Doch niemand blickte zum Himmel, niemand wollte die Engel sehen.

Umar, Uthman, Abu Bakr und Salman ritten in vollem Galopp nach Medina zurück, um die Stadt gegen einen Ansturm zu verteidigen.

Die Truppen Abu Sufyans bejubelten ihren Sieg. Sie schwangen ihre Schwerter und ritten johlend umher. Nein, sie täuschten sich nicht. Es war weit und breit kein einziger Streiter Mohammads zu sehen.

Doch Mohammad, Ali und ich waren nicht geflohen. Mohammad war der Einzige, der noch versuchte, mit seinen Engeln die verlorene Schlacht zu gewinnen, und ich folgte ihm überallhin, um ihn zu beschützen.

Vergebens stachelte er seine Männer an, die sich schon zur Flucht gewandt hatten: »Kehrt um! Blickt zum Himmel! Die Engel kommen!«

Ali und ich taten etwas Dummes. Wir blickten tatsächlich zum Himmel, ob nicht vielleicht doch die Engel erschienen, und just in dem Moment tauchte hinter einem Sandhügel ein Mann zu Fuß auf. Es war ein feindlicher Soldat, der Mohammad auf Anhieb erkannte. Nach einem ersten Moment der Verblüffung griff der Gegner nach einem Stein und schleuderte ihn nach Mohammad. Er traf ihn ins Gesicht und zertrümmerte einen Schneidezahn. Der Mann warf noch einen Stein, einen viel größeren als beim ersten Mal. Er traf Mohammad am Kopf. Mohammad verlor das Gleichgewicht und stürzte vom Pferd.

Der Soldat rannte den Hügel hinauf und schrie völlig außer sich: »Mohammad! Mohammad! Ich habe Mohammad getötet.«

Das waren seine letzten Worte, denn Ali streckte ihn mit einem Schwerthieb nieder. Um den Gegner in die Irre zu führen, galoppierte er danach in Richtung Medina. Drei Reiter nahmen die Verfolgung auf.

Das gab mir die Gelegenheit, Mohammad in Sicherheit zu bringen. Ich schleifte ihn über den Boden zu einer bewachsenen Stelle, die zumindest etwas Schutz bot. Mit meinem Schwert schnitt ich Mohammads lange Zöpfe ab und zog ihm die feinen Stiefel aus, damit ihn niemand als Anführer erkannte. Ich ließ ihn hinter den Sträuchern liegen, schwang mich auf mein Pferd und ritt zu einer kleinen Baumgruppe in der Nähe. Dort versteckte ich mich und wachte aus der Ferne über ihn.

Ich harrte in meinem Versteck aus, bis es dunkel wurde, ritt dann zurück, hob Mohammad auf mein Pferd und ritt nach Medina, und schnurstracks zum Haus des Arztes.

Dann machte ich mich auf die Suche nach Abu Bakr. Ich ritt wieder zu den Hügeln etwas außerhalb der Stadt, wo sich die Männer nach ihrer Flucht versammelt hatten, um einen möglichen Angriff abzuwehren.

Ali hatte Abu Bakr von Mohammads Verwundung berichtet; der Feind hatte das Gerücht ausgestreut, Mohammad sei tot. Uthman und Ali hatten uns überall gesucht, aber ohne Erfolg. Es herrschte eine traurige Stimmung, man spürte, niemand hatte mehr den Mut, weiterzukämpfen.

Ich traf Abu Bakr bei einer Gruppe von Stammesführern. Er hatte nicht erwartet, mich lebend wiederzusehen. Er erkundigte sich sofort nach Mohammad. Ich beugte mich vor und sagte leise: »Mohammad lebt, aber er ist schwer verwundet.«

»Wo ist er?«, fragte Abu Bakr.

»In Medina.«

»Umar!«, rief Abu Bakr laut.

Umar erschien und warf mir einen fragenden Blick zu. Abu Bakr flüsterte ihm etwas ins Ohr.

Umar sprang auf sein Pferd und ritt so schnell er konnte zu den Kämpfern. »Lang lebe Mohammad! Er ist in Medina. Haltet zusammen! Verteidigt die Stadt! Verteidigt eure Frauen und Kinder! Verteidigt eure Häuser und Bäume!«

Alle Männer hieben die Schwerter durch die Luft und stießen einen Schrei aus: »Es lebe Mohammad!« Nun konnte ihnen nichts mehr etwas anhaben.

75

Die Juden

Nach seinem Sieg beschloss Abu Sufyan, der Oberbefehlshaber von Mekka, gegen Medina vorzurücken und die Stadt zu erobern. Doch schon bald erfuhr er, dass Mohammad noch lebte und dass sich dessen Truppen unter Umars Befehl vor dem Stadttor aufgestellt hatten. Die Stammesführer hatten die Bevölkerung aufgerufen, sich mit Mann und Macht zu verteidigen. Sogar Frauen und Kinder standen mit Pfeil und Bogen und Steinen auf den Dächern. Niemals durfte Medina in die Hand der Feinde fallen.

Abu Sufyan ging mit sich zu Rate und hielt es für vernünftiger, zu einem späteren Zeitpunkt mit einer größeren Armee zurückzukehren.

Medina erwartete seinen Angriff, doch zu ihrer großen Überraschung sahen die Bewohner die mekkanischen Truppen wieder abziehen.

Ich, Zayd, habe mit vielen darüber gesprochen, aber niemand konnte mir Abu Sufyans Rückzug erklären. Er musste über seine Handlanger erfahren haben, dass Mohammad verwundet und außer Gefecht gesetzt worden war. Er hatte dem Gegner große Verluste zugefügt. Warum also hatte er die Gunst der Stunde nicht genutzt? Fürchtete er tatsächlich, dass er bei einem Kampf innerhalb der Stadtmauern den Kürzeren ziehen würde?

Natürlich wäre es ein schwerer Schlag für Mekka gewesen, wenn die Bevölkerung von Medina Abu Sufyan und seine Truppen vernichtend geschlagen hätte.

Und so kehrte Abu Sufyan mit all seinen Truppen nach Mekka zurück.

In den Monaten, in denen Mohammad sich erholte, geschah nichts. Er war darüber informiert, dass man in Mekka Pläne schmiedete, wie man Medina erobern könnte, allerdings wusste er auch, dass der Angriff noch eine Weile auf sich warten lassen würde.

In der Zwischenzeit musste er sich anderen Angelegenheiten widmen.

Dass die Juden mit den mekkanischen Truppen gemeinsame Sache gemacht hatten, war Mohammad ein Dorn im Auge. Solange sie in Medina waren, würde er den Krieg nicht gewinnen können. Er wartete auf eine Gelegenheit, sich ihrer ein für alle Mal zu entledigen.

Sein Onkel Abbas hatte ihn bereits heftig wegen der Übereinkunft mit den Juden kritisiert. »Das war sehr unklug von dir, Mohammad. Die Juden haben dir Sand in die Augen gestreut. Dass wir uns beim Gebet nach Jerusalem wenden sollen, war ein großer Fehler. Wenn du dir die Unterstützung der großen Kaufleute sichern willst, musst du dich für die Kaaba entscheiden, nicht für die Moschee der Juden. Niemals sollte man der Kaaba den Rücken zukehren. Mekka bedeutet Handel, und die Kaaba bedeutet Macht. Widerrufe deine Entscheidung, Mohammad!«

Jetzt war der Moment gekommen, das Versprechen, das er den Juden gegeben hatte, zu brechen.

»Die Juden haben uns verraten. Sie haben den Mekkanern geheime Informationen über unsere Truppen zugespielt«, sagten alle in Medina. Die Spannungen verschärften sich. Es kam zu Streitereien zwischen den Anhängern Mohammads und den Juden.

Als auf dem Bazar ein jüdischer Mann einer arabischen Frau zu nahe trat, rief diese um Hilfe. Es folgte eine handfeste Prügelei. Blut floss, ein Araber wurde getötet.

Allah griff ein und sandte Mohammad einen Befehl, auf den dieser nur gewartet hatte: »Mohammad! Zerreiß den Vertrag mit den Juden. Du bist nicht an dein Wort gebunden! Sie sind die Verräter. Der Jude ist ein Verräter.«

Mohammad zerriss den Vertrag und verlangte die Auslieferung des Mörders. Die Juden lehnten dies zwar ab, doch der Anführer des Stamms der Banu Nadir lud Mohammad zu einer Unterredung ein. Mohammad stimmte zu und machte sich auf den Weg zu dem vereinbarten Treffpunkt. Gerade noch rechtzeitig erfuhren seine Getreuen, dass die Juden einen Mordanschlag planten, und brachten ihn in Sicherheit.

Das Maß war voll. Mohammad fasste einen längst fälligen Entschluss. Er gab den Juden einen Tag Zeit, die Stadt zu verlassen. Jede Familie durfte so viel von ihrem Besitz mitnehmen, wie ein Kamel tragen konnte. Geld und Gold mussten sie jedoch zurücklassen.

Die Juden hörten nicht auf ihn, sie verschanzten sich in ihrem ummauerten Stadtteil und verschlossen das Tor. Eine Woche wartete Mohammad, doch sie weigerten sich, ihre Häuser und die Stadt zu verlassen.

»Je länger ihr euch widersetzt, desto schwerer wird eure Strafe sein. Nun müssen drei Familien ihre Besitztümer auf ein einziges Kamel laden.«

Die Juden ließen sich auch dieses Mal nicht umstimmen und hielten es weitere zwei Wochen aus.

Daraufhin tat Mohammad etwas, was er nicht hätte tun sollen. Er ließ Feuer an ihre Dattelpalmen legen und zerstörte ihre Felder. Das brach den Widerstand der Juden.

»Zieht davon, sonst werde ich auch eure Häuser anzünden, und ihr werdet nichts von eurem Besitz mitnehmen können. Dies ist ein neuer Befehl von Allah.«

Die Juden gaben nach. Manche zerstörten allerdings ihre Häuser, rissen die Fenster aus den Wänden, zerschlugen alle Gegenstände, um ja nichts Wertvolles zurückzulassen. Dann verließen sie ihre Stadt mit leeren Händen.

Doch während sie davonzogen, schlugen ihre Frauen die Trommeln und stimmten ein Lied an, um zu zeigen, dass Mohammad zumindest ihren Stolz nicht gebrochen hatte.

Mohammad war nun Herr über Medina. Er beschloss, auch die Juden aus den umliegenden Dörfern zu vertreiben. Doch zuerst machte er zwei frühere Entscheidungen rückgängig:

»Mekka ist wichtiger als Jerusalem. Ab heute wenden wir uns beim Gebet zur Kaaba. Und wir fasten nicht mehr mit den Juden.«

Er rief alle Araber der Stadt auf, sich um seine grüne Fahne zu scharen.

Die Bevölkerung jubelte ihm zu. Die Geschäftsleute schlossen ihre Läden, und alle leisteten ihm Gefolgschaft.

76

Amr ibn Dschahasch

Ich suchte nach einem Juden, der früher in Medina gewohnt hatte, um seine Sicht festzuhalten. Doch da der Islam inzwischen die halbe Welt erobert hatte, wagte es keiner von ihnen mehr, mit mir zu reden.

Im Dorf Chaibar fand ich schließlich einen angesehenen Rabbiner aus dem alten Yathrib. Er hieß Amr ibn Dschahasch und hatte das gesegnete Alter von neunzig Jahren erreicht. Er mochte zwar etwas wackelig auf den Beinen sein, aber sein Verstand hatte nichts an Schärfe eingebüßt.

Der Rabbiner bewohnte ein bescheidenes Zimmer im Haus seines ältesten Sohnes. Sein Besitz bestand aus einem Topf für Trinkwasser, einem Stück trockenen Brots, einer Schale frischer Datteln und einem Teppich, auf dem er saß und schlief.

Obwohl er keinerlei Furcht zeigte, versicherte ich ihm, dass ich unser Gespräch nur zum eigenen Gebrauch aufzeichnen würde.

Er war bereit, sich mit mir zu unterhalten, unter der Bedingung, dass seine Worte unverändert und unter seinem Namen in mein Buch aufgenommen würden. Ich schwor beim Koran, seinem Wunsch zu entsprechen.

Dann spazierten wir an der berühmten Festung von Chaibar vorbei zu den Wiesen hinaus.

Was Amr ibn Dschahasch sagte, gebe ich hier wortwörtlich wieder:

»Ich habe mein halbes Leben in Synagogen verbracht, ich habe fast alle alten Bücher gelesen, doch kein Prophet war so gewalttätig wie dieser Mohammad. Nach den Pharaonen hat kein einziger Mensch uns so viel Leid zugefügt wie er.

Natürlich konnten wir diesen Heuschreckenfresser, der weder lesen noch schreiben konnte, nicht als Propheten anerkennen. Er nahm sich eine Frau nach der anderen, und seine Suren hat er erfunden, sie dienten ihm als Rechtfertigung, uns aus dem Weg zu räumen.

Anfangs sahen wir in ihm einen ehrgeizigen Aufständischen und später einen ehrgeizigen Stammesführer. Man konnte sich mit ihm zunächst noch verständigen und Abmachungen treffen, wobei jede Seite Zugeständnisse machte, doch schon bald gebärdete er sich als neuer Moses. Und da fingen die Schwierigkeiten an.

Als wir seine unbarmherzige Natur erkannten, suchten wir natürlich nach Verbündeten, um uns unserer Haut zu wehren. Seit Jahrhunderten übten wir in Yathrib die Macht aus, der Markt war in unserer Hand. Aber nachdem Mohammad die Stadt in seine Gewalt gebracht hatte, setzte er alles daran, uns zu vertreiben. Es gelang ihm schließlich, er jagte uns und unsere Frauen und Kinder zum Stadttor hinaus. Er nahm uns all unseren Besitz, sogar die Schuhe unserer Kinder. Mein Heimatdorf Chaibar hat er dem Erdboden gleichgemacht und alle Bäume hat er niedergebrannt.

Dass man seinen Worten nicht trauen konnte, das wussten wir, aber seine innere Kraft haben wir unterschätzt. Er war ein außergewöhnlicher Mensch. Das haben wir zu spät erkannt.

Wir, die Juden, haben uns dann zusammengeschlossen und ihn angegriffen. Aber wir konnten nichts ausrichten. Er besiegte uns. Und als wir uns später den Truppen der Mekkaner anschlossen, zogen wir wieder den Kürzeren.

Als er im ganzen Land die Macht an sich gerissen hatte, gab es für uns keinen Ausweg mehr. Wir mussten hinnehmen, dass Mohammad ein Gesandter, Allah der neue Gott und der Koran das heilige Buch war.

So sicherte er sich mit Gewalt einen Platz unter den Propheten und ernannte sich selbst zum letzten Propheten auf Erden.

Dieser verschlagene Mensch hat fast zwei Drittel seiner Schrift mit den Geschichten aus unserer Thora gefüllt, doch immer wieder hat er uns, die Juden, verflucht.

Ich stehe mit einem Bein im Grab, ich habe keine Angst, offen zu sprechen. Und du kannst den zukünftigen Menschen das Folgende in dein Buch schreiben: ›Jetzt, da du dies liest, liegt Amr ibn Dschahasch unter der Erde, aber er ruft dir mit lauter Stimme aus seiner letzten Ruhestätte zu: Mohammad war kein Gesandter. Er war der Prophet der Diebe!‹«

77

Aischa, Mohammads Lieblingsfrau

In Medina kehrte wieder Ruhe ein. Mohammad war vor allen Verfolgungen sicher. Vorläufig begnügte er sich mit dem Gold der Juden und ließ die Handelskarawanen unbehelligt.

Für eine Schilderung dieser Zeit lasse ich die Dienerin von Mohammads junger Lieblingsfrau Aischa zu Wort kommen. Sie heißt Bete Kolsum und ist heute eine Frau von sechzig Jahren.

»Kolsum, erzähl mir etwas Hübsches von damals«, sagte ich.

»Etwas Hübsches? Was soll ich dir erzählen? Lass mich nachdenken. Ich war immer mit Aischa zusammen, ich war ihr wie eine Mutter. Mohammad wollte das so. Ich begleitete sie, wenn Mohammad das Bett mit ihr teilte. Und ich lehrte sie, wie sie sich verhalten musste. Deshalb hat man mich auch Bete Kolsum genannt, ›die Mutter des Hauses‹.

O ja, jetzt fällt mir etwas ein. Ich war in meinem Zimmer und sah durch das Fenster Mohammad und Aischa über den Innenhof schlendern. Mohammad liebte sie heiß und innig und ließ sich alles von ihr gefallen. Er war weit über fünzig, sie vierzehn Jahre alt. Er scherzte mit ihr, zog sie an ihrem roten Haar, neckte sie, rannte davon und Aischa verfolgte ihn ausgelassen. Er war gelenkig und stark. Aischa sprang auf seinen Rücken, biss ihn ins Ohr und drückte ihn zu Boden. Mohammad kniete sich hin, hielt sich das schmerzende

Ohr, und Aischa lachte aus vollem Hals und fing wieder von vorne an.

Eines Tages hörte sie Musikanten auf der Straße und wollte zu ihnen hinaus. Mohammad hatte aber gerade erst die Musik verboten, was ihr gar nicht gefiel.

Ich hörte Mohammad sagen: ›Aischa! Allah hat sich gegen die Musik ausgesprochen.‹

Aischa antwortete: ›Aber du bist mein Mann.‹

›Mir sind die Hände gebunden. Das musst du mit Allah ausmachen.‹

Aischa brachte es schließlich doch fertig, dass Mohammad sich bückte, so dass sie auf seinen Rücken steigen und über die Mauer den Musikanten zuschauen konnte.«

Kolsum fiel noch eine Anekdote ein: »Mohammad und Aischa gingen auf einem Pfad im Schatten hoher Dattelpalmen spazieren. Wie gewöhnlich begleitete ich sie. Aischa sagte: ›Wer zuerst bei dem Baum ist.‹

Und beide rannten wie die Kinder los. Ich hinterher. Zuerst lag Mohammad in Führung, aber dann holte ihn Aischa ein und erreichte den Baum als Erste. Sie schlug leicht gegen seinen Bauch und sagte: ›Mein Mann ist dick geworden.‹

Mohammad wurmte dieser Vorfall. Er scherzte zwar immer wieder über ihren Triumph, aber ich merkte, dass er in der Folge weniger aß. Und einige Wochen später nahm er Aischa wieder mit zu der Stelle und sagte: ›Wer ist der Schnellste? Bis zu dem Baum da!‹

Aischa rannte los, aber dieses Mal überholte Mohammad sie. Er gab ihr einen Klaps auf den Po und sagte: ›Meine Frau ist dick geworden!‹«

Kolsums Worte erinnerten mich wieder daran, wie gern Mohammad rannte. Er war immer dabei, wenn Wettkämpfe unter seinen Männern ausgetragen wurden.

Ringen liebte er auch. Umar war sein unbequemster Gegner. Ihm unterlag er immer.

Mohammad sagte dann jedes Mal: »Umars Körper ist aus Eisen, wenn er mit mir ringt. In seinen Augen brennt das Feuer der Hölle. Nur der Teufel kann ihn besiegen.«

Kolsum lächelte vor sich hin. »Einmal zeigte mir Aischa eine Sure, in der Mohammad sich selbst einige Freiheiten einräumt: Jede gläubige Frau dürfe sich dem Propheten hingeben, wenn es ihr Wunsch sei.

Aischa war wütend darüber, wütend auf Mohammad. Sie konnte vor Eifersucht nicht schlafen und stritt mit ihm: ›Wie gut von deinem Allah, dass Er dir hilft, deine Gelüste zu befriedigen.‹«

Eine andere Lieblingsfrau von Mohammad war Hafsa, sie war vierundzwanzig und Umars Tochter.

»Hafsa konnte etwas, was Aischa nicht konnte«, sagte Kolsum. »Hafsa konnte lesen, das konnte Aischa auch. Hafsa konnte schreiben, das konnte Aischa auch. Hafsa konnte dichten, aber das konnte Aischa nicht.

Aischa konnte auch nicht stillsitzen. Sobald Mohammad ihr Zimmer betrat, sprang sie auf seinen Rücken.

Hafsa konnte das hingegen sehr gut, und Mohammad legte seinen Kopf in ihren Schoß und hörte ihr zu, wenn sie vorlas.

Aischa war noch ein Kind, sie schenkte Mohammad ihre Jugend und ihre Schönheit. Hafsa stickte Mohammads Worte mit leuchtend bunten Fäden in ihr Taschentuch. Aischa starb fast vor Eifersucht, sie beklagte sich immer bei mir: ›Diese Hexe will mit roten, gelben und grünen Fäden meinen Mann bestricken.‹«

78

Der Graben

Obwohl Mohammad vorläufig keine Vorbereitungen für eine weitere Schlacht traf, hatte er doch ständig ein wachsames Auge auf die Entwicklungen in Mekka. Er hatte dort genügend Kundschafter, die ihn über alles unterrichteten, und einer von ihnen war Hamza, der Mekka eines Tages Hals über Kopf verließ und nach Medina galoppierte, um Mohammad vor einer großen Gefahr zu warnen. Hamza hat es mir, Zayd, selbst erzählt:

»Meine Mutter arbeitete bei Abu Sufyan in der Küche. Sie berichtete mir alles, was sie dort hörte, und ich sorgte dafür, dass diese Nachrichten Mohammad erreichten. Aber wie ich es auch anstellte, es wollte mir nicht gelingen, in Erfahrung zu bringen, wann Abu Sufyan wieder mit seinem Heer gegen Medina ziehen würde. Es war sein sorgsam gehütetes Geheimnis.

Eines Tages war es schließlich so weit, er machte Anstalten, mit einem Heer von zehntausend Mann die Stadt zu verlassen. Ich sprang sofort auf mein Pferd und ritt so schnell ich konnte nach Medina. Mehrere Tage und Nächte war ich unterwegs, sieben Mal musste ich das Pferd wechseln.

In Medina angekommen, ritt ich unverzüglich zur Moschee, wo Mohammad, wie ich annahm, gerade das Abendgebet verrichtete, streifte die Schuhe ab, lief hinein und traf ihn tatsächlich dort an. Erschöpft kniete ich mich neben ihn.

Ich küsste ihn auf die linke Schulter und flüsterte ihm ins Ohr: ›Sie sind mit zehntausend Mann ausgezogen. Du hast noch acht bis zehn Tage Zeit.‹

Mohammad sprang auf.

›Benachrichtige die Männer!‹, trug er mir auf.

Ich ritt in die Stadt und gab Abu Bakr, Umar, Uthman und Salman al-Farsi Bescheid.

Kurz darauf trafen sie alle in der Moschee ein. Ich ließ Kerzen, Speisen und Getränke bringen. Bis tief in die Nacht beratschlagten sie und erwogen alles gründlich.

Den Feind außerhalb der Stadt in den Bergen zu stellen war angesichts seiner Stärke ausgeschlossen.

Sich in der Stadt zu verschanzen und sie von den Mauern aus zu verteidigen schien ebenso unausführbar. Der Feind war gut genug ausgerüstet, um die Mauern zu überwinden.

Da hatte Salman al-Farsi eine ausgefallene Idee, eine alte persische Kriegsstrategie: ›Wir ziehen einen Graben um die Stadt!‹

Einen Graben?

Was meinte er bloß? Alle sahen sich verständnislos an.

Doch das Wort war gefallen. Für Einwände blieb keine Zeit.

›Ruf die Stammesführer zusammen‹, sagte Mohammad zu mir.

Mitten in der Nacht galoppierte ich zu ihren Häusern und riss sie aus dem Schlaf: ›Kommt unverzüglich zur Moschee!‹

Sie kamen alle.

›Wir brauchen alle Einwohner der Stadt. Männer, Frauen, Kinder, alle‹, sagte Mohammad.

Am nächsten Morgen stiegen die Ausrufer auf die Dächer und verkündeten durch ihre Sprechrohre: ›Kommt alle mit Schaufeln, Pickeln und Eimern zum Stadttor!‹

Wenige Stunden später versammelten sich dort Hunderte

Menschen. Mohammad sprach zu ihnen: ›Medina wird sich ewigen Ruhm erwerben. Die Mekkaner sind mit zehntausend Mann gegen uns ausgerückt. Allah hat mir den Auftrag erteilt, um unsere Stadt einen Graben auszuheben. Unser Lohn sind die herrlichen Gärten von Medina und die Gärten der Wonne im Paradies. Sieben Tage und sechs Nächte bleiben uns. Lasst uns sofort anfangen. Jeder, der die Stadt verlässt, paktiert mit dem Feind und wird auf der Stelle hingerichtet.‹

Der Dichter Abu Navaz sprang auf sein Pferd und rezitierte aus dem Stegreif ein Gedicht:

›Medina!
Du Braut der Städte der Welt,
mit einem Graben werden wir dich
unsterblich machen.
Frauen von Medina!
Versagt euch den Männern
Und schickt sie zum Stadttor
Von Medina.
Männer! Ergreift die Spitzhacken!
Grabt sechs Nächte lang!
Erst wenn es vollbracht ist,
kommen die Frauen mit den Bechern
in den Händen,
in ihrer Mitte eine Braut
für die Ewigkeit.‹

Alle fingen an zu graben, zu schaufeln, zu kochen, zu singen, zu streiten, zu rauchen, zu lachen, Suren herzusagen und zu beten. Und es dauerte sechs unvergessliche Tage und fünf unvergleichliche Nächte, bis die Arbeit vollendet war.

Die Männer standen in dem tiefen, leeren Graben und keiner wusste, wie es weitergehen sollte.

Mohammad nahm eine Schaufel und grub mit eigenen Händen eine Rille zum Fluss, an dessen Ufer Medina lag. Alle jubelten vor Freude, als das Wasser wie durch Zauberhand in den Graben strömte.

Abu Sufyan näherte sich Medina mit seinen zehntausend Soldaten. Er war sich sicher, die Stadt an einem Tag erobern zu können. Von dem Wassergraben wusste er nichts, denn Umar sorgte dafür, dass keiner von Abu Sufyans Kundschaftern sich der Stadt nähern oder ein Handlanger sie verlassen konnte, um ihm eine Nachricht zu überbringen.

Abu Sufyan hatte erwartet, schon vor der Stadt auf Mohammads Heer zu treffen, doch niemand war zu sehen: kein Mann, kein Esel, kein Hund, kein Kamel weit und breit. In der Ferne sah er schon die Stadtmauern und das Tor.

Als sie näher kamen, trauten sie ihren Augen nicht. Die Stadt war von Wasser umgeben. So etwas hatten sie noch nie erlebt.

Medina war uneinnehmbar geworden.

Abu Sufyan harrte eine ganze Woche vor dem Graben aus. Er war ratlos.

Was konnte er tun? Nichts.

Mohammad hatte die Schlacht ohne Blutvergießen gewonnen.«

79

Das Abkommen

In Mekka setzte sich allmählich die Einsicht durch, dass man es nicht nur mit Mohammad, sondern mit einer ganzen Bewegung zu tun hatte, deren Existenz sich nicht mehr leugnen ließ. Und wenn die Mekkaner den Handel mit Medina sicherstellen wollten, blieb ihnen keine andere Wahl: Sie mussten eine Vereinbarung mit Mohammad treffen.

Als Abu Sufyan seine Friedensbereitschaft zu erkennen gab, zeigte Mohammad sich versöhnlich. Eine Begegnung wurde vereinbart. Abu Sufyan reiste mit einer kleinen Gruppe von Leuten nach Hudaibiya, einem Städtchen auf halber Strecke zwischen Mekka und Medina.

Auch Mohammad kam mit seinem Gefolge dorthin. Und da sie die Versammlung nicht im Haus eines Dritten abhalten wollten, traf man sich außerhalb der Stadt im Schatten von Mandelbäumen.

Da niemand Anstalten machte, sich auf den Boden zu setzen, standen sich die beiden Delegationen im Halbkreis gegenüber.

Said ibn Jabir war Abu Sufyans Chronist.

Ich, Zayd, war Mohammads Chronist.

Wir setzten uns beide hin, ohne einander die Hand zu geben. Noch waren wir Feinde.

Die Verhandlungen begannen. Stehend ergriffen die Männer einer nach dem anderen das Wort.

Nach einer Weile zogen sich die Delegationen zur Beratschlagung zurück. Und wieder wurde verhandelt, und wieder zog man sich zurück. Es dauerte lange, und die Atmosphäre war gespannt, aber man merkte, dass keine der Parteien unverrichteter Dinge wieder abreisen wollte. Es musste unter allen Umständen ein Ergebnis erzielt werden.

Nach einem halben Tag harter Verhandlungen kam es zu folgendem Abkommen:

- Zehn Jahre Waffenstillstand
- Mohammad überfällt keine Handelskarawanen mehr
- Mekka schließt kein Bündnis gegen Mohammad
- Mohammad schließt kein Bündnis gegen Mekka
- Mohammad darf die Kaaba an den heiligen Tagen mit seinen Männern betreten, aber sie dürfen keine anderen Waffen als ihr Schwert mit sich führen
- Wenn Mohammad Mekka mit seinen Männern betritt, bleiben die Mekkaner in ihren Häusern.

Ein heftiger Tumult entstand, als Mohammad die Urkunde unterzeichnen wollte. Denn seine Abordnung bestand darauf, das Friedensabkommen mit der Eröffnungsformel des Korans zu überschreiben: *Bismi illahi r-rahmani r-rahim*, im Namen Allahs, des Gnädigen, des Barmherzigen.

Davon wollten die Mekkaner nichts wissen. »Nichts beweist, dass euer Allah gnädig und barmherzig ist.«

Nach einer langen und heftigen Debatte, die fast in eine Schlägerei ausgeartet wäre, einigte man sich auf »*Bismi Rabik*«, »im Namen deines Gottes.«

Doch dabei blieb es nicht. Der nächste Streitpunkt war der Siegelring, mit dem Mohammad unterzeichnen wollte. »Mohammad, Allahs Gesandter.«

Die Delegierten aus Mekka meinten, ein solcher Gesandter sei ihnen unbekannt. Mohammad solle mit seinem eigenen Namen unterschreiben, also mit Mohammad ibn Abdallah, Mohammad, Sohn des Abdallah.

Zum großen Missfallen seines Lagers erklärte sich Mohammad einverstanden und unterzeichnete mit Mohammad ibn Abdallah.

Dann drückten Mohammad und Abu Sufyan einander die Hand.

Wir, die Chronisten und Zeugen, drückten einander ebenfalls die Hand.

Das Gleiche taten nun alle anderen, wenn auch etwas linkisch und mit einem unbehaglichen Gefühl.

Mohammads Gefährten waren verärgert, weil er so viele Kompromisse geschlossen hatte, doch er sagte nur: »Habt Geduld. Allah hat mir aufgetragen, dieses Abkommen zu schließen. Ich weiß nichts. Er weiß alles.«

Daraufhin ritten wir im Triumphzug nach Medina zurück.

80

Mohammad wird unantastbar

Eine Woche später rief Mohammad mich zu sich. Er schloss die Tür seines Zimmers hinter uns und sagte: »Nimm dein Pferd und reite ohne Aufenthalt nach Habascha.«

Schweigend, mit gesenktem Kopf hörte ich ihn an.

»Niemand darf erfahren, wohin die Reise geht. Gleich nach deiner Ankunft suchst du Abu Sufyans Tochter auf.«

Abu Sufyans Tochter Habiba lebte im Nachbarland Habascha. Sie war erst kürzlich verwitwet und hatte drei Kinder.

Mohammad überreichte mir eine mit bunten Edelsteinen besetzte Kette und sagte: »Halte im Namen des Gesandten um Habibas Hand an. Es muss schnell gehen. Gib ihr keine Gelegenheit abzulehnen.«

Ich kannte Mohammad besser als mich selbst, daher wunderte ich mich nie über die Aufträge, die er mir erteilte. Ich sattelte mein Pferd und machte mich auf den Weg. Es dauerte lange, bis ich die Stadt erreichte. Dort fragte ich mich zu Habibas großem Steinhaus am Markt durch. Eine Dienerin öffnete mir.

»Ich bin ein Bote aus Medina. Ich habe Habiba, Abu Sufyans Tochter, eine Nachricht zu überbringen.«

Die Dienerin musterte mich aufmerksam. Ich war über und über mit Staub bedeckt, mein Pferd stand kurz vor dem Verdursten. Es wurde von einem Knecht in den Stall gebracht und getränkt. Man brachte mir eine Schüssel Wasser, und ich durfte im Innenhof warten.

Es dauerte nicht lang, da erschien eine schöne junge Frau, um die drei kleine Kinder herum sprangen. Ich erkannte sie sogleich, denn Habiba war ihrem Vater wie aus dem Gesicht geschnitten.

Ich verbeugte mich leicht: »Mein Name ist Zayd, ich bin der Bote des Gesandten Mohammad.«

Ihre Dienerin beobachtete uns aus dem Hintergrund, und an den Fenstern standen die Diener und ließen uns keinen Moment aus den Augen.

»Ich habe eine Nachricht für Euch, die ich nur unter vier Augen überbringen darf.«

Sie führte mich in ihren Empfangsraum. Dort überreichte ich ihr die Halskette und Mohammads Brief mit den Worten: »Der Gesandte beauftragt mich, in seinem Namen um Eure Hand anzuhalten.«

Als Habiba den Brief gelesen hatte, stellte sie sich ans Fenster und blickte eine Zeitlang hinaus.

Die Tochter Abu Sufyans, des mächtigsten Mannes von Mekka, war nicht nur schön, sondern auch klug. Ihr war bewusst, was auf dem Spiel stand. Zweifellos hatte sie längst von dem Friedensschluss zwischen Mohammad und ihrem Vater gehört.

»Wie viel Zeit habe ich, um darüber nachzudenken?«, fragte sie.

»Keine«, sagte ich, »wenn Ihr Eure Zustimmung gebt, brechen wir morgen früh auf. Niemand darf etwas davon erfahren.«

Habiba zog sich kurz auf den Innenhof zurück und lief dort auf und ab.

Was dachte sie? Ich trat ans Fenster und beobachtete sie.

Als sie wieder hereinkam, glänzte Mohammads Kette an ihrem Hals. So erwies Habiba sich als wahre Tochter ihres Vaters!

Trotzdem stellte ich ihr die Frage: »Nehmt Ihr den Antrag Mohammads des Gesandten an?«

»Ich nehme ihn an«, war ihre Antwort.

Daraufhin sprach ich zum Segen eine kurze Sure.

Am nächsten Morgen brachen wir mit den Kindern und der gesamten Dienerschaft auf sieben Kamelen nach Medina auf.

Als unsere kleine Karawane durchs Stadttor einzog, wusste niemand, wer die Frau war, die mich begleitete, und welche Bedeutung ihre Gegenwart für die Stadt haben sollte.

Habiba ritt geradewegs zu Mohammads Haus. Mit bloßen Händen wischte Mohammad den Staub von ihren Schuhen, noch bevor sie vom Kamel gestiegen war. So hieß er seine Braut willkommen.

Nun erst wurde die Heirat öffentlich bekanntgegeben.

Auch Abu Sufyan erhielt die Nachricht.

Sein größter Feind war sein Schwiegersohn geworden. Ein Mitglied seines Stammes. Nun würde es niemand mehr wagen, Mohammad nach dem Leben zu trachten.

81

Hafsa, Aischas Rivalin

Mohammads Name war bereits im ganzen Land in aller Munde, aber die List mit dem Graben und der wundersame Sieg brachten ihm noch größeren Ruhm ein. Er hatte sich gegen das Heer aus Mekka behauptet, ohne zum Schwert zu greifen.

Und er hatte sich Abu Sufyans Tochter ins Bett geholt.

Zwar konnte er keine Wunder vollbringen wie Moses und Jesus, dafür war er selbst ein Wunder geworden.

Er schien unangreifbar. Er hatte auf alles ein Auge, er besprach alle Einzelheiten mit seinen Beratern, um Widrigkeiten vorzubeugen.

Da die Auseinandersetzung mit Mekka seine Aufmerksamkeit so stark beanspruchte, hatte er kaum noch Zeit für Aischa. Ihm fiel die giftige Eifersucht nicht auf, die er in ihr weckte, als er sich der schönen Habiba zuwendete.

Ebenso hatte er vergessen, dass die Dichter von Mekka, Meister des Spotts, schon seit Jahren nur auf die Gelegenheit warteten, ihn lächerlich zu machen.

Sie suchten. Sie fanden.

Nachdem Mohammad einen verlässlichen Kompromiss mit Mekka ausgehandelt hatte, konnte er den verbliebenen Widerstand brechen, wie den der Juden in den Dörfern zwischen Mekka und Medina.

Jedes Mal, wenn er Medina mit seinen Truppen verließ, nahm er eine seiner Frauen mit.

Einmal, als Aischa ihn begleitete, geschah etwas, was schwerwiegende Folgen für alle Frauen haben sollte.

Hafsa, Umars Tochter und Mohammads zweitjüngste Frau, hatte es aus nächster Nähe miterlebt.

Hafsa und Aischa waren Rivalinnen.

Jetzt, da beide verwitwet waren, suchte ich Hafsa auf. Umgeben von sieben Dienerinnen erwartete sie mich in ihrem traumhaft schönen Empfangszimmer. Ein Mädchen entzündete gerade ihre Wasserpfeife, ein anderes brachte ihr Tee auf einem goldenen Tablett, und wieder ein anderes reichte ihr Süßigkeiten.

»Aischa war raffiniert, das ist sie immer noch«, sagte Hafsa. »Früher gebärdete sie sich, als wäre sie Mohammads einzige Frau. Heute führt sie sich auf, als wäre sie seine einzige Witwe. Sie benimmt sich wie die Königin des Landes. Sieh doch nur, wie sie residiert! Und sie reitet auf Elefanten!

Aber sie soll ruhig Königin sein, wenn nur niemand den Vorfall vergisst, von dem ich dir jetzt erzählen will.

Mohammad plante wieder einmal, mit den Truppen die Stadt zu verlassen. Dieses Mal sollte seine alte Frau Salama ihn begleiten. Doch Aischa bestach sie mit einer Halskette und nahm ihren Platz ein.

Niemand ahnte, dass die listige Aischa sich einen Liebhaber hielt. Und das als Frau des Propheten. Aber sie hatte tatsächlich einen Geliebten, auch wenn Mohammad Aischa zu unser aller Leidwesen später in Schutz nehmen sollte.

Als sich die Truppen wieder auf den Rückweg machten, legten sie am Mittag in der Wüste eine Rast ein. Aischa stahl sich heimlich davon, versteckte sich hinter einem Sandhügel und wartete, bis alle fortgezogen waren. Erst als alle wieder in Medina waren, wurde sie vermisst. Man suchte sie überall, aber vergebens. Der arme Mohammad glaubte, die besiegten Juden hätten seine schöne rothaarige Frau geraubt. Doch diese beteuerten ihm ihre Unschuld.

Erst am nächsten Tag tauchte Aischa im Morgengrauen auf einem Kamel vor dem Tor von Medina auf.

Und wem gehörte das Kamel? Dem jungen hübschen Krieger Safan.«

Ich, Zayd, erinnere mich noch gut daran. Der arme Mohammad wusste sich keinen Rat, als er die Nachricht erhielt.

Er versuchte zwar, die Gemüter zu besänftigen, doch es war zu spät, die Dichter hatten die Schreibrohre schon gespitzt, und ihre Spottverse wurden von den Feinden des Propheten im ganzen Land verteilt.

»Wo ist Aischa?
Hinter dem Sandhügel.
Was macht sie da?
Wir wissen es nicht.
Nur Mohammads Allah weiß es.
Denn Er weiß alles.«

82

Der Schleier

Mohammad brachte Aischa nach Hause und schloss sich mit ihr ein. Sie stritten sich heftig.

Kolsum, Aischas Dienerin, war Zeugin der Auseinandersetzung. Aischa versicherte weinend, es treffe sie keine Schuld.

»Wo warst du?«, schrie Mohammad sie an, außer sich vor Schmerz.

»Ich musste zum Sandhügel«, rief Aischa unter Schluchzen.

»Warum kamst du nicht, als wir aufbrachen?«

»Ich bin ja zurückgekommen, aber ich merkte, dass ich eine Halskette verloren hatte, die du mir einmal geschenkt hast. Ich habe lange nach ihr gesucht, und dann wart ihr auf einmal alle fort.«

»Du lügst!«, rief Mohammad.

»Ich lüge nicht! Ich lüge nicht! Ich lüge nicht!«, schrie Aischa und begann, sich selbst zu schlagen.

Mohammad liebte sie, er konnte ihren Schmerz nicht ertragen.

»Was soll ich jetzt den Leuten sagen?«

»Allah weiß, dass ich unschuldig bin«, rief sie.

»Wasch dir das Gesicht! Ich überlege noch, wie ich mich dazu verhalten soll«, sagte Mohammad erschöpft.

»Du bist mein Mann, der Gesandte. Du vermagst viel«, bemerkte Aischa.

Und dabei blieb es.

Aber Mohammad konnte den Dichtern nicht den Mund verbieten. Er musste etwas anderes unternehmen. Sogar die Generäle zeigten offen ihren Unmut. Ali erklärte, dass er sich mit Aischas Erklärung nicht zufriedengebe, und Umar und Uthman schlugen vor, sie für eine Zeit in ihr Elternhaus zurückzuschicken.

Mohammad blieb keine andere Wahl. Widerwillig befolgte er ihren Rat.

Die Ruhe kehrte wieder ein. Doch Hafsa zufolge war sie nicht von langer Dauer.

»Mohammad hatte Aischa zum Haus ihres Vaters, Abu Bakr, geschickt. Danach lag er bei mir«, erzählte sie. »Aber er fand keinen Schlaf, die ganze Nacht sprach er von ihr. Er war verrückt nach ihr, weinte an meiner Seite.

Er verfluchte die Dichter, schimpfte sie Narren. Am frühen Morgen ließ er mich allein.«

Mohammad eilte schließlich zu Abu Bakrs Haus. Auf sein Klopfen hin öffnete Kolsum.

»Wo ist Aischa?«, rief er.

Wieder kam es zu einem scharfen Wortwechsel zwischen ihnen. Aischa schluchzte und wehklagte: »Mohammad, der Gesandte, hört auf die Verleumder. Ich habe sehr abgenommen, ich bin ganz mager geworden. Ich habe meine Schönheit verloren. Mein Gesicht ist blass. Schuld daran sind nicht die Dichter, schuld ist mein Mann.

Er wird mich noch ins Grab bringen.

Er weiß, dass ich unschuldig bin, aber er sieht tatenlos zu.«

Mohammad fing an zu zittern, er stammelte. Aischa kannte die Vorzeichen. Sie richtete sich auf, nahm eine Decke, legte sie ihm über Kopf und Schultern und führte ihn zum Lager. Mohammad bebte wie Palmblätter und stieß unverständliche Laute aus. Er war im Gespräch mit Allah. Es dauerte eine Weile, bis er die Botschaft erhalten hatte. Dann fiel er in tiefen Schlaf.

Aischa zog die Decke weg. Schweiß perlte Mohammad von der Stirn, sie wischte ihn mit dem Saum ihres Gewands ab und küsste sein Gesicht. Mohammad hatte von Allah den Auftrag erhalten, Aischa wieder zu sich nach Hause zu nehmen.

Die Sure habe ich aufgeschrieben:

»Denjenigen, die ehrbaren Frauen Untreue vorwerfen, jedoch nicht vier Zeugen beibringen können, verabreicht achtzig Peitschenhiebe. Nehmt von ihnen nie mehr eine Zeugenaussage an. Es sind ruchlose Menschen.

Diejenigen, die nichtsahnenden ehrbaren Frauen Ausschweifungen vorwerfen, sind verflucht in diesem Leben und im Jenseits. Ihnen wird eine schwere Strafe zuteil werden. Einmal werden ihre Zungen und ihre Hände und ihre Füße wider sie zeugen. An jenem Tag wird Gott ihnen die gebührende Strafe zukommen lassen, und sie werden erkennen, dass Allah die lautere Wahrheit ist.

Mohammad, sag den gläubigen Männern, sie sollen ihre Blicke senken und ihre Keuschheit bewahren. Das ist lauterer für sie. Allah weiß alles.

Und sag den gläubigen Frauen, sie sollen ihre Blicke senken und ihre Keuschheit bewahren, ihren Schmuck nicht offen zeigen, mit Ausnahme dessen, was auch sonst sichtbar ist. Sie sollen ihre Tücher über ihre Brüste ziehen und ihre Reize vor niemandem enthüllen als vor ihren Ehegatten, ihren Vätern, den Vätern ihrer Ehegatten, ihren Söhnen, den Söhnen ihrer Ehegatten, ihren Brüdern, den Söhnen ihrer Brüder und ihrer Schwestern, den Frauen, mit denen sie Umgang haben, den männlichen Dienern, die keinen Geschlechtstrieb haben, und den Kindern, die der Blöße der Frauen noch keine Beachtung schenken.

Mohammad, sag den Frauen, sie sollen nicht auf den Boden stampfen, um auf den verdeckten Schmuck ihrer Füße aufmerksam zu machen.«

Von da an mussten Frauen in der Öffentlichkeit einen Schleier tragen, sie durften fremden Männern ihre Schönheit nicht mehr zeigen.

Von da an begannen die Leute, ihre Haustüren mit Türklopfern zu versehen. Wenn die Frauen das Klopfen hörten, zogen sie sich in ihre Zimmer zurück.

83

Der Zug gegen Mekka

Nachdem Allah diese klaren Worte verkündet hatte, verstummten die Gerüchte über Aischa. Um dem Gesetz Geltung zu verschaffen, wurden zwei geschwätzige Dichter auf dem Marktplatz mit achtzig Peitschenhieben bestraft. Sie hatten sich nicht davon abhalten lassen, neue Spottgedichte unter die Leute zu bringen.

In Medina herrschte Unruhe, kein Tag ging vorbei, an dem nicht etwas Unerwartetes geschah, man hätte sich ohnehin nicht länger mit Aischa befassen können. Mohammad hatte mit den Mekkanern einen Waffenstillstand von zehn Jahren geschlossen, doch nur ich, Zayd, und Allah wussten, welch teuflischen Plan er ausheckte.

Aus allen Teilen des Landes kamen täglich Dutzende junger Männer, allein oder in Gruppen, um sich Mohammads Heer anzuschließen. Nach und nach unterwarf er alle jüdischen Dörfer zwischen Medina und Mekka. Er entwaffnete die Männer und nahm ihre Waffen mit nach Medina.

Zwei Jahre später zerriss Mohammad den Vertrag, den er mit Mekka geschlossen hatte. Mit fünfzehntausend Mann verließ er die Stadt. Niemand außer seinen engsten Vertrauten wusste, wohin es ging. Es musste bis zuletzt geheim gehalten werden.

Die Sonne war gerade aufgegangen, als Mohammad auf einem Hügel unweit von Medina zu seinen Truppen sprach:

»Du spannst deinen Bogen. Doch Er ist es, der den Pfeil abschießt. Du holst zum Schlag aus. Doch Er ist es, der tötet.«

Es war eine Botschaft, die Mohammad in der Nacht von Allah erhalten hatte. Er rief: »Allah kämpft auf unserer Seite.«

Die Männer jubelten ihm zu und hieben mit den Schwertern in die Luft. Abu Sufyan wurde zugetragen, Mohammad habe Medina mit einer starken Armee verlassen. Es war im heiligen Fastenmonat Ramadan. Mit allem hatte Abu Safyan gerechnet, doch nicht mit einem Krieg und schon gar nicht mit einem Marsch auf Mekka. Denn Mohammad hatte sich bisher strikt an die Bestimmungen des Friedensvertrags gehalten. Er überfiel keine Handelskarawanen mehr und war sogar einmal mit einer Gruppe seiner Anhänger in Mekka gewesen. Außerdem hatte Abu Sufyan in den vergangenen zwei Jahren Mohammad des Öfteren getroffen, sie hatten zusammen gegessen und miteinander geredet. Denn schließlich hatte Mohammad ja Abu Sufyans Tochter geheiratet.

Es gab jedoch keinen Zweifel, Mohammad konnte nur ein Ziel im Auge haben, und das war Mekka.

Ich, Zayd, ritt hinter Mohammad. Wir erreichten Mekka, und die Truppen lagerten in sicherem Abstand vor der Stadtmauer, wo die Pfeile sie nicht erreichen konnten.

Die Stunde der Entscheidung war gekommen. Mohammad hatte zwar die Macht der Juden gebrochen, aber man wollte sie im Auge behalten. Vorläufig würden sie nicht mehr zu einem Aufstand in der Lage sein, sollte Mohammad den Krieg gegen Mekka allerdings verlieren, könnten sie ihre Kräfte aufs Neue bündeln und Medina zurückerobern.

Mohammad musste siegen; er hatte sich keine andere Möglichkeit offengehalten. Er war bereit, Mekka zu zerstören, wenn es denn sein musste.

Die Mekkaner erschraken, als sie so unerwartet das Heer vor dem Stadttor erblickten. Alle rannten in ihre Häuser und verriegelten die Türen. Die Leute wussten, was sie Mohammad angetan hatten und was sie erwartete, wenn er die Stadt einnehmen würde. Aus Rache würde er sie in Schutt und Asche legen.

Mohammads vorrangiges Ziel war es, die Stadt kampflos zu erobern. Er baute auf Abu Sufyan. Habiba hatte alles darangesetzt, ihren Mann und ihren Vater einander näherzubringen, sie war als Mittlerin zwischen diesen eigensinnigen Männern aufgetreten. Immer, wenn sie ihre Eltern in Mekka besuchte, überbrachte sie ihrem Vater Grüße von Mohammad, und Mohammad Grüße ihres Vaters, wenn sie nach Medina zurückkehrte.

Und jetzt stand Mohammad auf einmal mit seinem Heer vor den Toren von Mekka. Abu Sufyan spürte Mohammads Schwert im Nacken.

Mohammad hatte Ali vorausgesandt, um sich mit Mohammads Onkel Abbas zu treffen und ihn zu bitten, zwischen den Parteien zu vermitteln.

Jahre später berichtete Ali von diesem Tag:

»Ich war als Kaufmann verkleidet nach Mekka vorgereist. Doch erst in dem Augenblick, da Mohammad die Stadt mit seinen Truppen erreicht hatte, durfte ich an Abbas' Tür klopfen.

Nun war Mohammad da, und ich machte mich auf den Weg. Die reichen Händler flohen aus der Stadt. Die Sklavenhalter überließen ihre Felder und Äcker den Sklaven und suchten Zuflucht in den Höhlen im Gebirge.

Viele andere rannten in ihre Häuser und verbarrikadierten sich. Die übrigen Händler luden ihre Besitztümer auf Kamele und brachten sie in Sicherheit. Sie wussten, sollten die Truppen in die Stadt eindringen, würden sie alle Läden plündern.

Das Chaos war groß, so hatte ich Mekka noch nie erlebt. Auf alle Gesichter stand die Angst geschrieben; Kampflust konnte ich bei niemandem entdecken.

In aller Ruhe ging ich zu Abbas' Haus und klopfte. Sein Diener öffnete die Tür einen Spalt und fragte, was ich wünsche. Ich sagte, ich käme als Bote aus Medina und müsse Abbas unter vier Augen sprechen. Der Diener erschrak, als er das Wort ›Medina‹ hörte, er schloss die Tür und ließ mich draußen warten.

Kurz darauf wurde die Tür wieder geöffnet. Dieses Mal war es Abbas selbst. Ich begrüßte ihn, er erkannte mich, führte mich herein, und ich sagte: ›Mohammad bittet euch, als Allahs Vermittler mit Abu Sufyan zu reden. Mohammad verlangt, dass Abu Sufyan zu Fuß durch das Stadttor zu ihm kommt. Das ist die Botschaft. Weiter habe ich nichts zu sagen.‹

Abbas zog seinen Mantel an und rief: ›Mein Pferd!‹«

84

Die Kaaba

Die Truppen waren zum Kampf bereit und warteten auf Mohammads Befehl.

Außer Abu Bakr, Umar, Uthman, Ali und mir wusste niemand, dass Mohammad seinen Onkel Abbas als Mittelsmann zu Abu Sufyan geschickt hatte.

Das Stadttor von Mekka war geschlossen, und mir fiel auf, dass Mohammad seinen Blick nicht von ihm lösen konnte. Auf den Mauern standen Soldaten mit gespannten Bögen.

Doch Umar und Uthman ließen sich nicht aus der Ruhe bringen und widmeten sich den Vorbereitungen zum Angriff. Leitern wurden angefertigt, mit denen die Kämpfer die Mauern der Stadt überwinden sollten. Dattelpalmen wurden gefällt und zum Einrammen des Stadttors herangeschleppt. Kamele und Pferde wurden in Sicherheit gebracht. Die Truppen stellten sich auf Kämpfe in den engen Straßen und Gassen der Stadt ein.

Obwohl wir im heiligen Monat Ramadan waren, trug Mohammad den Soldaten ausnahmsweise auf, gut zu essen und zu trinken.

Mohammad wartete.

Ich wartete.

Mohammad sah zum Stadttor.

Das Tor öffnete sich, und Abu Sufyan erschien, gefolgt von Abbas, er machte ein paar Schritte und blieb dann stehen.

Mohammad rief: »Achtung!«

Die Truppen stellten sich in Schlachtordnung auf. Mohammad winkte mir, ich ritt zu ihm hin und lauschte seinem Befehl.

Darauf gab ich meinem Pferd die Sporen, galoppierte zu Umar und flüsterte ihm zu: »Geh zu Abu Sufyan! Begrüße ihn wie einen König und geleite ihn zu Mohammads Zelt.«

Umar nahm die grüne Fahne, hielt sie hoch und ritt mit einem Trupp seiner Leute auf Abu Sufyan zu. Kurz bevor er ihn erreichte, stieg er ab und ging zu Fuß weiter. Er senkte die Fahne ein wenig, zum Zeichen, dass Abu Sufyan ihm folgen solle. Abu Sufyan willigte ein, und die berittenen Soldaten gaben ihnen das Geleit.

Umar rief: »Lasst die Bögen sinken!«

Die Bogenschützen senkten die Bögen.

Mohammad begrüßte Abu Sufyan vor seinem weißen Zelt und bat ihn einzutreten. Ich ließ den Vorhang vor die Öffnung fallen.

Nach kurzer Zeit erschien Mohammad wieder und sagte: »Bring mein Kamel!«

Es war das weiße Kamel, auf dem er an Festtagen durch Medina zu reiten pflegte. Es hatte ein freundliches Gesicht, bewegte sich würdevoll und strahlte große Ruhe aus. Ich ließ es vor Abu Sufyans Füßen niederknien. Er stieg in den Sattel, und ich ließ es aufstehen.

So ritt Abu Sufyan wieder in die Stadt zurück.

Ali hatte nicht weit vom Tor gestanden und alles beobachtet.

»Die Mekkaner, die ihre Läden auf dem Bazar geschlossen hatten und in ihren Häusern blieben«, erzählte Ali, »schauten verstohlen durch die Fenster. Doch draußen rührte sich nichts, sogar die Hunde und Katzen hatte man eingesperrt.

Als ich Abu Sufyan auf Mohammads weißem Kamel in

die Stadt reiten sah, konnte ich es kaum glauben. Bedeutete das, dass Mohammad Mekka eingenommen hatte? War das Kamel tatsächlich das Zeichen des Siegs? Ich entfernte mich unauffällig, bog in eine Gasse ein und ließ Abu Sufyan an mir vorbeireiten, konnte seiner Miene aber nichts entnehmen. Ich folgte ihm in einiger Entfernung. Die Leute sahen ihm durch die Fenster nach. Er ritt geradewegs nach Hause, stieg ab, ging ins Haus und schloss die Tür hinter sich.«

Ich, Zayd, sehe noch vor mir, wie Mohammads Ausrufer mit ihren Kupferrohren auf Kamelen in die Stadt ritten und verkündeten: »Wer zu Hause bleibt, ist sicher. Wer sich in Abu Sufyans Haus begibt, dem wird Gnade gewährt. Wer sich auf die Straße begibt, wird getötet.«

Nun ritt Mohammad auf seinem Pferd in die Stadt, und das Heer folgte ihm in drei Kolonnen.

Die erste Kolonne befehligte Abu Bakr, sie folgte Mohammad und marschierte direkt zum Platz vor der Kaaba.

Die zweite Kolonne befehligte Umar, sie nahm den rechten Weg zum Platz vor der Kaaba.

Die dritte Kolonne befehligte Uthman, sie nahm den linken Weg zum Platz vor der Kaaba.

Als alle drei Kolonnen auf dem Platz zusammentrafen, stieg Mohammad vom Pferd und betrat die Kaaba mit gezücktem Schwert.

Ich folgte ihm auf dem Fuß, lange, schwere Taue über der rechten Schulter.

Mohammad ging zu al-Uzza, die die Götzendiener am höchsten verehrten. Er warf ein Tau um den Statuenhals und zog mit aller Kraft. Opfergeschenke, Öllampen und Fackeln fielen, dann neigte sich al-Uzza, stürzte herab und zerbrach in viele Stücke. Der Boden erbebte.

Das Standbild des Hubal, eines anderen großen Götzen, bewahrte Mohammad für später auf. Als er in Mekka die erste Moschee erbauen ließ, ließ er es vor dem Eingang vergraben, so dass jeder, der in die Moschee wollte, den Abgott mit Füßen treten musste.

Mohammad ging wieder hinaus und winkte Bilal, dem Ausrufer.

Bilal stellte eine Leiter an die Mauer der Kaaba, kletterte aufs Dach und rief:

»La ilaha illa Allah
Mohammadan Rasulu l-lahi!«

Angeführt von Umar, gingen fünfunddreißig starke Männer mit Hämmern in die Kaaba. Sie zerstörten die übrigen Götzenbilder, trugen die Trümmer auf den Platz hinaus und warfen sie auf einen Haufen. Alles, was an Gold und Schmuck da war, wurde in Säcke gesteckt, auf Kamele geladen und in Abu Bakrs früheres Haus gebracht. Die Sonne ging schon hinter den Bergen unter, als man mit dem Ausräumen der Kaaba fertig war.

Mohammad stellte sich auf eine Erhöhung und rief:

»Die Kaaba ist das Haus Allahs!«

Und er befahl, sie zu ehren.

Fünfzehntausend Männer gingen sieben Mal um die Kaaba herum und sangen:

»Labbaik allahumma labbaik!
Wahdahu wahdahu wahdahu wahdah!«

In der Nacht wurden Dutzende Männer aus ihren Häusern geholt und getötet. Sie hatten ihre Hände mit Blut befleckt und durften unter keinen Umständen begnadigt werden. Mohammad blieb fünfzehn Tage in Mekka. Dann übergab er Abu Bakr den Befehl über die Stadt und kehrte nach Medina zurück.

85

Der Koran und das Schwert

Ich war nicht mehr der Zayd von einst.

Beim Schreiben saß ich nicht mehr auf dem Fußboden. Ich war der Chronist von Allahs Reich geworden.

In der Moschee von Medina wurde mir ein eigener Raum eingerichtet, in dem ein Tisch stand mit Schreibgerät und Tinte. Allerlei Rollen Papier und Pergamente lagen dort in einem Schrank. Die Wände hatte ich selbst mit Texten aus dem Koran geschmückt, die ich auf große weiße Tücher gemalt hatte.

Die Zeit, in der ich nur ein Paar Schuhe besaß und sie trug, bis sie durchgelaufene Sohlen hatten, war vorbei. Jetzt hatte ich mehrere Paar Schuhe und mehrere Mäntel, die ich je nach den Anlässen trug.

Ich las mehr Bücher denn je, denn ich konnte mir jedes gewünschte Buch kommen lassen.

Ich tat es nicht um meinetwillen, sondern für Mohammad, weil er der mächtigste Mann des Landes war und weil ich wusste, dass er der mächtigste Mann der Welt werden würde.

Ein solcher Anführer bedurfte eines gutgekleideten, hochgebildeten Chronisten.

Mohammad suchte mich regelmäßig in meinem Arbeitszimmer auf.

Bei einem dieser Besuche forderte er mich auf, die Tür zu schließen. Er habe mir einen wichtigen Brief zu diktieren.

»Drei Briefe desselben Inhalts«, sagte er.
»Wie lang?«, fragte ich.
»Kurz«, sagte er.
»Welches Papier?«
»Es muss ein besonderes Papier sein«, sagte er.

Ich schnitt drei Blätter milchweißes Papier zurecht, das aus China kam. Ich nahm den feinsten Stift und sah Mohammad an, bereit, seine Worte aufzuschreiben.

Er diktierte, ich schrieb:

Vom Gesandten Allahs
An Parwez, den König des Persischen Reiches.

Im Namen Allahs
Ich fordere den König der Perser auf, den Islam anzunehmen.
Tut er dies, so erlangt er Frieden.
Tut er dies nicht, steht er für die Folgen ein.

Mohammad, der Gesandte

Nachdem der große Perserkönig Mohammads Brief gelesen hatte, zerriss er ihn und warf ihn zu Boden. Dann schickte er den Boten mit leeren Händen zurück.

Sieben Jahre später fiel Umar mit Feuer und Schwert ins Reich der Perser ein. Die Truppen plünderten die Paläste, und Umar persönlich setzte diese in Brand.

Der Angriff war so unerwartet und so heftig, dass der König der Perser keine Zeit zur Besinnung hatte. Er schwang sich auf sein Pferd und floh an die östlichen Grenzen. Abends klopfte er erschöpft an die Tür einer Mühle und bat um eine Bleibe für die Nacht.

Der Müller wusste nicht, mit wem er es zu tun hatte. Weil er in den Besitz seines kostbaren Mantels kommen wollte, schnitt er dem Fremden in der Nacht den Kopf ab.

Der zweite Brief war an Herakleios, den Kaiser des Byzantinischen Reiches, gerichtet.

Nachdem der Kaiser den Brief gelesen hatte, enthauptete er den Boten höchstpersönlich.

Mohammad fiel mit seinem Heer in das Byzantinische Reich ein, erlitt jedoch eine Niederlage.

Er marschierte nicht weiter, sondern zog seine Truppen zurück.

Der dritte Brief war an Nadschaschi, den König des Nachbarlandes Habascha, gerichtet.

Dieser nahm den Islam an und sandte Mohammad Gold, duftende Gewürze, prächtige Stoffe und zwei außerordentlich liebliche Sklavinnen.

Sie hießen Maria und Sirin.

Mohammad legte sich noch in derselben Nacht zu beiden.

86

Nächtliche Reise

Es ging Mohammad gut. Tagsüber strahlte er wie die Sonne und nachts wie der Mond. Es war ihm gelungen, alle Stämme des Landes unter seiner Fahne zu vereinen. Jetzt war die Zeit angebrochen, Allah einen Besuch abzustatten und sich mit Ihm über ihrer beider Weltpläne zu besprechen.

Ich hörte es zum ersten Mal auf dem Markt.

»Mohammad ist durch den Himmel gereist.«

»Was?«

»Er hat sich mit Allah im siebten Himmel getroffen.«

»Von wem hast du das gehört?«

»Alle wissen es. Alle reden über diese nächtliche Reise.«

Ich, Zayd, wusste nichts von seinem Besuch bei Allah. In meiner Gegenwart hatte Mohammad nie etwas davon erwähnt.

Die Leute wussten sogar, was Allah zu Mohammad gesagt und welche Aufträge er ihm erteilt hatte:

»Mohammad! Greife das Perserreich an. Befreie die Perser von ihren verderbten Königen. Löse ihren falschen Glauben an Zoroaster auf. Zerstöre ihre Feuertempel. Es gibt nur einen Gott und das bin Ich: Allah!«

Weiter weiß ich nichts über diese nächtliche Reise, von der im Koran gesagt wird:

»Gepriesen sei Er, der Seinen Diener in der Nacht eine Reise machen ließ. Durch das Weltall.«

Ich, Zayd, bin nur ein Katib, ein Chronist, daher tut meine persönliche Meinung hier nichts zur Sache. In diesem Fall aber ist es unumgänglich, dass ich meinen zukünftigen Lesern mitteile, woher ich diese Informationen habe.

Ich kann heute nicht mehr feststellen, ob die Geschichte von der nächtlichen Reise von Mohammad selbst stammte oder ob sie eine Erfindung der Leute war. Viel später hat Mohammad mir noch eine andere Fassung erzählt.

Es muss nach unserem Sieg über Mekka gewesen sein, wir standen im Innenhof von Mohammads Haus in Medina. Plötzlich stürmte Aischa mit ihrer Dienerin herein, steuerte auf Mohammad zu und rief: »Warum wissen es alle außer mir? Warum muss ich es von anderen auf dem Markt erfahren? Bin ich etwa nicht die Frau des Gesandten?«

»Ich wusste es ja auch nicht. Ich weiß doch nicht, was Allah plant. Er weiß alles, und ich nichts«, verteidigte Mohammad sich lächelnd, »dafür will ich dir jetzt etwas erzählen, was noch keiner weiß.«

Ich, Zayd, konnte nicht erkennen, ob er es ernst meinte oder ob er Aischa nur unterhalten wollte.

»Ich lag allein im Bett«, sagte Mohammad, »hatte die Augen geschlossen und dachte nach. Plötzlich hörte ich, wie jemand mich beim Namen rief. Ich wurde aufgefordert, zu Allah zu kommen! Kaum hatte ich mich von dem Schrecken erholt, da erschien schon ein geflügeltes weißes Pferd. Ich nahm Platz auf seinem Rücken, und das Pferd trug mich pfeilschnell durch die Lüfte. Wir flogen am Mond und an anderen Planeten vorbei, die ich noch nie gesehen hatte. Wir schienen die verschiedenen Sphären des Himmels zu durchqueren. Als wir im siebten Himmel angelangt waren, hielt das Pferd vor einem stattlichen Tor und ließ mich absteigen. Ich trat in einen großen, wundersamen Garten mit uralten Bäumen, herrlich duftenden Blumen, rauschenden Wasserfällen, geheimnisvollen Vögeln, golden schimmernden Insekten, silbrigen Schmetterlingen, roten Ameisen, leichtfüßigen Katzen mit leuchtend grünen Augen und großen Hirschen mit gewaltigen Geweihen. Dazwischen wandelten wunderschöne Mädchen mit vollen Weinkrügen. War ich im Paradies? Oder befand ich mich auf dem Innenhof von Allahs Palast? Im gleichen Augenblick hörte ich Schritte auf einem mit Gold gepflasterten Weg hinter den Bäumen. Sollte es Allah sein?«

»Und?«, fragte Aischa aufgeregt.

»Der Rest geht nur Allah und Seinen Gesandten etwas an«, sagte Mohammad ernst.

»Ja, aber … wie schön waren denn die Mädchen in Allahs Garten?«, fragte Aischa unsicher.

»Schön, außergewöhnlich schön, aber keines von ihnen war schöner als meine Aischa.«

Später erzählte mir Mohammad noch eine Variante der Geschichte. Letztere habe ich unter dem Titel »Der Stern« in den Koran aufgenommen:

»Im Namen Allahs,
Des liebevollen,
schenkenden
Erbarmers.

Beim Stern, wenn er vom Himmel fällt,
Euer Gefährte Mohammad ist weder verirrt, noch ist er im Unrecht.
Und er spricht nicht aus persönlicher Neigung.
Es ist nichts anderes als eine deutliche Offenbarung.
Belehrt hat ihn der Engel Gabriel.

Allah besitzt höchste Geisteskraft.
Er stand am obersten Horizont,
Er kam näher heran und Er stieg herab.

Und war noch zwei Bogenlängen entfernt oder weniger.
Er offenbarte Mohammad, was Er offenbaren musste.
Dessen Herz leugnete nicht, was es gesehen hatte.«

87

Hassan und Husain, Mohammads Enkel

Mohammad war glücklicher und mächtiger denn je. Nur ich sah, dass er auch alt geworden war. Ganz plötzlich. Es war, als hätte er vor der Eroberung von Mekka keine Zeit dazu gehabt und es jetzt in einem Mal nachgeholt.

Ich merkte es an der Art und Weise, wie er im Sattel saß, als wir nach Medina zurückritten. Ich ritt hinter ihm her und beobachtete ihn. Er war in sich gekehrt, saß gebeugt, wie verloren auf seinem Pferd, als wäre mit der Eroberung Mekkas die Welt zu Ende.

Manchmal vergaß er alles, er vergaß seinen Allah, seinen Koran, sein Mekka, sein Heer, seine schönen Frauen. Dann gab es für ihn nur noch seine beiden kleinen Enkel Hassan und Husain, die Söhne seiner Lieblingstochter Fatima, die mit Ali verheiratet war.

Einmal war gerade eine Abordnung mächtiger Kaufleute aus Mekka eingetroffen, um sich mit Mohammad in der Moschee über die Entrichtung von Steuerabgaben zu beratschlagen.

Angeführt von Mohammad, ritten die fürstlich gekleideten Händler auf ihren fürstlichen Pferden in feierlichem Zug zur Moschee. Unterwegs änderte Mohammad jedoch auf einmal die Richtung.

Ich dachte, er wolle einen Umweg über den Marktplatz machen, um seinen Gästen die Erneuerungen zu zeigen.

Doch das tat er nicht. Ich wagte nicht, ihn zu fragen, und folgte schweigend.

Die Kaufleute bestaunten die Bauarbeiten und stellten fest, dass sich Medina, diese Oase der Ruhe, in eine lebendige Stadt verwandelt hatte. Alles war in Bewegung. Neue Gebäude entstanden, neue Straßen, neue Brücken. Allmählich näherten wir uns dem Viertel, in dem Ali und Fatima mit ihren beiden Söhnen wohnten.

Nun mutmaßte ich, Mohammad habe die Sitzung absichtlich außerhalb der Stadtmitte in Alis Haus verlegt. Wie hätte ich auch wissen können, dass er einfach seine Enkel vermisste und sie kurz liebkosen wollte, bevor er mit den Kaufleuten verhandelte?

Als wir bei Alis Haus angekommen waren, hielt Mohammad an, stieg vom Pferd und sagte: »Wartet, ich bin gleich wieder da.«

Ohne ein Wort der Erklärung ließ er uns stehen und ging ins Haus.

Ich unterhielt die Männer, so gut ich konnte, erläuterte ihnen den Bau des neuen Regierungsgebäudes und die Planung einer großen Kaserne außerhalb der Stadtmauern.

Doch Mohammad blieb so lange weg, dass es mir peinlich wurde.

»Mohammad berät sich noch mit Ali«, erklärte ich in meiner Verlegenheit.

Wir warteten und warteten, doch Mohammad erschien nicht. Ich begann mir Sorgen zu machen, klopfte an die Haustür und ging hinein. Das Schauspiel, das sich mir dort bot, verschlug mir die Sprache.

Während die Edlen von Mekka draußen standen, spielte Mohammad mit seinem jüngsten Enkelkind! Ali war mit dem ältesten unterwegs und hatte Husain weinend bei der Mutter zurückgelassen. Mohammad konnte das Weinen des Kindes nicht ertragen und war so damit beschäftigt, es zu trösten, dass er uns glatt vergessen hatte.

Verblüfft sah ich ihm zu.

»Es ist schon gut, du brauchst doch nicht zu weinen. Komm, wir gehen zu deinem Vater«, sagte Mohammad zu dem Kleinen. Er kroch auf Händen und Füßen zu ihm hin und sagte: »Setz dich auf meinen Rücken! Dann sind wir schneller da.«

Der kleine Husain kletterte auf Mohammads Rücken und saß etwas wacklig da.

»Sitzt du gut?«, fragte Mohammad.

Der Kleine benutzte Mohammads Zöpfe als Zügel und rief: »Ja! Jetzt sitze ich gut.«

»Moment mal«, rief Mohammad, »was bin ich eigentlich? Ein Pferd oder ein Kamel?«

»Ein Kamel«, sagte Husain.

Darauf bewegte sich Mohammad wie ein schaukelndes Kamel auf allen vieren über den Teppich.

88

Beim Morgenstern

Mohammads Lebenszeit neigte sich dem Ende zu. Auf dem Gipfel seines Glücks verließen ihn die Kräfte.

Ganz plötzlich befiel ihn heftiges Fieber. Und als das Fieber wieder gewichen war, schien auch Mohammad fort zu sein. Er war nicht mehr er selbst, wirkte wie eine Kerze kurz vor dem Erlöschen.

Er wurde ganz mager und konnte sich kaum mehr auf den Beinen halten. Der Gesandte vermochte nicht mehr zu gehen. Erschöpft stand er auf dem Innenhof an die Mauer gelehnt.

Man wollte ihn zur Moschee tragen, aber er weigerte sich: »Lieber kriechen als getragen werden.«

Halt suchend an den Häuserwänden, schleppte er sich zur Moschee.

Aischa stand am Fenster hinter dem Vorhang, sah ihm nach und weinte still vor sich hin.

Abu Bakr war in Mekka, er hatte die Herrschaft über die Stadt. Umar, Uthman und Ali waren ständig unterwegs, um der neuen Rechtsordnung Geltung zu verschaffen.

Niemand war mehr da, der das Gebet leiten konnte.

Eines Tages sagte Mohammad zu mir: »Zayd! Ich kann mein Bett nicht mehr verlassen, aber die Leute warten auf mich in der Moschee. Du! Sei du der Vorbeter!«

Ich wusch mir sofort Hände, Füße und Gesicht, zog frische

Kleider an, gürtete mir Mohammads Schwert um, sattelte mein Pferd und ritt zur Moschee. Alle wussten, was es bedeutete, als ich mich nach Mekka wendete und das Gebet leitete.

Von da an kam Mohammad nicht mehr in die Moschee. Er lag den ganzen Tag auf seinem Lager, und ich las ihm aus einem neuen Buch vor, das ein Bote gebracht hatte. Es war ein griechisches Gesetzbuch, das auf seinen Wunsch hin übersetzt worden war.

»Genug!«, sagte er irgendwann. »Es ist genug, trag mir etwas aus dem Koran vor!«

Ich suchte im Gedächtnis nach einer schönen Stelle und sagte diese auf, während Mohammad mit geschlossenen Augen zuhörte:

»Wenn der Himmel sich spaltet
und seinem Herrn gehorcht, wie es sich ziemt,
und wenn die Erde ausgebreitet wird
und alles, was in ihr ist, auswirft und sich leert,
und ihrem Herrn gehorcht, wie es sich ziemt …
O Mensch, du strebst zu deinem Herrn und du wirst Ihm begegnen.«

Mohammad lag still da, Tränen rollten in seinen grauen Bart. Ich trug eine weitere Stelle vor:

»Beim Himmel und dem Morgenstern!
Und weißt du, was der Morgenstern ist?
Es ist ein Stern von durchdringender Helligkeit.
Der Mensch soll doch betrachten, woraus er erschaffen ist.
Erschaffen wurde er aus sich ergießendem Wasser,
das zwischen Lende und Rippen herauskommt.
Allah hat die Macht, ihn nach dem Tode zu erwecken,
am Tag, wenn die Geheimnisse enthüllt werden.
Bei den Wolken, trächtig von Regen,
es sind entscheidende Worte.«

89

Der nahende Tod

Mohammad konnte das Haus nicht mehr verlassen.

Seine Tochter Fatima besuchte ihn fast jeden Tag mit ihren Söhnen. Es war die einzige Abwechslung, die er noch hatte. Er hatte für die Kinder immer etwas zum Naschen. Die Händler in Mekka wussten, womit sie Mohammad eine Freude machen konnten und brachten ihm von ihren Reisen in ferne Länder Süßigkeiten für seine Enkel mit. Ich, Zayd, versteckte sie dann in seinem Zimmer, auf dem Innenhof unter den Dattelpalmen oder zwischen den Sträuchern, und die Kinder suchten sie und zeigten sie freudestrahlend ihrem Großvater. Nie habe ich ihn so glücklich gesehen wie während dieser Spiele.

Abu Bakr, Umar, Uthman und Ali waren wieder in Medina, doch der Arzt verbot ihnen, Mohammad allzu häufig zu besuchen, denn dann wollte er von ihnen alles über die Lage im Land erfahren. Nur Abu Bakr durfte ihm das Nötigste mitteilen.

»Zayd, ich möchte in Aischas Zimmer gebracht werden«, sagte Mohammad eines Nachts.

Es widerstrebte mir. Doch es war sein Wille.

Sofort ließ ich Aischa Mohammads Wunsch ausrichten.

Sein nahender Tod hatte sie in Verzweiflung gestürzt, doch sie war überglücklich, dass er in ihrem Bett sterben wollte. Tränen der Freude vermischten sich mit Tränen des

Schmerzes. Mit zitternden Händen bereitete sie das Lager für ihn.

Wir richteten ihn zusammen auf. Er legte einen Arm um meine Schulter und die andere um Aischas Schulter, und so brachten wir ihn zu Aischas Bett.

Sie wachte wie eine Tigerin über ihn und ließ niemanden herein. Vor allem keine andere von Mohammads Frauen. Nicht einmal seine Tochter Fatima.

Ich habe Aischas Worte behalten:

»Der Gesandte will bei mir sein.

Der Gesandte gehört jetzt mir.

Der Gesandte hat bei mir seinen Frieden gefunden.

Kommt nicht in die Nähe des Zimmers.

Seine Sendung ist vollbracht. Er wird keine neue Botschaft mehr empfangen.

Der Koran ist vollendet.«

Als Abu Bakr Mohammad besuchen wollte, stellte sie sich ihm in den Weg: »Vater! Sein Auftrag ist erfüllt. Lass ihn in Ruhe! Er ist kein Gesandter mehr.«

Abu Bakr stieß sie beiseite, um ungehindert weiterzugehen, und Aischa brach in Tränen aus: »Vater, warum hörst du nicht auf mich! Mein Mann schläft.«

Ich, Zayd, war der Einzige, der in die Nähe des Zimmers kommen durfte, und ich führte ihre Befehle aus.

»Zayd, ich möchte mich etwas ausruhen. Wachst du über ihn?«

Ich hielt vor dem Zimmer Wache.

Eines Tages rief sie: »Zayd! Das Fieber ist zurückgekehrt. Er ist ganz heiß. Zayd, hole den Arzt!«

Ich ging ins Zimmer und legte die Hand auf Mohammads Stirn. Er glühte wie ein Ofen und war bewusstlos.

»Soll ich Abu Bakr benachrichtigen?«

»Ja, geh und hole meinen Vater«, sagte sie schluchzend.

Ich ritt auch zu Umar, Uthman und Ali und unterrichtete sie.

Sie alle kamen. Und der Arzt gab zu verstehen, dass der Gesandte seine letzte Reise angetreten hatte.

Auf Abu Bakrs Befehl ließ ich eine große Kupferwanne hereinbringen, in der man sich zu waschen pflegt. Abu Bakr entkleidete Mohammad, und Ali und Umar legten ihn in die Wanne. Umar goss vorsichtig Wasser auf ihn, um das Fieber zu senken. Weinend sah Aischa uns zu.

Ich brachte sieben Eimer Wasser, und sie leerten alle sieben Eimer über seinen Kopf aus, bis das Fieber gesunken war. Aischa trocknete ihn ab und hüllte ihn in eine Decke, und die Männer trugen ihn wieder zum Bett.

»Ich will, dass ihr jetzt alle geht«, sagte Aischa.

Abu Bakr sagte, sie solle die Fassung bewahren.

»Ihr sollt gehen!«, wiederholte Aischa.

»Aischa! Beherrsche dich!«, sagte Abu Bakr.

»Mein Mann schläft. Verlasst das Zimmer!«

Niemand wagte zu widersprechen. Alle verließen das Zimmer.

Aischa blieb allein mit dem Gesandten.

Und ich, Zayd, wachte vor der Tür.

90

Er ordnet alle Dinge

Mit den Jahren war Aischa immer mächtiger geworden, vielleicht die mächtigste Frau auf Erden, und es war unmöglich, sich zu ihr Zutritt zu verschaffen. Dennoch versuchte ich es, weil ich ihr einige Fragen über Mohammads letzte Tage stellen wollte.

Schon sieben Mal war ich zu ihrem Palast gegangen, jedes Mal hatte man mich schon am Tor abgewiesen. Doch ich hatte Geduld. So leicht ließ ich mich nicht entmutigen. Und ich ging so oft dorthin, bis ich sie eines Tages vor ihrem Palast antraf, als sie gerade von ihrem Elefanten gehoben wurde. Ich rief laut: »Aischa!«

Sie drehte sich um. Ihr Gesicht bedeckte ein durchsichtiger grüner Schleier.

»Ich bin es, Zayd. Ich verfasse einen Bericht über Mohammad. Ich möchte dich bitten, mir einige Fragen zu beantworten.«

Sie ging ins Haus. Ich glaubte, sie wolle mich nicht sprechen, doch ein Diener kam auf mich zu und sagte: »Meine Herrin empfängt Euch gerne. Folgt mir.«

Drei Leibwächter begleiteten mich.

Ich weiß nicht, wie die persischen Königinnen gewohnt haben, und eine arabische Königin hat es in unserer Geschichte nie gegeben, doch Aischa entsprach ganz der Vorstellung, die ich mir von einer Königin machte.

Umgeben von schönen jungen Dienerinnen, saß sie auf einem goldenen Thron, an seidene, edelsteinbesetzte Kissen gelehnt, im Schein großer Kerzen in silbernen Leuchtern.

Sie war etwas füllig geworden, von der schelmischen jungen Aischa war nichts mehr übrig. Aber das mochte auch für mich gelten, denn sie sah mich still und verwundert an.

»Alles hat sich geändert, Zayd«, sagte sie.

»Ja, alles«, sagte ich.

»Nimm Platz, Zayd.«

Man bot mir einen roten Satinsessel mit Blumenmuster an.

»Sag, Zayd, was möchtest du von mir hören?«, sagte sie.

»Könntest du mir erzählen, was in jener Nacht geschah, als du alle fortgeschickt hattest und mit dem Gesandten allein geblieben bist?«

Aischa schüttelte den Kopf und schwieg.

Um sie zum Sprechen zu bewegen, fügte ich hinzu: »Du bist nicht nur die Königin des Reiches, du bist auch Teil der Geschichte. Mein Buch ist nicht für die heutigen Menschen bestimmt, sondern für die, die in tausend Jahren leben werden.«

»Zayd, ist es zu glauben? Mein Mann Mohammad ist tot, mein Vater Abu Bakr ist tot. Umar, Uthman und Ali hat man umgebracht. Es scheint, als hätte alles in einem einzigen Augenblick stattgefunden. Als hättet ihr gestern erst kaltes Wasser über Mohammad geschüttet, um sein Fieber zu senken.

Als alle fort waren, verschloss ich von innen die Tür. Ich tupfte ihm mit einem nassen Tuch die Stirn ab und zog ihm seine lange weiße Dschellaba an.

Ich löschte die meisten Öllampen und kroch zu ihm unter die Decke, schmiegte mich an ihn, legte den Kopf an seine Brust und schloss die Augen. Ich wollte diesen Moment für immer festhalten. Wenn er seine Augen nicht öffnen wollte, wollte ich die meinigen auch nicht mehr öffnen. Und wenn er starb, wollte ich auch sterben. Ich weiß nicht, wie lange es gedauert hat, aber irgendwann setzte ich mich auf und sah in dem spärlichen Licht, dass er mich anblickte und lächelte. Ich war selig vor Glück, und ich küsste ihn auf die Stirn, auf die Augen, auf die Nase und den Mund. Er flüsterte etwas, was ich nicht verstand. Ich legte mein Ohr an seinen Mund, er sagte wieder etwas, aber ich verstand es nicht. Dann schloss er die Augen und trat die Reise an.

Ich war jung, ich hatte den Tod noch nie aus solcher Nähe erlebt. Ich zog mich leise zurück, legte meinen grünen Schleier über sein Gesicht, ging auf Zehenspitzen aus dem Zimmer und barfuß zum Haus meines Vaters. Es war, als würde ich schlafwandeln. Der Wächter führte mich hinein. Mein Vater erschien auf der Galerie. Er wusste es sofort, dennoch fragte er: ›Aischa! Was machst du hier?‹

Der Gesandte ist fort, sagte ich und fiel zu Boden.«

Ich, Zayd, hatte in jener Nacht vor der Tür gestanden, als Aischa das Zimmer verließ. Ich hielt sie nicht auf und ging hinein. Ich nahm eine Öllampe und leuchtete damit Mohammad ins Gesicht. Es war mit einem grünen Schleier bedeckt.

Ich kniete mich neben das Lager und sagte eine Sure auf:

»*Alif Lam Mim Ra*.
Und die Allerersten, ja sie werden die Allerersten sein.
in den Gärten der Wonne.
Sie ruhen auf edelsteinbesetzten Liegen
und Gefährtinnen mit großen Augen,
wohlbehüteten Perlen gleich,
machen die Runde
mit Krügen
und Bechern gefüllt mit Wein,

der weder Kopfweh
noch Rausch verursacht,
und erlesenen Früchten,
und Fleisch von Geflügel.«

Die Tür öffnete sich. Abu Bakr, Umar, Uthman und Ali traten ein. Ich erhob mich und hielt die Lampe hoch. Sie knieten sich um das Bett, und Abu Bakr rezitierte mit leiser Stimme:

»*Alif Mim Ra.*
Er ordnet alle Dinge.
Und Er ist es, der die Erde ausbreitete
und Berge und Flüsse in ihr gründete,
Er hob die Himmel empor auf Pfeilern,
die ihr nicht sehen könnt,
Er hat die Sonne und den Mond dienstbar gemacht,
und jedes Gestirn läuft seine Bahn
in einer bestimmten Frist.
Er ordnet alle Dinge.
Er lässt die Nacht den Tag bedecken
und den Tag die Nacht.«

Dann setzten sie sich außer Hörweite auf den Boden. Es musste augenblicklich ein Nachfolger für Mohammad gewählt werden. Und sie mussten sich beeilen, die Entscheidung musste vor Sonnenaufgang getroffen werden.

Aber es dauerte nicht lange. Umar, Uthman und Ali nannten gleichzeitig Abu Bakrs Namen. So wurde Abu Bakr der erste Kalif.

Sie standen auf und küssten Abu Bakr auf die linke Schulter.

Der Gesandte war tot. Der erste Kalif war gewählt worden.

Sie ritten zu viert zur Moschee. Und ich folgte ihnen in einiger Entfernung.

Die Ausrufer forderten die Menschen auf, sich zum Gebet zu versammeln.

Umar rief: »Der Kalif Abu Bakr leitet das Gebet!«

Abu Bakr gürtete sich Mohammads Schwert um und wandte sich mit dem Gesicht nach Mekka.

Alle begriffen, dass Mohammad die Erde verlassen hatte.

91

Zayd spricht

Die Geschichte, die ich von dem Gesandten erzählen wollte, ist noch lange nicht zu Ende. Doch ich muss aufhören. Das ist das Gesetz der Geschichten. Sie hören irgendwann auf.

Jetzt, da du dies liest, bin ich schon tot.

Zayd ist glücklich in seinem Grab, wenn er seine Aufgabe erfüllt hat.

Mohammad hat es für Ihn getan.

Und ich für ihn.

Zayd ibn Salith
Der Chronist von Mohammad ibn Abdallah
7. Schawwal 40
Mekka

Nachwort der Übersetzerin

»Allah ist allwissend, sagt Mohammad.
Kader Abdolah ist unwissend.«

Der vorliegende Roman über Mohammads Leben, eigentlich ein Roman über die Entstehung einer Biographie, verdankt sich Abdolahs langjähriger Beschäftigung mit dem Koran, der in den Niederlanden in Abdolahs Übertragung erschien, und zwar gleichzeitig mit dem Roman. Während seiner Übersetzungsarbeit am Koran wuchs in Abdolah die Überzeugung, das Heilige Buch des Islam sei nicht zu verstehen für den, der vom Propheten und seinem Leben nichts wisse. Also erfand er Zayd, den Prototyp des getreuen Dieners, der seinem Herrn rückhaltlos folgt, zugleich aber seine Arbeit als Chronist ernst nimmt und gewissenhaft aufschreibt, was ihm andere berichten. Und so entstand das facettenreiche Bild eines Menschen, in dessen Entwicklung sich auch heutige Leser hineinversetzen können.

In der Einleitung zu seiner Übersetzung schreibt Abdolah, eigentlich sei es unmöglich, den Koran zu übersetzen. Die Schönheit von Mohammads Sprache gehe dabei verloren, und da jede Sure unendlich vieldeutig sei, könne man sie auch auf sehr unterschiedliche Weise übersetzen. Fehler seien dabei unumgänglich. Und wenn an seiner Interpretation etwas nicht stimme, so liege das ebenso sehr an seiner Unwissenheit wie an seiner Liebe zu Mohammads Prosa.

Er bedaure es, dem (niederländischen) Leser den ursprünglichen »Geschmack« von Mohammads Suren nicht wirklich vermitteln zu können. Es sei ihm aber vielleicht gelungen, so hoffe er, »ein Loch in die Mauer« zu schlagen, durch das der Leser wenigstens einen Blick »in Mohammads Gärten« werfen kann.

Damit ist Abdolahs Hauptanliegen bei seiner Koranübersetzung benannt. Um dem westlichen Leser den Zugang zu erleichtern, hat er die Suren neu und zwar chronologisch geordnet, vielen eine kurze historische Erläuterung vorangestellt und manche beträchtlich gekürzt. Die dichterische Freiheit ist dabei unübersehbar, aber immer von tiefem Respekt vor der »göttlichen Prosa« des Propheten getragen.

In der fiktiven Biographie Mohammads, die das Pendant zur Koranübersetzung bildet, kommen natürlich ständig Suren vor, die der Chronist Zayd aus dem Gedächtnis zitiert oder andere zitieren lässt. Auch im Umgang mit diesen Zitaten lässt Abdolah dichterische Freiheit walten, hin und wieder weicht er sogar von seiner eigenen Koranübersetzung ab. Als ich ihn nach dem Grund dieser Variationen fragte, antwortete der Autor lächelnd: »Als Zayd die Zeugnisse für sein Buch sammelt und eigene Erinnerungen wachruft, zitiert er Suren aus dem Gedächtnis, die erst viel später in ihrer endgültigen Form festgelegt wurden. Wer kann denn behaupten, alles genauso zu behalten, wie er es gehört hat!«

Für die deutsche Übersetzung habe ich mich an Abdolahs Fassung gehalten, gleichzeitig aber bestehende Übersetzungen zur Anregung mit einbezogen.

Christiane Kuby

Kader Abdolah
Das Haus an der Moschee

Roman. www.list-taschenbuch.de
ISBN 978-3-548-60856-3

Ein altes Haus in Senedjan. Seit 800 Jahren lebt hier die Familie des Teppichhändlers Agha Djan. Unter seiner Obhut leben die Menschen hier in einträchtiger Harmonie – bis die von Teheran und den Aufständen gegen das korrupte Regime des Schahs ausgehende Unruhe auch sie erreicht. In seinem neuen Roman breitet Kader Abdolah das zutiefst menschliche Schicksal einer iranischen Großfamilie wie ein bunt schillerndes Geschichtengewebe vor uns aus.

»Ein schockierendes, ein berührendes Buch«
Deutschlandradio Kultur

»Kader Abdolah hat das Drama des Iran in Worte gefasst.« *Geert Mak*

»Iranische Geschichte und persönliche Erlebnisse verwoben zu einer großen Familiensaga.«
Süddeutsche Zeitung

claassen

Yoram Kaniuk

Zwischen Leben und Tod

Ein autobiographischer Roman

Aus dem Hebräischen von Ruth Achlama
224 Seiten / Gebunden mit Schutzumschlag
ISBN 978-3-546-00444-2

Eine Reise in den Tod und wieder zurück

»Nach diesen Dingen – nach der Krankheit und nach dem Tod und nach dem Schmerz und nach dem Lachen und nach der Untreue und nach dem Alter und nach der Gnade und Liebe – nach all dem erwachte ich in einen Halbschlaf, in dem ich vier Monate verharren sollte. Und es war schlecht und es war gut und es war traurig und es war aussichtslos und es war ein Wunder.«

»Einer der bedeutendsten Schriftsteller Israels … ein bewundernswerter Beobachter und wortgewandter Erzähler.« *Lesart*